ITALIAN TEXTS

KV-387-590

General editor: Kathleen Speight

ORLANDO FURIOSO

From the woodcut after Titian's design in
Orlando Furioso, Ferrara, 1532

Ludovico Ariosto

Orlando Furioso
A selection

edited, with introduction, notes and vocabulary, by

Pamela Waley B.A., Ph.D. (London)

Lecturer in Italian and Spanish
Westfield College, University of London

Manchester University Press

Published by the University of Manchester at

The University Press

Oxford Road, Manchester M13 9PL

ISBN 0 7190 0498 5

Contents

Preface

This abridgement centres on the title story, that of Orlando and his love for Angelica, the dereliction of duty to which this leads him and the madness with which he is afflicted as a result, his miraculous cure, his subsequent victory over the Saracens and final triumphant return to Paris. The story of Ruggiero and Bradamante forms a secondary theme.

I have preferred to present a coherent story rather than choose extracts from the poem as a whole, partly to avoid the rather indigestible summaries of the action that takes place in the omitted passages, which the latter method entails in an effort to give an exhaustive account of the content of the poem. Also the *cantastorie* technique of a multiplicity of stories, each of which is constantly broken off in favour of a continuation of one of the others, is acceptable in a long narrative poem but is liable to be distracting in a shortened version about one-fifth the length of the original. In addition I hope that the present edition will help to make more evident the care and skill with which Ariosto develops Orlando's obsession to the point of madness, and the variety of responses he arouses in the reader towards the hero throughout his vicissitudes, which can be lost sight of in the welter of other incidents and other characters.

The vocabulary assumes only a basic knowledge of Italian, and archaic forms are shown with their modern equivalents. The notes are compiled following the general principles of the other volumes in this series, and they include a brief summary of the action contained in each canto of this abridgement, but not of what is omitted. In addition there is an index of proper names which provides information about the relationship between the characters and an indication of their roles in earlier stories of the Carolingian cycle, and particularly in Boiardo's *Orlando Innamorato*. There is also a short account of the main orthographic and linguistic features of the text presented here, which is based on that of the edition of C. Segre (Mondadori, 1966).

I am very grateful to Dr J. D. Moores, of University College, London, to Paul Waley, of New College, Oxford, and to my husband, who read the typescript from the points of view of the teacher, the student and the general reader respectively, providing much helpful advice and criticism; I have also benefited greatly from the suggestions, encouragement and practical help of Dr Kathleen Speight.

P.W.

Introduction

Ludovico Ariosto began to write *Orlando Furioso* in or shortly before 1506, when he was thirty-two, and almost every day for the rest of his life he continued to add to and revise what is essentially a fairy-story in verse, which was received with delight by the most cultured and powerful people in the various states which comprised sixteenth-century Italy. This may seem somewhat surprising today, and require some explanation, some accounting for the choice of the material and the form in which it was treated, and for the enthusiasm with which it was received. A consideration of the personality of the man in whose mind the mysterious process of literary creation took place, and of the circumstances in which he lived, will go some way towards providing this.

Ariosto gives the impression of having been one of the most amiable men ever to set pen to paper. Besides the evidence offered by his own letters and poetry, his son Virginio wrote some notes which were perhaps intended to be the basis for a biography, and three other biographies were written during the sixteenth century whose authors were certainly acquainted, if not with Ludovico himself, at least with many of his friends and relatives; and he is of course mentioned in letters and literary writings of his contemporaries. As described by Virginio he seems rather a vague and unpractical person, constantly absorbed in composing verses in his head and preoccupied with plans to improve his small and unpretentious house. When someone joked that as he was so good at describing magnificent palaces in his poem he should make a very fine home for himself, he replied that the palaces cost him no money—he was by no means a rich man and had to work for his living. He cared very little about food, however good he was at describing feasts, though Virginio says that he was fond of turnips; but he would eat a lot, almost without noticing. Once, when visited by an unknown admirer after a meal, he absent-mindedly ate everything that was brought by way of hospitable refreshment for the stranger, while he went on talking. He was fond of his garden but was not a very patient gardener, having an urge to dig up what he had planted to see how it was getting on. Virginio says that he could not leave alone either the plants he planted or the verses he composed. When he found something growing in a place where he had sown seeds he assumed that it must be what he had intended to grow and so would tend with care what might ultimately turn out to be a weed.

Although he was fond of walking and could find himself far from home in indoor slippers, he was a nervous traveller, particularly anxious in mountainous country and when using boats and bridges. He had

1

no objection to travelling vicariously, however, and the distances covered by the heroes of his great poem are prodigious. He says too that he liked armchair travel by means of an atlas, but he was happier at home:

> Da me stesso mi tol chi mi rimove
> da la mia terra, e fuor non potrei
> viver contento, ancor che in grembo a Iove.   [*Satira* VII, 148-50]

This was partly due to temperament, partly to affection. In 1513 he fell in love with Alessandra Benucci Strozzi, an attachment that lasted the rest of his life. One of his biographers explains, 'quanto all'impeto dell'amore, il temperarsi non fu in tutto in sua potestà, per ciò che se in cosa alcuna s'ha lasciato alquanto dall'appetito piegare, vi è stata questa una massimamente'. Before his association with Alessandra he had had two illegitimate sons by different women, Giovanni Battista, who became a soldier, and Virginio. Although fond of solitude and generally averse to ceremony and formality, he was a genial and lively companion on social occasions, especially if there were ladies present. He was also an enthusiastic actor and produced as well as wrote plays.

Although his natural taste was for a tranquil life in which he could devote himself to writing and to his friends, his dependent status compelled him to live one of activity and administrative responsibility, including diplomatic missions to an irascible Pope and the government of an unruly province, in which his sense of duty compelled him to exert himself, however uncongenial he found the tasks. If he was ambitious, it was not power he wanted but appreciation of his literary work, and perhaps enough money to enable him to live independently.

Ludovico Ariosto was, almost by birth, a servant of the Este family, the ruling house of Ferrara. His grandfather had been governor of Reggio Emilia for Niccolò III, and his father was commander of the citadel of that city when he was born there on 8 September 1474. When Ludovico was ten the family moved to Ferrara, where his father was appointed to an important post, as Giudice dei Savi, and Ariosto began his education in Latin language and literature. Like so many fathers of literary sons, his father intended him to study law, which he did, reluctantly, at the Studium of Ferrara until 1494, when he at last persuaded his father that his interests and talents were literary rather than legal and that he should be allowed to concentrate on Latin and Greek studies. Meanwhile he had already embarked on his career as dramatist, writing a *Tragedia di Tisbe* (of which nothing is now known save the title) and taking part in amateur theatricals at the court. His name is included in a list of twenty young men from Ferrara who accompanied Duke Ercole to

Pavia in 1493 to perform comedies before the Marquis of Mantua. His classical studies resulted in a number of Latin lyrics, imitating Latin poets such as Catullus and Propertius (a useful apprenticeship for writing well in his own language), in translations, and above all in a wide knowledge of classical literature which influences every page of his own work.

Ludovico's father died early in 1500, and as the eldest son he had to assume responsibility for his surviving brothers and sisters, not only financially but, as he put it:

> a chi studio, a chi corte, a chi esercizio
> altro proporre, e procurar non pieghi
> de la virtudi il molle animo al vizio.   [*Satira* **VI**, 208-10]

—he had to provide them with careers and worry about their morals. By this time he was already on the payroll of Ercole I in a minor capacity, but his new responsibility compelled him to accept the post of captain of the fortress of Canossa, near Reggio, and then to enter the service of the Duke's brother, Cardinal Ippolito d'Este. This meant that he could return to Ferrara, but also that he was liable to a variety of uncongenial and demanding tasks, and he refers to the nearly fifteen years he spent with Ippolito as the time when:

>   dal giogo
> del Cardinal da Este oppresso fui. . .
> non mi lasciò fermar molto in un luogo,
>
> e di poeta cavaller mi feo:
> vedi se per le balze e per le fosse
> io potevo imparar greco o caldeo!   [*Satira* VI, 234-40]

His function was that of general dogsbody to the Cardinal, to deliver letters and run errands, accompany him to war or in his pastimes, to shop for him, see that food was to his liking, his wine properly cooled, help him dress and undress.

Although Ariosto wrote the first version of *Orlando Furioso* while he was in Ippolito's service and dedicated the poem to him (as he more or less had to do), there does not seem to have been much temperamental affinity or affection to attach him to his master, from whom he might reasonably have expected more effective patronage, which would give him more leisure for writing and fewer post-haste missions to Rome to offer excuses and make requests on the Cardinal's behalf. He served him loyally and conscientiously, however, until Ippolito, having been created Bishop of Zagreb (then in Hungary), was compelled to take up residence in his diocese and required Ariosto to accompany him there. This was in 1517. Ariosto was in love with Alessandra Benucci, recently widowed; he feared the effect of strange food and the cold winter of Hungary on his health; he was reluctant to leave his elderly mother; he was responsible for the family property; he hated travelling. So he refused to go, and he left Ippolito's service. His first *Satira,* written on this occasion, was addressed to his brother Alessandro, who did go with the Cardinal, asking him to intercede for him with Ippolito, who was furious and had threatened to deprive Ludovico of his sources of income.

Several of these were ecclesiastical benefices. For centuries it had been common practice for wealthy patrons to appoint their protégés to church livings, from which they could derive an income while paying out a relatively small part of it to a cleric who actually did the work implied by the appointment. In order to qualify for these benefices it was necessary to take at least minor orders, which Ariosto did in 1511 or 1512, not because he had any intention of making a career in the Church or felt any vocation to it, but because it provided a convenient and secure income. If he married he would cease to be eligible to hold benefices and so he and Alessandra Benucci—who might also have forfeited what she had inherited from her husband—did not marry until about 1528 or 1530, and then did so in secrecy, continuing to live separately; in *Satira* V he regrets his lack of an ordinary married life.

The second of his seven *Satire*—which are autobiographical or reflective poems of 150-350 lines in *terza rima*—written shortly after the first, is addressed to his brother Galasso, who had also taken orders and who was at that time in Rome, asking him to find lodgings for him. This was on the occasion of a visit concerned with the benefice of Sant'Agata, Faenza, in which Ludovico hoped to succeed an aged friend. Five years earlier, in 1511, he had written to Cardinal Giovanni de' Medici, who was a personal friend, to ask him to obtain for him a dispensation from the prohibition against holding more than one benefice and exemption from the necessity for taking priest's orders. When in 1513 Giovanni de' Medici was elected to the papacy as Leo X, Ariosto hoped that his friendship might mean some preferment for him which would free him from his irksome dependence on Ippolito d'Este. In the third and seventh *Satire* he describes his disappointment when, after a warmly affectionate greeting, the new Pope, who had promised to treat him like a brother, gave him nothing more than half the revenue from the Sant'Agata benefice—and he had almost hoped for a bishopric. Ariosto wrote to a friend complaining that neither the Pope nor the mutual friends whom Leo had made cardinals and papal secretaries were ready to do anything for him. But he finds an excuse for the Pope in the third *Satira* with the fable of a favourite magpie who was left to die of thirst in time of drought because his master had first to satisfy from a single well the claims of his family and the requirements of the useful animals.

Ariosto's great disappointment was probably due to his pressing anxiety to leave Ippolito's employment rather than to any desire to amass wealth by means of preferment or to achieve distinction by way of an ecclesiastical career. In the sixteenth century it was not necessary to be particularly devout or learned in theological matters to rise to a high position in the Church, and Ariosto was no less qualified than many on those grounds. He had a respectful attitude towards religion, which did not occupy his thoughts in any speculative manner. The sixth *Satira,* addressed to his friend Pietro Bembo, asking him to recommend a suitable tutor for his son Virginio, specifies that he should be an orthodox Christian, making it clear that in his opinion simple faith—to believe 'come l'altra gente'—was more important than profound theological meditation. He is critical of priests in the fifth *Satira,* accusing them of cruelty, rapacity and inhumanity, for which he blames their celibacy: clerics fare badly in *Orlando Furioso* too.

The fifth *Satira* is addressed to a friend who is about to be married, and in it he praises the married state while admitting that he has not entered upon it himself, whereas:

> senza moglie a lato
> non puote uomo in bontade esser perfetto.

But the friend, Annibale Malaguzzi, no doubt knew about Alessandra and would appreciate the ironical nature of Ludovico's claims to be giving advice to players from the sidelines. He takes in this *Satira* a very down-to-earth, practical view of women and advises his friend to be firm against extravagant habits and make-up (although he must not let his wife be dowdier than her social equals), and to fear the worst in the matter of conjugal fidelity while avoiding as far as possible the torments of jealousy. In his lyric poetry, however, Ariosto writes of love in loftier and of women in more admiring terms, whether in the conventional Petrarchan verses which might be addressed to any woman or to no woman in particular, or in those explicitly or implicitly concerned with Alessandra. His first canzone, for example, is an evocation of his falling in love with Alessandra, on 24th June 1513 in Florence—he specifies the date and place, as Petrarch did, although he explains also that he had seen her frequently before that—when her golden hair bound his heart to her for ever. Ideas and phrases from Petrarch, like this, follow closely one upon the other in his sonnets, madrigals and *canzoni,* most of which are in very general terms and might refer to any woman.

The most personal part of Ariosto's lyric poetry consists of a series of *Capitoli* which, like the *Satire,* provide a certain amount of information about the personality and vicissitudes of the poet. In the eleventh of these, for instance, he is in Florence again (probably in 1516 or 1519) and while he praises its beauties, the river, the villa-strewn hills, the buildings and works of art, he regrets that he cannot be happy there because his heart is now far away. In another he has been taken ill on a journey to Rome with Ippolito, and complains that he can neither follow his master as he should, nor be in Ferrara with Alessandra as he would like. The fifth *Capitolo,* written when he was travelling away from Ferrara, probably to the Garfagnana, describes the appalling weather he was enduring with nothing to look forward to at his journey's end save work and worry, a journey made worse by the sadness of having left Alessandra and the reflection that he would care little about these same conditions if only he were travelling towards instead of away from her.

When he left the service of Cardinal Ippolito, Ariosto entered that of his brother, Duke Alfonso I, and in 1522 he was sent to administer the mountainous province of Garfagnana, across the Apennines from Modena towards Lucca. Financially this was a useful appointment, but otherwise, Ariosto said, 'non molto conforme al mio desio', since it meant on the one hand leaving Alessandra and Ferrara, which he was always most reluctant to do even for a short while, and on the other it was by no means a sinecure. The region was remote and difficult of access, in an area whose possession by Alfonso had been contested by Florence and Lucca, whose territory adjoined and encroached upon it. Its inhabitants were extremely poor, rough and uneducated, outlaws and the victims of outlaws, living in an atmosphere of violence which Ariosto conveys in the account of his daily activities in the fourth *Satira:*

> O stiamo in Rocca o voglio a l'aria uscire,
> Accuse e liti sempre e gridi ascolto,
> Furti, homicidii, odi, vendette et ire;
>   Sí che hor con chiaro, hor con turbato volto,
> Convien che alcuno prieghi, alcun minacci,
> Altri condanni, altri ne mando assolto;
>   Ch'ogni dí scriva, et empio foglia e spacci
> Al Duca, hor per consiglio hor per aiuto,
> Sí che i ladron, c'ho d'ogni intorno, scacci.   [*Satira* IV,145-53]

Most of the letters of Ariosto which still exist were written during the three years of his governorshop in the Garfagnana, many of them to the Duke, as he says in the *Satira,* asking for military help and moral support. The bandits of the area were its real lords and Ariosto, with only a handful of crossbowmen to reinforce his authority, was sometimes compelled to make use of one band of them to control a rival gang. Many of the worst offenders against the

law had influential friends in Ferrara who managed to counteract
Ariosto's efforts to bring them to justice. The clergy of the region,
who gave shelter to some of the malefactors and who in fact included
some of the most notorious criminals, responsible for murder, rape,
robbery and protection rackets, were subject to the bishops of Lucca
and Luni and outside Ariosto's jurisdiction. His letters show his
compassion for the petty offenders, for whom he begs clemency on
account of their ignorance and poverty, and it is evident from the
letters that he was endeavouring to carry out with firmness, justice
and humanity a task that was hardly congenial to a poet accustomed
to the civilised amenities of life in a Renaissance court, whose pre-
ferences were for reading and writing poetry; and it is also evident
that he revealed a surprising degree of determination in doing so,
although more than once he appealed to the Duke 'che mandi qui uno in
mio luogo che habbia miglior stomaco di me a patire queste ingiurie,
che a me non basta la patientia a tolerarle'. Ariosto was eventually
replaced in June 1525, and it is not hard to imagine his relief, and
his delight in being able to return to Ferrara, especially as hence-
forward he was to spend his time in ways which were very much
more to his own taste. His absences from Ferrara from now on were
few and brief, mainly on missions for Duke Alfonso; he bought his
own small house and made a garden for it, he worked at the third
version of *Orlando Furioso* (the first and second having been published
in 1516 and 1521), and he wrote, revised, translated and produced
plays for the Duke's theatre.

As a courtier his work for and in the theatre was at least as important as the narrative poem, and he is the first major author of
Italian comedies. His first recorded theatrical experience was the
trip to Pavia in 1493; and, besides the lost tragedy which has been
mentioned, he tried another fashionable genre with his eclogue of
1505, in which 'shepherds' discuss, in dramatic recitation, a topical
event disguised, like the speakers, in pastoral garb. His chief
activity, however, was in producing plays and writing comedies of
his own in imitation of those of Plautus and Terence, perhaps also
translating Latin plays. His first comedy, *La Cassaria*, was performed in 1508, and some of his audience thought it better than
those of Terence himself. Ariosto wrote five comedies in all (the
last of which he left unfinished; both his son Virginio and his brother
Gabriele provided endings), and they show a very marked development from close imitation of Latin comedy to a more independent
Italian comedy, in verse. *La Cassaria* follows Terence closely, in
the formation of the title from an important character or object or
theme in the play (in this case a *cassa*), in the Greek setting and
the Greek names of the protagonists, in the types of character por-
trayed, in the observation of the unities of time, place and action, in

the dramatic devices of recognition, misunderstanding and unexpected *dénouement,* and in the use of a prologue to justify the author's work. In the prologue to *La Cassaria* Ariosto is conscious that he is addressing an audience accustomed to classical standards and apt to regard as essentially inferior anything written in the vernacular and in their own times. In the prologue to his second play, *I Suppositi,* written a year later, he is no longer apologetic, explains that he has borrowed from Plautus and Terence just as they had borrowed from the Greek dramatists, but sets the play firmly in Ferrara, with references to contemporary events and social conditions. He re-wrote both these plays in the 1530s in *endecasillabi sdruccioli*—lines of twelve syllables stressed on the tenth—and his later plays were written in verse at the outset, the Italian setting increasingly over-shadowing the Latin-derived elements.

Theatrical performances were an important part of the court life at Ferrara during the last twenty years of the fifteenth century under Duke Ercole I, and production tended to be on a grand scale, with splendid scenery, costumes, stage properties and elaborate *intermezzi* of ballet, music, mythological pageants, and so on, be-tween parts of the play itself. The first documented production was of Plautus' *Menaechmi* in the courtyard of the ducal palace in 1486; when Ercole's son Alfonso married Lucrezia Borgia in 1502 the festivities included performances of five other Plautine comedies. The tradition continued when Alfonso succeeded his father in 1505, and by the time Ariosto's plays were acted the *sala grande* of the ducal palace constituted a court theatre. Unity of place, a feature of classical drama which persisted in Renaissance *commedia,* per-mitted a fixed scene, usually the meeting of several streets outside the houses of the chief characters, and this was often painted by the leading artists of the city. When *I Suppositi* was performed in Rome before Leo X in 1519 the scenery was painted by Raphael. When Ariosto returned from the Garfagnana he designed a scene of this kind which was erected in the *sala grande,* and much admired. On the last day of 1532 a fire broke out in a shop adjoining the ducal palace, 'e nella gran sala era la bella e ricca scena dell'Ariosto, che tutta rimase estinta: e quella notte istessa s'infermò il detto poeta, che morì poi alli 6 di giugno del seguente anno'. Ariosto's death was even attributed to grief at the destruction of his theatre, which is significant even if incorrect. Appropriately, Ariosto was given an epitaph in a comedy which owes much to his example, *La Cortigiana* by Pietro Aretino, who was not a man given to being kind to those who could not be of use to him:

—Oimè che l'Ariosto se n'è ito in cielo, poiché non aveva piú bisogno di gloria in terra.

—Gran danno ha il mondo di un tanto uomo, che oltre alle sue virtudi, era la stessa bontà!

During Ariosto's lifetime Ferrara was one of the most prosperous and cultured cities in Italy. The humanistic interests characteristic of the Renaissance period had flourished there since the early years of the fifteenth century, when the distinguished scholar Guarino da Verona was appointed tutor to Leonello, an elder brother and predecessor of Ariosto's Duke Ercole. Guarino was well paid by Leonello's father, and set up in his house a school which even poor youths could attend, where the classical languages, history and philosophy were taught by means of the study of both ancient and Christian writers, and accompanied by physical education in the form of gymnastics, dancing, swimming, hunting. Leonello was an apt pupil, and his rule (1441-50) laid firm foundations for the development of Ferrara as a splendid centre of activity in learning, literature and the arts. He encouraged the education of the young at all levels and revived the university—the Studium—at Ferrara by inviting well known scholars to teach there, who attracted students from all over Europe. He drew outstanding artists such as Piero della Francesca, Andrea Mantegna, Iacopo Bellini, Pisanello, Roger van der Weyden, to Ferrara with commissions, and encouraged literature by his friendship towards men of letters, enlarging his library, writing Petrarchan verse, and carrying on correspondence with scholars. His skill in diplomacy kept Ferrara at peace meanwhile.

Under Leonello's brother and successor Borso (1450-71) the impetus given in these directions was not sustained, although the Studium continued to be maintained at his expense. Borso had followed a military career in the service of Venice before succeeding his brother and had no interest in classical studies, although he considerably enlarged the library he inherited with translations, and especially with chivalric romances, the adventures of the paladins of Charlemagne and the knights of King Arthur. His contribution to the aristic glories of Ferrara was primarily the concrete one of increasing its architectural beauty by building splendid palaces and monasteries and elaborating those which already existed. His younger brother, Ercole, who succeeded him in 1471, continued the work of embellishing the city, and employed an architect to plan an ideal arrangement of open spaces with harmonising buildings—an early town planner. Ercole had also, as we have seen, a passion for the theatre, which was to provide an inspiration to Ariosto. An interest in and knowledge of classical drama were one of the obvious results of a humanistic education, but like Borso, Ercole preferred the vernacular to the obscurities of a learned tongue, hence the tendency first to translate, then to imitate, rather than leave Latin plays in their original form.

Ercole's enthusiasm for theatrical productions was one facet of a taste for pageantry and visual entertainment which he indulged whenever an occasion presented itself. He spent a great deal of money on banquets, tournaments, processions and hunting, as well as on dramatic spectacles, to some extent in an attempt to give an impression of power and wealth greater than he actually possessed; but he won for Ferrara a position of prime importance in the development of the Italian theatre. When Ariosto described the life led by Ruggiero with Alcina, he perhaps had Ercole's habits in mind:

Spesso in conviti, e sempre stanno in feste,
in giostre, in lotte, in scene, in bagno, in danza.
Or presso ai fonti, all'ombre di poggetti,
leggon d'antiqui gli amorosi detti;

or per l'ombrose valli, e leite colli
vanno cacciando le paurose lepri...   [VII, 31-32]

Duke Alfonso I, who succeeded his father Ercole in 1505, continued the tradition of his family as patrons of painting, sculpture and architecture and enthusiasts for the theatre, and Ariosto's comedies were written and performed for his entertainment, but like his immediate predecessors he was a better patron of the visual than of the literary arts. Writers were given court appointments, but they had to work in other ways besides indulging in their literary activities, whereas painters were allowed to paint. Alfonso's personal interest was the designing and casting of artillery, and his rule was, not inappropriately, a time of war for Ferrara.

In 1508 the Italian powers which had suffered losses of territory as a result of Venetian expansion during the fifteenth century combined to attack Venice in an effort to regain their lost possessions. Ferrara was drawn into this alliance, the League of Cambrai, because it was a vassal of the Pope, and the other members were France, Spain, the Empire and Mantua. Alfonso succeeded in retaking some of the territory which his father had lost to Venice, but in July 1509 Venice reacted effectively and threatened to attack Ferrara by sea and along the Po. The ensuing victory gained by Alfonso and Cardinal Ippolito at La Polesella in December of that year, in which Alfonso's cannons played an important part, is celebrated in *Orlando Furioso* (XL, 1-3). In 1511, however, Venice returned to the attack, this time with the support of Pope Julius II, who had broken up the League of Cambrai because his aim was now to drive the French out of Italy and recapture former Papal territories which had passed out of his control, including Ferrara and Modena. The French continued to help Alfonso, and again his artillery was instrumental in securing a victory at Ravenna (*Orlando Furioso* XIV, 1-9). Although the French were then driven from Italy, largely by Swiss forces, the death of

Julius II in 1513 brought Ferrara's troubles to a temporary halt. It was during these years of warfare that Ariosto was composing his poem, and this background of actual warfare should not be forgotten: his inspiration was not entirely literary, and he expresses a nostalgic preference for man-to-man fighting rather than the impersonalised and unchivalric warfare implied in the use of artillery (XI, 26-7; see page 223) and contrasts the courteous behaviour towards the enemy of former times with the barbarity shown by contemporary mercenary soldiers (XXXVI, 1-8).

Orlando Furioso was written as the sequel to a work left unfinished by another Ferrarese poet, Matteo Maria Boiardo (1441-94), who died when Ariosto was twenty. Like Ariosto, Boiardo received a humanistic education, wrote fine poetry in the Petrarchan tradition and served the ruling family of Ferrara as courtier, envoy and administrator. To please his patrons, his friends and primarily, one supposes, himself, Boiardo sat down to write his own version of the adventures of the knights, damsels, magicians and dwarfs which had long been recited in the courts and market-places of Europe by professional story-tellers. The basic ingredients of his *Orlando Innamorato* were those of the traditional chivalric tales which are known collectively as the Matter of Britain and the Matter of France, so called because of the geographical location of the main action. The first consists of the legends of King Arthur and his knights, of the wizard Merlin and the quest for the Grail, exemplified in English literature by Sir Thomas Malory's *Morte d'Arthur,* Tennyson's *Idylls of the King* and more recently T. H. White's *The Once and Future King;* the second concerns the feats of Charlemagne and his paladins, chief among whom were Roland and Renaud (Orlando and Rinaldo) in wars against the invading Moslems in early medieval Europe. These stories were also among the favourite reading matter of the educated classes of northern Italy in the fifteenth century, and Duke Borso in particular had collected in his library at Ferrara a fine array of French romances and *chansons de geste* as well as Italian versions and translations in prose and verse. Boiardo had thus plenty of literary material to hand, besides his own lively imagination, and a guaranteed sympathetic and interested public in whom he could assume a knowledge of the background and characteristics of the chief heroes and villains of his story.

The complex of legends about Charlemagne and his paladins grew up around a simple historical fact, the expedition led by the Frankish king Charles (768-814) into Spain against the Moslems, who had conquered most of the Iberian peninsula in 711-720 and had even attempted to advance into northern France until defeated at Poitiers in 732 by an earlier Frankish king, Charles Martel. Charlemagne was not particularly successful in Spain; it took his forces twenty years to advance as far as the Ebro, and it was on his return from an expedition in 778 that the famous defeat of Roncesvalles took place—immortalised in the great *Chanson de Roland*—in which his rearguard was annihilated and the historical Roland—for there was one—was killed; a defeat inflicted, incidentally, not by Moslems but by the local, Christian, Basques. Nevertheless Charlemagne's Spanish wars were the first effective counter-offensive against the increasing power of Islam, and the Franks felt that they were fighting a kind of Crusade, on behalf of Christendom.

Legend soon made this defeat a tragic and heroic event of epic proportion, made the dead Roland a kinsman of Charlemagne himself and invented a treacherous villain, Ganelon, to account for the disaster; it invented too a series of reprisals by Charlemagne against Ganelon and against the Saracens by way of revenge, and then by extension another series of wars fought against the Saracens by Charlemagne in various parts of Europe before the defeat at Roncesvalles. The story of *Ogier de Danemarche* and the *Chanson d'Aspremont,* for example, show the Saracens defeated in Rome and in Calabria, *Renaus de Montauban* in Gascony and Jerusalem, the *Entrée en Espagne* and *Prise de Pampelune* in Spain. These legends were brought into Italy by travelling story-tellers, the *cantastorie* or *cantimbanchi,* —there are twelfth-century statues of Roland and Oliver on the façade of Verona cathedral—and native continuations and adaptations followed. The Italian versions follow a general pattern in which one or other of Charlemagne's knights leaves the court in order to seek adventures in which to demonstrate his valour and prowess, going eastwards into Infidel country; he performs prodigious deeds against giants and monsters, defeating whole armies, but he is persecuted by the villainous machinations of Charlemagne's arch-enemy Ganelon and finally rescued by friends who have come in search of him, and after baptising countless pagans they return home. Comic and love adventures are usually included in their vicissitudes. *Li Fatti di Spagna,* which continues the *Entrée en Espagne,* contains Arthurian elements such as a marvellous fountain, enchanted arms, and a forest of giants, and in Andrea da Barberino's early fifteenth-century continuation of the *Chanson d'Aspremont, Aspromonte,* which deals with Orlando's youthful exploits during a Saracen invasion of Italy, he falls in love at first sight with Alda, wins her favour by his prowess, swears that he will conquer Spain and crown her queen, so that his subsequent feats in the Spanish campaign are for her, not for Charlemagne his king, nor for Christianity.

These later versions tend to eliminate the notable difference of spirit and content which existed between the Arthurian stories, which originated probably in Welsh poetry of the tenth and eleventh centuries and are very much concerned with love and magic, distant journeys and fantastic adventures, and the earlier Carolingian ones, which have a more epic quality in which religious and patriotic fervour inspires the knights of Charlemagne to deeds of valour, strength, generosity and sacrifice of a more austere kind, love being relegated to a very minor role, and although there are miracles in some stories, no supernatural means give the heroes unfair advantages over their foes. Roland is an almost saintly figure in the early Matter of France; his betrothed, Aude, is mentioned only twice in the *Chanson de Roland*. His transformation into a love-lorn knight in the style of Lancelot began in Italy in the fourteenth-century poem l'*Entrée en Espagne*, which was actually written in French, in Padua, and in *Li Fatti di Spagna* Orlando leaves Charlemagne fighting in Spain and goes east in pursuit of a Saracen beauty. Boiardo's Orlando was thus not the first to be *Innamorato*, and although he chooses to use the geography (mainly France, Spain and North Africa) and the personages of Carolingian epic, the material of his poem is closer in feeling to that of Arthurian romance, whose superiority, he explains in the poem, is due to its concern with love. Charlemagne's story is less glorious

> Perchè tiene ad Amor chiuse le porte
> E sol se dette alle battaglie sante.   [II, xviii, 2]

Nevertheless, the Matter of France was more familiar to Italians than the Matter of Britain ('Britain' includes Brittany) partly because it was geographically nearer home and also because Charlemagne thought of himself as reviving the Western empire and in A.D. 800 had himself crowned Holy Roman Emperor in Rome, so for Italians Charlemagne was 'più nostro', particularly when the nationalistic French element was watered down; and he and his knights, fighting to save Christendom from the threat of the Infidel, reflected a contemporary situation in which the Turks were actually advancing into Europe, with the fall of Constantinople in 1453, the occupation of Otranto in 1480, the siege of Vienna in 1528 and the occupation of Belgrade in 1529, while Moorish pirates were continually raiding the coasts of southern Europe.

It is rather ironic that the reason Boiardo laid down his pen before finishing his *Orlando Innamorato* was the invasion of Italy by the French king, Charles VIII, in 1494: the last stanza begins

> Mentre che io canto, o Iddio redentore,
> Vedo la Italia tutta a fiamma e a foco
> Per questi Galli, che con gran valore
> Vengon per disertar non so che loco;   [III, ix, 26]

the depressing circumstances of real life overcame the pleasures of escapist creation.

Boiardo left not merely an unfinished poem but a series of unre-
solved adventures and a large cast of knights, damsels, enchanted
horses and weapons, magicians, wicked fairies and so on scattered
over three continents and, as it were, frozen in a variety of situa-
tions and poses from which they could be released only by someone
bold enough to take up Boiardo's work where he had laid it down.
Not the smallest of Ariosto's achievements was his success in
picking up the different threads and weaving them into a splendid
and more complex pattern of his own while fulfilling in his narra-
tion prophecies that Boiardo had made in his—such as the destruction of Bizerta by Orlando.

He continued to use Boiardo's verse form, *ottava rima,* which was
the traditional narrative metre used by the *cantastorie* who catered
for the crowds in the *piazza,* and both Boiardo and Ariosto make it
clear from their manner of telling their story that they are aware
of the traditions of the popular entertainers and are consciously
continuing them, although writing rather than singing or reciting,
expecting to be read rather than heard. For instance, the *cantastorie*
usually began each *cantare*—a day's recitation—with a religious invocation followed by a reminder of the situation at the end of the last
recital, and occasionally a moral observation arising from the
action. The audience were frequently addressed directly, thanked
for their kindness, and invited to listen another time; in order to
encourage them to do this the story would often be interrupted at
an exciting point, and for the same reason as well as for variety
one thread of narrative would be broken off to continue another
story; in order to gain credibility, the *cantastorie* would refer to
'historical sources' as authority for some event or statement, and
in the Matter of France reference would be made especially to
Archbishop Turpin, traditionally the chronicler of Charlemagne. The
day's recital would end with a recommendation to God, an excuse
for breaking off and an indication of what would happen in the next
cantare. To help in improvising verses the *cantastorie* would tend
to use stereotyped phrases—an inevitable adjective or adverb or
simile, for instance—proverbs and proverbial sayings in order to
fill out a line or gain time to think out the next; and to help the
memory and keep the audience's attention they had a trick of latching
one stanza to the next by such means as a word or rhyme in the
last line repeated in the first line of the next.

Ariosto imagines a real public and addresses his hearers at the
beginning and end of a canto and often during the course of it as well.
He omits the religious invocation and commendation, but he likes
to begin a canto with an introduction, sententious, historical, eulogistic or slightly mocking, always less fantastic than the rest of
the canto, striking a more serious and realistic note so that the

story is less detached from real life because the observation belongs both to it, arising out of what has been happening, and to reality. Sometimes the narrative follows on directly from the preceding canto, but often Ariosto uses traditional phrases to form a link— 'Signor, ne l'altro canto vi dicea', 'Or torniamo a contar del paladino' —and similarly he ends his cantos 'Non piú, Signor, non piú di questo canto, /ch'io son già rauco e vo' posarmi alquanto' or 'All'altro canto vi farò sentire / S'all'altro canto mi verrete a udire' or 'Vi potria la mia storia esser molesta / Et io la vo' piú tosto differire / Che v'abbia per lunghezza a fastidire'. He too interrupts his narrative at an exciting point, but never so abruptly as to disturb the development of the story, and like the *cantastorie* he turns from one set of characters and events to another several times in the course of a single canto. He often makes a joking appeal to the authority of 'Turpino' or some other authority, he makes use of proverbs and colloquial expressions and exaggerated imagery, to add to the popular flavour, and sometimes links one *ottava* to another with a repeated word. All these traditional techniques which Ariosto used deliberately in order to emphasise the nature of the work he was writing would have been appreciated as such by his educated audience, and at the same time they would be aware of the difference between the achievement of the popular entertainer and that of Ariosto.

The content of the poems and stories narrated in the market-place had become sadly debased from their early dignity. Charlemagne and his knights brawled and swore at each other, while their history became a confused and increasing succession of fabulous adventures, the object of the narrators being chiefly to surprise and amuse their hearers. When Boiardo set out to write his *Orlando Innamorato* he evidently intended to raise the treatment to a higher level than the *cantastorie* cared to attain, to re-introduce *cortesia* into the knight's behaviour, but he could not shake off the idea that a chaotic series of strange, monstrous and even violent adventures were necessary to keep an audience interested and so his work seems completely, almost frenetically, detached from reality.

Ariosto is affected by similar influences, but at the same time a new feeling is present. A sense of increased seriousness and dignity is given to his story, and an added interest provided for his public, by the incorporation of features from classical literature, which for educated Italians of the fifteenth and sixteenth centuries provided models which an author could not do better than to follow. The very title is an echo of Seneca's play *Hercules Furens*. Whereas Boiardo begins *Orlando Innamorato* with the *cantastorie's* call for his audience's attention:

Signori e cavalier che ve adunati
Per odir cose dilettose e nove,
Stati attenti e quiëti, ed ascoltati
La bella istoria che 'l mio canto muove,

Ariosto opens in classical form with a proposition, or statement of
his theme, and a dedication addressed to Ippolito d'Este. *Orlando
Furioso* is to some extent an exaltation of the house of Este, both
explicitly, in eulogistic and prophetic passages throughout the work,
and implicitly, in that it culminates in the marriage of two of the
outstanding characters, Bradamante and Ruggiero, who are destined
to be the ancestors of the Este family. It is no coincidence that
Virgil's *Aeneid* is in the same way a glorification of the *gens Iulia,*
the family of Julius Caesar and Augustus, which claims its descent
from Aeneas through his son Ascanius and presents, for example,
the triumphs of Augustus by the same device of prophecy.

This is only one of many parallels with the *Aeneid:* the story of
Cloridano and Medoro (Cantos XVIII and XIX) follows closely that
of Nisus and Eurialus in *Aeneid* IX, the account of Rodomonte's deeds
in Paris (XVIII) is based on that of Turnus in the Trojan camp
(*Aeneid* IX). Ovid is another classical author often used by Ariosto:
Astolfo's miraculous transformation of stones into horses (XXXVIII)
resembles Jason's turning serpents' teeth into armed warriors
(*Metamorphoses* VII); Ruggiero's rescue of Angelica from the Orca
(X) imitates Perseus' rescue of Andromeda (*Metamorphoses* IV),
the kingdom of Alcina, where her prisoners are turned into animals
(VI-VIII), is based on that of Circe (*Metamorphoses* XIV); the story of
Bireno's desertion of Olimpia is almost a translation of the story of
Theseus and Ariadne related in *Heroides* X. These are some of the
more obvious cases of borrowing from Latin authors, and, far from
incurring blame for copying stories and descriptions from earlier
works, Ariosto would give additional pleasure and gain additional
credit from his audience for fashioning his own episodes after such
excellent models and, in some cases, even improving on them. He
also borrows small details, such as Logistilla providing a bit for
the Ippogrifo as Minerva did for Pegasus, and throughout the poem
he uses mythological imagery, examples drawn from Greek and
Roman legend and history, to decorate his expression. He even
translates phrases and constructions which he thinks vigorous and
interesting. Familiarity with this kind of material was widespread
among his readers, and no one would think he was being abstruse
and difficult, but would share his appreciation of what he borrowed.

Ariosto put into his poem many other ingredients which would be of
particular interest to his immediate readers, which make it so
revealing to us of the preoccupations of the society in which he lived.
He is always ready to describe fine clothes and armour—which are

similar to those worn and admired by wealthy contemporaries—and scenes of pageantry such as punctuated their formal lives. It was an age in which visual beauty had a particularly strong appeal, and Ariosto's descriptions are evidence of a strongly pictorial imagination and a delight in vivid portrayal of beautiful landscapes and spirited action, appealing attitudes and dramatic encounters. His experience in the theatre is complemented by his skilful handling of action and tableaux—he seems to have arranged every detail in his mind's eye to make the maximum effect before he starts describing in words.

The important role of women in *Orlando Furioso* is perhaps one reason for the gentler, more courtly tone of the work compared with its predecessors, and this reflects the ascendancy of women in the courts of Renaissance Italy. The ladies of Ferrara were among the most distinguished of these: Eleonora of Aragon, wife of Duke Ercole, her daughters Isabella and Beatrice, who became respectively Marchesa of Mantua and Duchess of Milan, and Lucrezia Borgia, wife of Alfonso I, all of whom Ariosto praises in Canto XIII, were renowned for their intelligence and culture, and these noble and spirited ladies were certainly among the real women he had in mind when he depicted Bradamante and Fiordiligi, Isabella and Olimpia.

On the other hand, Ariosto was writing the *Furioso* at a time when Ferrara was deeply involved in wars, and fighting was a real and not merely a literary pursuit. To a certain extent, therefore, he was writing for experts in military matters, and he is accordingly careful with details in his descriptions of weapons, duels, accoutrements, blows and their effects. Nevertheless there is comparatively little warfare in the poem, and Ariosto prefers to dwell on the virtues of chivalry, courage, honour, fortitude, generosity, loyalty, the complex of qualities which Baldassare Castiglione in his *Libro del Cortegiano* required the perfect courtier to possess, rather than the military aspect. He finds a source of humour in the fantastic blows and preposterous achievements of his knights—Orlando collects as many as six bodies on his lance, like frogs on a spit, until there is no room for more (IX, 68-9), Ruggiero kills four or five at a blow (XXV, 15)— but what he admires, without emphasis, is their sense of fair play, their courtesy towards their enemies the moment they stop fighting, as he explains soon after the beginning of his poem, the 'gran bontà de 'cavallieri antiqui'; and the pagans in general share the nobility of the Christians, a nobility which Ariosto's contemporaries certainly appreciated in theory, however much their reality might diverge from it.

He himself clearly found much enjoyment in making his characters utter noble sentiments and behave in accordance with an ethic

which he wistfully admired rather than envisaged as prevailing or
even attainable in his own time. He is not so unpractical as to hold
them up as models of moral superiority for his readers to emulate,
any more than his moral reflections in the *exordia* or the mild
allegory of the realms of Logistilla and Alcina have a didactic intention. His is a tolerant, not idealistic, view of the potential qualities of real man. Nor is there any serious crusading purpose in
presenting the story as one of Christians overcoming the Infidel,
although Orlando is punished with the loss of his reason specifically
because he neglected his destined role as the defender of the
Christian faith, and Ariosto reproaches Christians in general for
warring among themselves while leaving the holy places of their
faith in Moslem hands (XVII, 74-79).

This point is typical of Ariosto's concern with reality, which never
deserts him however deeply immersed he appears to be in the world
of his fantasy. Just as, whatever extraordinary adventures befall
his characters, they react with normal, human, recognisable emotions,
so, whatever he is narrating, he relates it in some way or another
to a recognisable reality, whether the specific reality of sixteenth-
century Italy or the general reality of what is summarised as the
'human condition'. He refers frequently to contemporary events, to
real people, to recent or remote but factual history; he refers often,
especially in the form of similes, to familiar sights—a fly buzzing
round a dog on a hot day, a drop of mercury splitting up and joining
together again, hounds losing the scent—or describes scenes such
as the kind of public rejoicing Ferrara must have experienced after
Alfonso's victories against Venice, or the mourners at a state
funeral. Sometimes a character expresses a generalisation arising
from the circumstances in which he finds himself, like Sacripante
in the first canto, and of course Ariosto often does so in his *exordia:*
the anger aroused by seeing a friend injured in any way, the incon-
stancy of human desires. The illusion of the proximity of reality is
fostered also by Ariosto's concern for physical detail (the squeaking
door in Merlin's cave, the index provided in Astolfo's book of remedies for spells) and for psychological verisimilitude (blind Senapo
forgetting his stick in his eagerness to greet his deliverer, Bradamante's inability to kill Atlante, the account of the onset of Orlando's
madness).

On the other hand a poet cannot continuously treat with perfect
seriousness things in whose truth or possibility neither he nor his
readers believe, and from time to time Ariosto smiles at his work.
The comically exaggerated feats of some of his heroes convey an
ironic reaction to the unreality of the achievements traditionally
attributed to epic protagonists, whether in slaying prodigious
numbers of the enemy, like Orlando with his sword cluttered with

bodies, hurling an offender three miles into the sea, like Rodomonte, or running in armour faster than a horse at full gallop, like Rinaldo. He enjoys the idea of all the famous knights of Charlemagne fleeing in dismay at the sound of Astolfo's horn. There is a vein of satire, as in his account of the Archangel Michael seeking in vain for Silence, Peace and Charity in churches and monasteries and finding Discord there instead; and there is good-natured irony in his list of the things in the moon which have been lost on earth, and in his comments such as when Sacripante believes Angelica's assertion of her virginity:

> Forse era ver, ma non però credibile
> a chi del senso suo fosse signore,

and on the regret with which some knights and ladies received their freedom from Atlante's enchanted castle. And there is grotesque humour in his descriptions at times, such as Astolfo's disposal of the monster Orrilo, which can be killed only if a particular hair on its head is cut, whereas any other part of its body can be put back in place as good as new. Astolfo succeeds in lopping off its head and galloping away with it:

> Quel sciocco, che del fatto non s'accorse,
> per la polve cercando iva la testa:
> ma come intese il corridor via tôrse,
> portare il capo suo per la foresta:
> immantinente al suo destrier ricorse,
> sopra vi sale, e di seguir non resta.
> Volea gridare:- Aspetta, volta, volta!—
> ma gli avea il duca già la bocca tolta.   [XV, 84]

At the same time Ariosto is capable of treating with the utmost sincerity and sympathy such tragic episodes as the death of Brandimarte, or the desertion of Olimpia.

Ariosto's narrative aspirations were first manifest in one of his *Capitoli,* written in 1500-04, which is the beginning of a serious epic on the war between Philip the Fair of France and Edward I of England in 1294-98. Known as the *Obizzeide* from the name of its hero, Obizzo d'Este, an ancestor of his patrons, Ariosto abandoned it after two hundred or so lines. The first news of the writing of *Orlando Furioso* is contained in a letter from Isabella Gonzaga, Marchesa of Mantua, to her brother, Cardinal Ippolito, thanking him for sending Ariosto to bring congratulations on the birth of her son, in January 1507. She says that she has been listening with much pleasure to the work which Ariosto was then composing. Another letter, from Ariosto to her husband, written five years later, promises him that he will see the book as soon as it is in a more polished state. The first edition was published in April 1516; the second, which contains a few alterations, mainly concerned with eliminating linguistic regionalisms, was published in 1521.

In a letter to a friend in October 1519 Ariosto wrote, 'È vero che io faccio un poco di giunta al mio *Orlando Furioso*, cioè che io l'ho cominciato.' The additions referred to were perhaps some stanzas intended for the episode in which Charlemagne is sent a splendid shield by the queen of Iceland, in Canto XXXII, which was to have been covered with pictures representing a part of the history of Italy; in the final version of 1532 the historical illustrations are painted on the wall of the Rocca di Tristano in the following canto. The chief attempt to write additional cantos which were then discarded resulted in what are known as the *Cinque Canti;* they were begun about 1521 and intended for insertion after the beginning of the last canto of the second edition, to provide fresh obstacles to the union of Ruggiero and Bradamante. They differ from the rest of the poem, however, both in content, which is more allegorical and more fantastic—Ruggiero is swallowed by a whale within which he finds Astolfo and many others, living on the cargoes of wrecked ships which the whale swallows, using the ships' timbers for fuel and the flow of water through the whale to grind corn—and also in style, which is more prosaic and verbose, lacking the verve of most of the rest of the poem.

In another letter, of January 1532, Ariosto writes that he has added about 400 stanzas to *Orlando Furioso* and hopes in a further edition to add even more. The additions to the 1532 edition bring the total number of cantos from forty to forty six, but they were not all merely added to the end of the existing text. The longest episode concerns the story of Leone, his rivalry to Ruggiero for the hand of Bradamante and his final yielding to his rival. This does have the effect of bringing Ruggiero to the fore at the end of the work, as befitted the founder of the Este family, but the narrative continues for 1,900 lines, from Canto XLIV to XLVI, without any digression or variety of interest. The other long addition is the fine story of Olimpia and Bireno, told in Cantos IX-XI, but interrupted with the continuations of other stories. Many other, briefer, additions are political, historical and biographical in content, such as the historical survey of the role of the French in Italy in Canto XXXIII. Apart from additions, the text was a more carefully corrected version of that of 1521. Giovanni Battista Giraldi, who seems to have known Ariosto well in the last years of his life, says that he was in the habit of asking for advice from men of letters and especially those who were expert in writing in the vernacular, and made many alterations, excisions and additions according to their advice. In particular, by seeking the counsel of Pietro Bembo he was aligning himself with the literary movement which sought to affirm literary

Tuscan as the national language. Giraldi says of him 'questa lingua e gli scrittori di essa gli debbiano esser molto tenuti, come a colui che abbia la lingua molto arrichita, con dare parole a chi scrive in essa di potere spiegare in carte lodevolmente ogni concetto.' Boiardo had been little concerned with such wide horizons and was content to let his poem stand, full of Ferrarese forms, to the extent that after fifty years it was virtually rewritten in Tuscan by Francesco Berni, and for centuries Boiardo lost almost all credit for his invention.

Ariosto assumes in his readers a knowledge of *Orlando Innamorato:* 'A che voglio io tutte sue prove accorre,/Se le sapete voi come io?' he says of Angelica's ring, and the same is true of most of the characters, their previous history, and the point at which they had been left in Boiardo's unfinished poem. There are three main narrative strands in *Orlando Furioso*, and each of them is continued from the earlier work: the war between Charlemagne and Agramante, Orlando's unrequited love for Angelica, and the mutual love of Ruggiero and Bradamante, which Boiardo had already announced would lead to the foundation of the house of Este. He takes up the situation of the principal characters where Boiardo had left them, and in Canto I, 5-9, he summarises it as far as the war is concerned. In *Orlando Innamorato* Agramante, king of Africa, has declared war on Charlemagne to avenge the death of his father, Troiano, slain by Orlando at Aspromonte. He is joined by Marsilio, the Saracen king of Spain, and together they attack France through Provence. Their allies include Mandricardo, Emperor of the Tartars, whose father had also been killed by Orlando, and Galafrone, Emperor of Cathay, who provides a secret weapon in the person of his beautiful daughter, Angelica. Her role is to disperse and destroy Charlemagne's paladins, who inevitably fall in love with her and pursue her to the Far East. At the end of the poem, and so at the beginning of *Orlando Furioso*, Charlemagne's forces suffer a defeat north of the Pyrenees, and Ariosto continues with the victorious Saracens pursuing the Christian forces northwards and laying siege to Paris. The siege is eventually raised, with the help of reinforcements from England and Scotland, and with that of Discord and Pride, who are sent by the Archangel Michael to sow dissension in the pagan armies. The Saracens are then driven south and regroup at Arles, on the Rhône, where reinforcements from Spain and Africa could reach them by sea and river. Before this happens, however, the Christian forces attack, and the Saracens are again put to flight, Marsilio returning to Spain, and Agramante and his followers taking ship to make for Africa. They then suffer a naval defeat, while Agramante's capital, Bizerta, has been besieged and taken by other Christian forces led by Orlando and Astolfo. The war between Agramante and

Charlemagne is finally resolved by a triple combat on the island of Lipadusa in which Orlando kills Agramante and another of his champions, and gravely wounds the third, who is eventually baptised.

At the beginning of *Orlando Innamorato* Angelica arrives at the court of Charlemagne and challenges his knights to joust with her brother Argalia: whoever unhorses him will win her hand, whoever is defeated by him must remain his prisoner. As he has an enchanted lance and she has a ring which can make her invisible, this is a ruse to rob the Frankish king of his paladins. Nevertheless, Argalia is killed and Angelica takes to flight, followed by an assortment of enamoured knights, who include Orlando and Rinaldo, even as far as Cathay, where she is then beseiged in a fortress by Agricane, king of the Tartars, who is also in love with her. Orlando kills Agricane, his army is routed by that of Angelica's father, and Orlando returns to France, taking Angelica with him, to help Charlemagne, now under attack by Agramante and Marsilio. Rinaldo, finding Orlando and Angelica together, provokes Orlando, and they fight; the duel is interrupted by Charlemagne, who puts Angelica, as the cause of friction, under the protection of the elderly Duke Namo, saying that she will be the prize of whoever of the two most distinguishes himself in the coming battle. This is the situation at the beginning of the *Furioso,* and in it Ariosto repeats the same pattern: Angelica flees, pursued by Rinaldo and other knights, both Christian and Saracen, who fight each other while she flees again, and then is sought by Orlando, who leaves his king surrounded by the enemy. Angelica falls in love with and marries a soldier in Agramante's army, and together they set off for her kingdom in the East, while Orlando, discovering what has happened, loses his senses. He is cured by Astolfo, who makes a journey to the moon, where things lost on earth are to be found, and then leads the attack on Bizerta, finally killing the Saracen king.

With the third narrative strand, the love story of Ruggiero and Bradamante, Boiardo committed his successor to an ending which would bring Ruggiero to the forefront as the great and distinguished ancestor of the Este family, and thereby to a degree of eulogising the family which Ariosto was seemingly quite happy to accept and to expand. The third canto contains a survey of the male descendants of Ruggiero and Bradamante, praising them as far as possible; and the contemporary Estense ladies are similarly treated in Canto XIII, for instance. Ruggiero, according to Boiardo, is fated to die by treachery after his conversion and marriage, and in *Orlando Innamorato* the magician Atlante, who brought him up after he was orphaned, continually tries to avert this eventuality by keeping him prisoner in an enchanted garden. Agramante, who has been told that he will not be successful in the war until the unknown warrior,

Ruggiero, has joined his army, sends the super-thief Brunello to steal him away from Atlante's care. In the ensuing battle, in which the Christians are duly defeated, he meets Bradamante, who is dressed in armour. They talk, he tells her his family history, tracing his descent from Hector of Troy, and when he asks her who she is, she takes her helmet off, he realises that she is a girl, and they fall in love. Almost at once they are separated by more fighting and the onset of night.

When Ariosto takes over, Bradamante learns that Ruggiero has again been shut up by Atlante in an enchanted castle. She manages to release him, only to see him carried away from her again on a winged horse. Yet again Atlante inveigles him into another enchanted palace, in which Bradamante is also imprisoned, but unfortunately the spells prevent their recognising each other, until they are eventually freed by Astolfo. Ruggiero agrees to receive baptism as a preliminary to marrying her, but on their way to the nearest abbey they are again separated in the course of a fight. Bradamante returns home, unwillingly, and Ruggiero writes to say that he will be with her within twenty days—a rash promise in a chivalric romance—and when Bradmante hears that he is in company with another woman (who is in due course revealed to be his sister) she sets out determined to kill her suspected rival and then let herself be killed in battle by Ruggiero himself. When this confusion has been sorted out and the lovers reconciled, a new obstacle to their union appears in the person of Leone, son of the Greek emperor, who wishes to marry her and has the approval of her parents. Ruggiero goes off to Greece to vanquish and kill Leone and his father Constantino, fights valiantly against them on behalf of the Bulgars, but is defeated and imprisoned. He is freed by Leone, who has been greatly impressed by his valour, but, despairing of marrying Bradamante, he goes off to die of starvation. Rescued again by Leone, they go together to Charlemagne's court, where a deputation from the Bulgars invites Ruggiero to be their king, Leone renounces his claim to Bradamante, and the wedding finally takes place. Finally Ruggiero kills in a duel Rodomonte, the fiercest of the Saracen warriors.

Besides these main stories and the characters concerned in them, Ariosto continues the adventures of Boiardo's knights along the lines suggested by the earlier poem, but giving more substance to the figures and more verisimilitude to the action, and of course inventing much more besides. Many of the major characters and features of *Orlando Furioso* have had to be omitted in the present abridgement, chief among whom is Rodomonte. It is said that when Boiardo had found a name for his conception of this knight he had the church bells rung in celebration; and his name has also given a word to the English language, rodomontade, to mean extravagant boasting. Always shouting and swearing, he is nevertheless a prodigious fighter and in *Orlando Innamorato* he attacks Provence single-handed just as in the *Furioso* he storms and almost takes Paris by his own efforts. Like Orlando he deserts his allies in pursuit of his beloved, Doralice; when she goes off with another knight he curses all women and then falls in love with Isabella, who cares for nothing but her dead Zerbino and tricks Rodomonte into decapitating her. After he has been defeated in combat by Bradamante he goes off to sulk in a cave for a year, a month and a day, and finally appears at the wedding feast of Ruggiero and Bradamante, challenging the bridegroom to a duel. After an epic struggle Ruggiero kills him, and, in the final lines of Ariosto's poem,

> bestemmiando fuggí l'alma sdegnosa,
> che fu sí altiera al mondo e sí orgogliosa

It is perhaps typical of Ariosto that although we are frequently told of Rodomonte's boasting and swearing he is never quoted *verbatim* except for a mild piece of invective against women in general provoked by Doralice's infidelity.

Another regrettable omission is that of Marfisa, a girl warrior on the Saracen side, considerably less feminine than Bradamante and perhaps in that respect intended as a foil to the heroine, who serves to give a considerably human dimension to Bradamante by arousing her jealousy; she is eventually discovered to be Ruggiero's twin sister. Also omitted are several self-contained stories, such as that of Olimpia and Bireno, part of which follows very closely Ariadne's desertion by Theseus as narrated by Ovid in *Heroides* X; that of Ginevra and Ariodante, which provided Handel with the plot of an opera and Shakespeare with an episode in *Much Ado about Nothing;* and the *novelle* of Giocondo and Astolfo, king of the Lombards (Canto XXVIII), of the enchanted cup, and of Argia and the magic dog (Canto XLIII). Of Ariosto's monsters only the Orca and the Ippogrifo are included here, the Orco of Canto XVII and the grotesque Orrilo of Canto XV being the principal omissions. It can only be hoped that sufficient remains to give some idea of Ariosto's charm and versatility and the variety of his material

This variety was the chief fault found in *Orlando Furioso* by the Aristotle-obsessed critics of the later sixteenth century: 'ch'egli non abbi seguitato le vestigia degli antichi poeti'. When Ariosto finished the final version of *Orlando Furioso*, Aristotle's *Poetics,* although certainly not unknown, had not the importance for literary criticism they were to acquire after 1548, when the first critical edition was published, the first Italian translation appearing the following year. Only then did it become clear that both the *Furioso* and the *Innamorato* failed to fulfil the basic requirements of an epic poem. An epic poem, according to Aristotle, 'should present a single action, whole and complete, and having a beginning, a middle and an end', whereas the ending of Ariosto's poem had nothing to do with the subject as announced in the title, its beginning—in so far as it had one—differed considerably from its end, and throughout the narrative leapt from one story to another so that instead of a single action there were many. Moreover Ariosto mixes lowly and humble people with eminent and grave persons, and where Homer and Virgil in their true epics described the great deeds of two noble warriors, he shows a sensible man behaving as a madman.

It is evident that, although he makes use of elements of classical epic just as he does of elements of popular romance, Ariosto had no intention of being confined by any body of literary precepts, however distinguished their source, and he did not lack defenders against those who believed that he should have been. Foremost among these was G. B. Giraldi, who pointed out that *Orlando Furioso* was a romance—*romanzo*—a poetic form of which Aristotle was unaware and to which his rules therefore did not apply; and since Tuscan literature differs from Greek literature in language, spirit and religious feeling it need not—indeed, should not—follow the rules of Greek literature but those of its own traditions and development. These would appear to be incontrovertible arguments, but such was the standing of the classical authors in the sixteenth century that the fundamental laws of poetry were still thought by many to be those which they exemplified, and those alone. So it was argued that a *romanzo* is either an epic poem, in which case it must follow the example of classical epic, or it was a history in verse and not a poem. Thus if *Orlando Furioso* was a poem, it was a faulty epic. Ariosto's most distinguished successor, Torquato Tasso, wrote his *Discorsi del Poema Eroico,* first published in 1587, to express his idea that the most pleasing form of heroic poem would be that which would deal with the delightfully varied chivalric themes of a romance but possess the unity of structure of an epic; and he then wrote his *Gerusalemme Liberata* in order to show that it was possible to write in this way a *romanzo* which would conform with classical precepts. His discussion of Ariosto's achievement, in this work contains a remark which might conclude the argument about theory: 'piú diletta il *Furioso*, il quale molte favole contiene, che altro poema toscano o pur i poemi d'Omero'.

Bibliographical note

Works

Opere minori, ed. C. Segre, Milan and Naples, 1954.
Orlando Furioso, ed. Debenedetti and Segre, Bologna, 1960.
Orlando Furioso, ed. L. Caretti, Turin, 1970.

Life

M. Catalano, *Vita di Ludovico Ariosto*, Geneva, 1931.
E. Gardner, *The King of Court Poets*, London, 1906.

Criticism

W. Binni, *Ludovico Ariosto*, Turin, 1968.
W. Binni, *Metodo e poesia di Ludovico Ariosto*, Messina and Florence, 1961.
A. Borlenghi (ed.), *Ariosto, Storia della Critica*, Palermo, 1961.
L. Caretti, *Ariosto e Tasso*, Turin, 1961.
B. Croce, *Shakespeare, Ariosto e Corneille*, Bari, 1920.
H. Hauvette, *L'Ariosto et la poésie chevaleresque à Ferrare*, Paris, 1927.
A. Momigliano, *Saggio sull'Orlando Furioso*, Bari, 1967
P. Rajna, *Le fonti dell'Orlando Furioso'*, Florence 1900.

There is a very full bibliography in N. Sapegno, 'Ariosto', in *Dizionario biografico degli Italiani*, vol. IV.

Notes on orthographic and linguistic features of the text

Use of accents

In addition to the usual diacritic marks ´ or ` to indicate a final stressed syllable (*dirò, perché*) or to distinguish one word from another otherwise identical in appearance (*séguito, là*), the circumflex (ˆ) is used to indicate contracted forms of verbs (*côrre = cogliere, cominciâr = cominciarono*) and the diaeresis is used to indicate that the two vowels concerned fall in separate syllables rather than forming a diphthong, e.g. *a destruzïon del bel regno di Francia;* cf. *ch'abbi di me sì falsa opinïone,* where *destruzïon* has three syllables, *opinïone* has five, so that both lines are equally hendecasyllables.

Orthography

Although Ariosto revised the second and third editions, particularly in the light of Pietro Bembo's *Prose della Volgar Lingua* (1525), there are many inconsistencies in his revisions, and many differences from modern standard Italian which may present difficulties to the inexperienced reader. He often introduces Tuscan diphthongs uo and ie *(truova, triema),* but usually writes *core* rather than *cuore* and alternates between *mora* and *muora*. Other inconsistencies of this kind are *schena (schiena), anniega (annega), percoteva (percuoteva), scuopra (scopra), mastro (maestro).*

He often omits a post-tonic e or i, as in *carco (cárico), biasmo (biasimo), chierco (chierico), salce (salice), opra (opera), domino (dominio), nerto (merito).*
e and i are often interchanged, as in *nimico, giovene, fuore, avante, tenessi* for *tenesse*. Other features which result in unfamiliar forms are sc for cc *(escelente),* gi for ghi *(gianda, giotto),* c for z *(giudicio),* the loss of intervocalic l *(cingiai* for *cinghiali),* the use of alveolar for palatal gl(i), *(darli, tolle* instead of *dargli, toglie),* gn for ng *(piagno, signozzi* instead of *piango, singhiozzi),* and the doubling and simplification of consonants *(verrone, Ettorre, commodo, aviso, matino).*

Elision and apocope also result in forms which may at first be confusing. Examples are *m'a* for *ma a, e'* for *e i, ch'a* for *che ai, me'* for *meglio, tra'* for *trae, u* for *ove* (Latin *ubi), de'* for *dei* and *devi fe'* for *fece, diè* for *diede, dí* for *disse*. The final -o of third person plural verbs and of nouns, the final -e or -re of infinitives are omitted in many cases.

Articles

'l is often found instead of *il, li* instead of both *i* and *gli (li vizii, li sproni); un* and *uno* are sometimes interchanged *(un spasso, uno abete)*. In combination with prepositions, the preposition may change its form but is not always joined to the article: *in + il,* etc, gives *nel* but *ne la, ne lo,* etc.

Pronouns

Common disjunctive forms are *i'* instead of *io, e'* for *egli, nui, vui* for *noi* and *voi. Meco, seco, nosco* are used for *con me,* etc. Conjunctive pronouns are added to forms of the verb which do not normally take them in modern Italian: *piacciavi, have (vi ha),* and initial consonants are doubled when added to stressed syllables *(hollo = lo ho, sallo = lo sa, fermosse = si fermò, domandolli = gli domandò).* They also combine to produce, with apocope, such forms as *mel = me lo, sen = se ne. Ne* is sometimes used for *ci*, 'us'.

Verbs

Past participles Short forms in -o where standard Italian has -ato are sometimes used, as in *desto = destato*.

Imperfect The intervocalic -v- of the ending is usually missing, leaving -ea, -eano, which often yield -ia, -iano (*voleva = volea = voila*). -ieno is also found instead of -eano.

Present indicative and subjunctive Endings in -o are often apocopated. In the first person plural the loss of final -o sometimes leads to -m becoming -n (*andiamo = andiam = andian*), and in the second and third conjugations -emo may be found instead of -iamo. Verbs whose infinitive stem ends in -d may appear with the present stem in -gg or -ggi (vedere: veggio, veggo, veggono, veggiano); similarly, those whose infinitive stem ends in -v may have a present stem ending in -gg or -bb (*avere: aggio, aggiono; dovere: deggio, debbo*) or may lose the consonant entirely (*dovere: deo, dei, deono.*) *Potere* can lose -t- and -ss- (*pôn, puon, ponno for possono*) but *puote* is often found instead of *può*.

Conditional endings -ia, -ia, -iano may be found instead of -ei, -ebbe, -ebbero (*voria* for *vorrebbe, sariano* for *sarebbero*); and *essere* has the forms *fôra, fôrano* as well as *sarei, sarebbe* and *sarebbero*, and similarly in the Future the forms *fia, fiano* as well as *sarò, sarà, saranno*.

Preterite Apocope and contraction, especially of the third person plural produce a varity of forms so that, for instance, *amarono* may appear as *amaron, amàr*. -ero endings are sometimes replaced by -ono, -eno (*ebbono, ebbeno, giunseno*). Irregular third person plural preterites are often contracted: *fûr, fôr* for *furono, diero* for *diedero fero* for *fecero*, and there are also *denno* and *fenno* for *diedero* and *fecero*.

Infinitives also are often contracted, frequent among which are *corre* for *cogliere* and for *correre, torre, tôr* for *togliere*.

These observations are not exhaustive, but it is hoped that they will enable the reader to identify and interpret unfamiliar forms without undue difficulty.

The text followed in this edition is that of C. Segre (Mondadori, Milan, 1966).

Canto I

(1)   Le donne, i cavallier, l'arme, gli amori,
        le cortesie, l'audaci imprese io canto,
        che furo al tempo che passaro i Mori
        d'Africa il mare, e in Francia nocquer tanto,
        seguendo l'ire e i giovenil furori
        d'Agramante lor re, che si diè vanto
        di vendicar la morte di Troiano
        sopra re Carlo imperator romano.[1]

(2)   Dirò d'Orlando in un medesmo tratto
        cosa non detta in prosa mai né in rima:
        che per amor venne in furore e matto,
        d'uom che sí saggio era stimato prima;
        se da colei[2] che tal quasi m'ha fatto,
        che 'l poco ingegno ad or ad or mi lima,
        me ne sarà però tanto concesso,
        che mi basti a finir quanto ho promesso.

(3)   Piacciavi, generosa Erculea prole,[3]
        ornamento e splendor del secol nostro,
        Ippolito, aggradir questo che vuole
        e darvi sol può l'umil servo vostro.
        Quel ch'io vi debbo, posso di parole
        pagare in parte, e d'opera d'inchiostro;
        né che poco io vi dia da imputar sono;
        che quanto io posso dar, tutto vi dono.

(4)   Voi sentirete fra i piú degni eroi,
        che nominar con laude m'apparecchio,
        ricordar quel Ruggier, che fu di voi
        e de' vostri avi illustri il ceppo vecchio.
        L'alto valore e' chiari gesti suoi
        vi farò udir, se voi mi date orecchio,
        e vostri alti pensier cedino un poco,
        sí che tra lor miei versi abbiano loco.

(5)   Orlando,[4] che gran tempo inamorato
        fu de la bella Angelica, e per lei
        in India, in Media, in Tartaria lasciato
        avea infiniti et immortal trofei,
        in Ponente con essa era tornato,

dove sotto i gran monti Pirenei
con la gente di Francia e de Lamagna
re Carlo era attendato alla campagna,

(6)   per far al re Marsilio e al re Agramante
batter si ancor del folle ardir la guancia,[5]
d'aver condotto, l'un, d'Africa quante
genti erano atte a portar spada e lancia;
l'altro, d'aver spinta la Spagna inante
a destruzion del bel regno di Francia.
E cosí Orlando arrivò quivi a punto:
ma tosto si pentí d'esservi giunto;

(7)   che vi fu tolta la sua donna poi:
ecco il giudicio uman come spesso erra!
Quella che dagli esperii ai liti eoi[6]
avea difesa con sí lunga guerra,
or tolta gli è fra tanti amici suoi,
senza spada adoprar, ne la sua terra.
Il savio imperator, ch'estinguer vòlse
un grave incendio, fu che gli la tolse.

(8)   Nata pochi dí inanzi era una gara
tra il conte Orlando e il suo cugin Rinaldo;
che ambi avean per la bellezza rara
d'amoroso disio l'animo caldo.
Carlo, che non avea tal lite cara,
che gli rendea l'aiuto lor men saldo,
questa donzella, che la causa n'era,
tolse, e diè in mano al duca di Bavera;

(9)   in premio promettendola a quel d'essi
ch'in quel conflitto, in quella gran giornata,
degli infideli piú copia uccidessi,
e di sua man prestassi opra piú grata.
Contrari ai voti poi furo i successi;
ch'in fuga andò la gente battezzata,[7]
e con molti altri fu 'l duca prigione,
e restò abbandonato il padiglione.

(10)   Dove, poi che rimase la donzella
ch'esser dovea del vincitor mercede,
inanzi al caso era salita in sella,
e quando bisognò le spalle diede,

presaga che quel giorno esser rubella
dovea Fortuna alla cristiana fede:
entrò in un bosco, e ne la stretta via
rincontrò un cavallier ch'a piè venía.

(11)   Indosso la corazza, l'elmo in testa,
la spada al fianco, e in braccio avea lo scudo;
e piú leggier correa per la foresta,
ch'al pallio rosso il villan mezzo ignudo. [8]
Timida pastorella mai sí presta
non volse piede inanzi a serpe crudo,
come Angelica tosto il freno torse,
che del guerrier, ch'a piè venía, s'accorse.

(12)   Era costui quel paladin gagliardo,
figliuol d'Amon, signor di Montalbano,
a cui pur dianzi il suo destrier Baiardo [9]
per strano caso uscito era di mano.
Come alla donna egli drizzò lo sguardo,
riconobbe, quantunque di lontano,
l'angelico sembiante e quel bel volto
ch'all'amorose reti il tenea involto.

(13)   La donna il palafreno a dietro volta,
e per la selva a tutta briglia [10] il caccia;
né per la rara piú che per la folta,
la piú sicura e miglior via procaccia:
ma pallida, tremando, e di sé tolta,
lascia cura al destrier che la via faccia.
Di su di giú, ne l'alta selva fiera
tanto girò, che venne a una riviera.

(14)   Su la riviera Ferraú trovosse
di sudor pieno e tutto polveroso.
Da la battaglia dianzi lo rimosse
un gran disio di bere e di riposo;
e poi, mal grado suo, quivi fermosse,
perché, de l'acqua ingordo e frettoloso,
l'elmo nel fiume si lasciò cadere,
né l'avea potuto anco rïavere.

(15)   Quanto potea piú forte, ne veniva
gridando la donzella ispaventata.
A quella voce salta in su la riva

il Saracino, e nel viso la guata;
e la conosce subito ch'arriva,
ben che di timor pallida e turbata,
e sien piú dí che non n'udí novella,
che senza dubbio ell'è Angelica bella.

(16)   E perché era cortese, e n'avea forse
non men dei dui cugini il petto caldo,
l'aiuto che potea, tutto le porse,
pur come avesse l'elmo, ardito e baldo:
trasse la spada, e minacciando corse
dove poco di lui temea Rinaldo.
Piú volte s'eran già non pur veduti,
m'al paragon de l'arme conosciuti.

(17)   Cominciâr quivi una crudel battaglia,
come a piè si trovâr, coi brandi ignudi:
non che le piastre e la minuta maglia,[11]
ma ai colpi lor non reggerian gl'incudi.
Or, mentre l'un con l'altro si travaglia,
bisogna al palafren che 'l passo studi;
che quanto può menar de le calcagna,
colei lo caccia al bosco e alla campagna.

(18)   Poi che s'affaticâr gran pezzo invano
i duo guerrier per por l'un l'altro sotto,
quando non meno era con l'arme in mano
questo di quel, né quel di questo dotto;
fu primiero il signor di Montalbano,
ch'al cavallier di Spagna fece motto,
sí come quel c'ha nel cor tanto fuoco,
che tutto n'arde e non ritrova loco.

(19)   Disse al pagan:—Me sol creduto avrai,[12]
e pur avrai te meco ancora offeso:
se questo avvien perché i fulgenti rai
del nuovo sol t'abbino il petto acceso,
di farmi qui tardar che guadagno hai?
che quando ancor tu m'abbi morto o preso,
non però tua la bella donna fia;
che, mentre noi tardian, se ne va via.

(20)   Quanto fia meglio, amandola tu ancora,
che tu le venga a traversar la strada,

a ritenerla e farle far dimora,
prima che piú lontana se ne vada!
Come l'avremo in potestate, allora
di ch'esser de' si provi con la spada:
non so altrimenti, dopo un lungo affanno,
che possa riuscirci altro che danno. —

(21)   Al pagan la proposta non dispiacque:
cosí fu differita la tenzone;
e tal tregua tra lor subito nacque,
sí l'odio e l'ira va in oblivïone,
che 'l pagano al partir da le fresche acque
non lasciò a piedi il buon figlio d'Amone:
con preghi invita, et al fin toglie in groppa,
e per l'orme d'Angelica galoppa.

(22)   Oh gran bontà de' cavallieri antiqui!
Eran rivali, eran di fé diversi,
e si sentian degli aspri colpi iniqui
per tutta la persona anco dolersi;
e pur per selve oscure e calli obliqui
insieme van senza sospetto aversi.
Da quattro sproni il destrier punto arriva
ove una strada in due si dipartiva.

(23)   E come quei che non sapean se l'una
o l'altra via facesse la donzella
(però che senza differenzia alcuna
apparia in amendue l'orma novella),
si messero ad arbitrio di fortuna,
Rinaldo a questa, il Saracino a quella.
Pel bosco Ferraú molto s'avvolse,
e ritrovossi al fine onde si tolse.

(32)   Non molto va Rinaldo, che si vede
saltare inanzi il suo destrier feroce:
—Ferma, Baiardo mio, deh, ferma il piede!
che l'esser senza te troppo mi nuoce.—
Per questo il destrier sordo a lui non riede,
anzi piú se ne va sempre veloce.
Segue Rinaldo, e d'ira si distrugge:
ma seguitiamo Angelica che fugge.

(33)   Fugge tra selve spaventose e scure,

per lochi inabitati, ermi e selvaggi.
Il mover de le frondi e di verzure,
che di cerri sentia, d'olmi e di faggi,
fatto le avea con subite paure
trovar di qua di là strani vïaggi;
ch'ad ogni ombra veduta o in monte o in valle,
temea Rinaldo aver sempre alle spalle.

(34)   Qual pargoletta o damma o capriuola,
che tra le fronde del natio boschetto
alla madre veduta abbia la gola
stringer dal pardo, o aprirle 'l fianco o 'l petto,
di selva in selva dal crudel s'invola,
e di paura triema e di sospetto:
ad ogni sterpo che passando tocca,
esser si crede all'empia fera in bocca.

(35)   Quel dí e la notte e mezzo l'altro giorno
s'andò aggirando, e non sapeva dove.
Trovossi al fine in un boschetto adorno,
che lievemente la fresca aura muove.
Duo chiari rivi, mormorando intorno,
sempre l'erbe vi fan tenere e nuove;
e rendea ad ascoltar dolce concento,
rotto tra picciol sassi, il correr lento.

(36)   Quivi parendo a lei d'esser sicura
e lontana a Rinaldo mille miglia,
da la via stanca e da l'estiva arsura,
di riposare alquanto si consiglia:
tra' fiori smonta, e lascia alla pastura
andare il palafren senza la briglia;
e quel va errando intorno alle chiare onde,
che di fresca erba avean piene le sponde.

(37)   Ecco non lungi un bel cespuglio vede
di prun fioriti e di vermiglie rose,
che de le liquide onde al specchio siede,
chiuso dal sol fra l'alte quercie ombrose;
cosí vòto nel mezzo, che concede
fresca stanza fra l'ombre piú nascose:
e la foglia coi rami in modo è mista,
che 'l sol non v'entra, non che minor vista.

(38)   Dentro letto vi fan tenere erbette,
ch'invitano a posar chi s'appresenta.
La bella donna in mezzo a quel si mette;
ivi si corca, et ivi s'addormenta.
Ma non per lungo spazio cosí stette,
che un calpestio le par che venir senta:
cheta si leva, e appresso alla riviera
vede che armato un cavallier giunt'era.

(39)   Se gli è amico o nemico non comprende:
tema e speranza il dubbio cuor le scuote;
e di quella aventura il fine attende,
né pur d'un sol sospir l'aria percuote.
Il cavalliero in riva al fiume scende
sopra l'un braccio a riposar le gote;
e in un suo gran pensier tanto penètra,
che par cangiato in insensibil pietra.

(40)   Pensoso piú d'un'ora a capo basso
stette, Signore,[13] il cavallier dolente;
poi cominciò con suono afflitto e lasso
a lamentarsi sí soavemente
ch'avrebbe di pietà spezzato un sasso,
una tigre crudel fatta clemente.
Sospirando piangea, tal ch'un ruscello
parean le guancie, e 'l petto un Mongibello.

(41)   —Pensier (dicea) che 'l cor m'aggiacci et ardi,
e causi il duol che sempre il rode e lima,
che debbo far, poi ch'io son giunto tardi,
e ch'altri a côrre il frutto è andato prima?
a pena avuto io n'ho parole e sguardi,
et altri n'ha tutta la spoglia opima.
Se non ne tocca a me frutto né fiore,
perché affliger per lei mi vuo' piú il core?

(42)   La verginella é simile alla rosa,
ch'in bel giardin su la nativa spina
mentre sola e sicura si riposa,
né gregge né pastor se le avicina;
l'aura soave e l'alba rugiadosa,
l'acqua, la terra al suo favor s'inchina:
gioveni vaghi e donne inamorate
amano averne e seni e tempie ornate.

(43)
Ma non sí tosto dal materno stelo
rimossa viene e dal suo ceppo verde,
che quanto avea dagli uomini e dal cielo
favor, grazia e bellezza, tutto perde.
La vergine che 'l fior, di che piú zelo
che de' begli occhi e de la vita aver de',
lascia altrui côrre, il pregio ch'avea inanti
perde nel cor di tutti gli altri amanti.—

(48)
Mentre costui cosí s'afflige e duole,
e fa degli occhi suoi tepida fonte,
e dice queste e molte altre parole,
che non mi par bisogno esser racconte;
l'aventurosa sua fortuna vuole
ch'alle orecchie d'Angelica sian conte:
e cosí quel ne viene a un'ora, a un punto,
ch'in mille anni o mai piú non è raggiunto.

(49)
Con molta attenzïon la bella donna
al pianto, alle parole, al modo attende
di colui ch'in amarla non assonna;
né questo è il primo dí ch'ella l'intende:
ma dura e fredda piú d'una colonna,
ad averne pietà non però scende;
come colei c'ha tutto il mondo a sdegno,
e non le par ch'alcun sia di lei degno.

(50)
Pur tra quei boschi il ritrovarsi sola
le fa pensar di tor costui per guida;
che chi ne l'acqua sta fin alla gola,
ben è ostinato se mercé non grida.
Se questa occasïone or se l'invola,
non troverà mai piú scorta sí fida;
ch'a lunga prova conosciuto inante
s'avea quel re fedèl sopra ogni amante.

(51)
Ma non però disegna de l'affanno
che lo distrugge alleggierir chi l'ama,
e ristorar d'ogni passato danno
con quel piacer ch'ogni amator piú brama:
ma alcuna finzïone, alcuno inganno
di tenerlo in speranza ordisce e trama;
tanto ch'a quel bisogno se ne serva,
poi torni all'uso suo dura e proterva.

(52)   E fuor di quel cespuglio oscuro e cieco
fa di sé bella et improvisa mostra,
come di selva o fuor d'ombroso speco
Dïana in scena o Citerea si mostra;[14]
e dice all'apparir:—Pace sia teco;
teco difenda Dio la fama nostra,
e non comporti, contra ogni ragione,
ch'abbi di me sí falsa opinïone.—

(53)   Non mai con tanto gaudio o stupor tanto
levò gli occhi al figliuolo alcuna madre,
ch'avea per morto sospirato e pianto,
poi che senza esso udí tornar le squadre;
con quanto gaudio il Saracin, con quanto
stupor l'alta presenza e le leggiadre
maniere e il vero angelico sembiante,
improviso apparir si vide inante.

(54)   Pieno di dolce e d'amoroso affetto,
alla sua donna, alla sua diva corse,
che con le braccia al collo il tenne stretto,
quel ch'al Catai non avria fatto forse.
Al patrio regno, al suo natio ricetto,
seco avendo costui, l'animo torse:
subito in lei s'avviva la speranza
di tosto riveder sua ricca stanza.

(55)   Ella gli rende conto pienamente
dal giorno che mandato fu da lei
a domandar soccorso in Orïente
al re de' Sericani e Nabatei;[15]
e come Orlando la guardò sovente
da morte, da disnor, da casi rei;
e che 'l fior virginal cosí avea salvo,
come se lo portò del materno alvo.

(56)   Forse era ver, ma non però credibile
a chi del senso suo fosse signore;
ma parve facilmente a lui possibile,
ch'era perduto in via piú grave errore.
Quel che l'uom vede, Amor gli fa invisible,
e l'invisibil fa vedere Amore.
Questo creduto fu; che 'l miser suole
dar facile credenza a quel che vuole.[16]

Canto II

(31)   Io parlo di quella inclita donzella,[1]
       per cui re Sacripante in terra giacque,
       che di questo signor degna sorella,
       del duca Amone e di Beatrice nacque.
       La gran possanza e il molto ardir di quella
       non meno a Carlo e tutta Francia piacque
       (che piú d'un paragon ne vide saldo),
       che 'l lodato valor del buon Rinaldo.

(32)   La donna amata fu da un cavalliero
       che d'Africa passò col re Agramante,
       che partorí del seme di Ruggiero
       la disperata figlia d'Agolante:[2]
       e costei, che né d'orso né di fiero
       leone uscí, non sdegnò tal amante;[3]
       ben che concesso, fuor che vedersi una
       volta e parlarsi, non ha lor Fortuna.

(33)   Quindi cercando Bradamante gía
       l'amante suo, ch'avea nome dal padre,
       cosí sicura senza compagnia,
       come avesse in sua guardia mille squadre:
       e fatto ch'ebbe il re di Circassia
       battere il volto de l'antiqua madre,[4]
       traversò un bosco, e dopo il bosco un monte,
       tanto che giunse ad una bella fonte.

(34)   La fonte discorrea per mezzo un prato,
       d'arbori antiqui e di bell'ombre adorno,
       ch'i vïandanti col mormorio grato
       a ber invita e a far seco soggiorno:
       un culto monticel dal manco lato
       le difende[5] il calor del mezzo giorno.
       Quivi, come i begli occhi prima torse,
       d'un cavallier la giovane s'accorse;

(35)   d'un cavallier, ch'all'ombra d'un boschetto,
       nel margin verde e bianco e rosso e giallo
       sedea pensoso, tacito e soletto
       sopra quel chiaro e liquido cristallo.
       Lo scudo non lontan pende e l'elmetto

dal faggio, ove legato era il cavallo;
et avea gli occhi molli e 'l viso basso,
e si mostrava addolorato e lasso.

(36) Questo disir, ch'a tutti sta nel core,
de' fatti altrui sempre cercar novella,
fece a quel cavallier del suo dolore
la cagion domandar da la donzella.
Egli l'aperse e tutta mostrò fuore,
dal cortese parlar mosso di quella,
e dal sembiante altier, ch'al primo sguardo
gli sembrò di guerrier molto gagliardo.

(58) Ritornò il cavallier nel primo duolo,
fatta che n'ebbe la cagion palese.[6]
Questo era il conte Pinabel, figliuolo
d'Anselmo d'Altaripa, maganzese;[7]
che tra sua gente scelerata, solo
leale esser non vòlse né cortese,
ma ne li vizii abominandi e brutti
non pur gli altri adeguò, ma passò tutti.

(67) Tra casa di Maganza e di Chiarmonte
era odio antico e inimicizia intensa;
e piú volte s'avean rotta la fronte,
e sparso di lor sangue copia immensa:
e però nel suo cor l'iniquo conte
tradir l'incauta giovane si pensa;
o, come prima commodo gli accada,
lasciarla sola, e trovar altra strada.

(68) E tanto gli occupò la fantasia
il nativo odio,[8] il dubbio e la paura,
ch'inavedutamente uscí di via:
e ritrovossi in una selva oscura,
che nel mezzo avea un monte che finia
la nuda cima in una pietra dura;
e la figlia del duca di Dordona
gli è sempre dietro, e mai non l'abandona.

(69) Come si vide il Maganzese al bosco,
pensò tôrsi la donna da le spalle.[9]
Disse:—Prima che 'l ciel torni piú fosco,
verso uno albergo è meglio farsi il calle.

Oltra quel monte, s'io lo riconosco,
siede un ricco castel giú ne la valle.
Tu qui m'aspetta; che dal nudo scoglio
certificar con gli occhi me ne voglio.—

(70) Cosí dicendo, alla cima superna
del solitario monte il destrier caccia,
mirando pur s'alcuna via discerna,
come lei possa tor da la sua traccia.
Ecco nel sasso truova una caverna,
che si profonda piú di trenta braccia.
Tagliato a picchi et a scarpelli il sasso
scende giú al dritto, et ha una porta al basso.

(71) Nel fondo avea una porta ampla e capace,
ch'in maggior stanza largo adito dava;
e fuor n'uscia splendor, come di face
ch'ardesse in mezzo alla montana cava.
Mentre quivi il fellon suspeso tace,
la donna, che da lungi il seguitava
(perché perderne l'orme si temea),
alla spelonca gli sopragiungea.

(72) Poi che si vide il traditor e uscire,
quel ch'avea prima disegnato, invano,
o da sé torla, o di farla morire,
nuovo argumento imaginossi e strano.
Le si fe' incontra, e su la fe' salire
là dove il monte era forato e vano;
e le disse ch'avea visto nel fondo
una donzella di viso giocondo,

(73) ch'a' bei sembianti et alla ricca vesta
esser parea di non ignobil grado;
ma, quanto piú potea, turbata e mesta,
mostrava esservi chiusa suo mal grado:
e per saper la condizion di questa,
ch'avea già cominciato a entrar nel guado;
e che era uscito de l'interna grotta
un che dentro a furor l'avea ridotta.

(74) Bradamante, che come era animosa,
cosí mal cauta, a Pinabel diè fede;
e d'aiutar la donna disïosa,

si pensa come por colà giú il piede.
Ecco d'un olmo alla cima frondosa
volgendo gli occhi, un lungo ramo vede;
e con la spada quel subito tronca,
e lo declina giú ne la spelonca.

(75)   Dove è tagliato, in man lo raccomanda[10]
a Pinabello, e poscia a quel s'apprende:
prima giú i piedi ne la tana manda,
e su le braccia tutta si suspende.
Sorride Pinabello, e le domanda
come ella salti; e le man apre e stende,
dicendole:—Qui fosser teco insieme
tutti li tuoi, ch'io ne spegnessi il seme!—

(76)   Non come vòlse Pinabello avenne
de l'innocente giovane la sorte;
perché, giú diroccando, a ferir venne
prima nel fondo il ramo saldo e forte.
Ben si spezzò, ma tanto la sostenne,
che 'l suo favor la liberò da morte.
Giacque stordita la donzella alquanto,
come io vi seguirò ne l'altro canto.

Canto III

(5)   Il traditor pensò che la donzella
fosse ne l'alto precipizio morta;
e con pallida faccia lasciò quella
trista e per lui contaminata porta,
e tornò presto a rimontare in sella:
e come quel ch'avea l'anima torta,
per giunger colpa a colpa e fallo a fallo,
di Bradamante ne menò il cavallo.

(6)   Lasciàn[1] costui, che mentre all'altrui vita
ordisce inganno, il suo morir procura;
e torniamo alla donna che, tradita,
quasi ebbe a un tempo e morte e sepoltura.
Poi ch'ella si levò tutta stordita,
ch'avea percosso in su la pietra dura,
dentro la porta andò, ch'adito dava
ne la seconda assai piú larga cava.

(7)   La stanza, quadra e spazïosa, pare
        una devota e venerabil chiesa,
        che su colonne alabastrine e rare
        con bella architettura era suspesa.
        Surgea nel mezzo un ben locato altare,
        ch'avea dinanzi una lampada accesa;
        e quella di splendente e chiaro foco
        rendea gran lume all'uno e all'altro loco.

(8)   Di devota umiltà la donna tocca,
        come si vide in loco sacro e pio,
        incominciò col core e con la bocca,
        inginocchiata, a mandar prieghi a Dio.
        Un picciol uscio intanto stride e crocca,
        ch'era all'incontro, onde una donna uscío
        discinta e scalza, e sciolte avea le chiome,[2]
        che la donzella salutò per nome.

(9)   E disse:—O generosa Bradamante,
        non giunta qui senza voler divino,
        di te piú giorni m'ha predetto inante
        il profetico spirto di Merlino,
        che visitar le sue reliquie sante
        dovevi per insolito camino:
        e qui son stata acciò ch'io ti riveli
        quel c'han di te già statuito i cieli.

(63)   Tosto che spunti in ciel la prima luce,
        piglierai meco la piú dritta via
        ch'al lucente castel d'acciai' conduce,
        dove Ruggier vive in altrui balía.
        Io tanto ti sarò compagna e duce,
        che tu sia fuor de l'aspra selva ria:
        t'insegnerò, poi che saren sul mare,
        sí ben la via, che non potresti errare.—

(64)   Quivi l'audace giovane rimase
        tutta la notte, e gran pezzo ne spese
        a parlar con Merlin, che le suase
        rendersi tosto al suo Ruggier cortese.
        Lasciò di poi le sotterranee case,
        che di nuovo splendor l'aria s'accese,
        per un camin gran spazio oscuro e cieco,
        avendo la spirtal femina[3] seco.

(65)　E riusciro[4] in un burrone ascoso
　　　tra monti inaccessibili alle genti;
　　　e tutto 'l dí senza pigliar riposo
　　　saliron balze e traversâr torrenti.
　　　E perché men l'andar fosse noioso,
　　　di piacevoli e bei ragionamenti,
　　　di quel che fu piú conferir soave,
　　　l'aspro camin facean parer men grave:

(66)　di quali era però la maggior parte,
　　　ch'a Bradamante vien la dotta maga
　　　mostrando con che astuzia e con qual arte
　　　proceder de', se di Ruggiero è vaga.
　　　—Se tu fossi (dicea) Pallade o Marte,
　　　e conducessi gente alla tua paga[5]
　　　piú che non ha il re Carlo e il re Agramante,
　　　non dureresti contra il negromante;

(67)　che, oltre che d'acciar murata sia
　　　la ròcca inespugnabile, e tant'alta;
　　　oltre che 'l suo destrier si faccia via
　　　per mezzo l'aria, ove galoppa e salta;
　　　ha lo scudo mortal, che come pria
　　　si scopre, il suo splendor sí gli occhi assalta,
　　　la vista tolle,[6] e tanto occupa i sensi,
　　　che come morto rimaner conviensi.

(68)　E se forse ti pensi che ti vaglia
　　　combattendo tener serrati gli occhi,
　　　come potrai saper ne la battaglia
　　　quando ti schivi, o l'aversario tocchi?
　　　Ma per fuggire il lume ch'abbarbaglia,
　　　e gli altri incanti di colui far sciocchi,
　　　ti mostrerò un rimedio, una via presta;
　　　né altra in tutto 'l mondo è se non questa.

(69)　Il re Agramante d'Africa uno annello,
　　　che fu rubato in India a una regina,
　　　ha dato a un suo baron detto Brunello,
　　　che poche miglia inanzi ne camina;
　　　di tal virtú, che chi nel dito ha quello,
　　　contra il mal degl'incanti ha medicina.[7]
　　　Sa de furti e d'inganni Brunel, quanto
　　　colui, che tien Ruggier, sappia d'incanto.

(70) Questo Brunel sí pratico e sí astuto,[8]
come io ti dico, è dal suo re mandato
acciò che col suo ingegno e con l'aiuto
di questo annello, in tal cose provato,
di quella ròcca dove è ritenuto,
traggia Ruggier, che cosí s'è vantato,
et ha cosí promesso al suo signore,
a cui Ruggiero è piú d'ogn'altro a core.

(71) Ma perché il tuo Ruggiero a te sol abbia,
e non al re Agramante, ad obligarsi
che tratto sia de l'incantata gabbia,
t'insegnerò il remedio che de' usarsi.
Tu te n'andrai tre dí lungo la sabbia
del mar, ch'è oramai presso a dimostrarsi;
il terzo giorno in un albergo teco
arriverà costui c'ha l'annel seco.

(72) La sua statura, acciò tu lo conosca,
non è sei palmi; et ha il capo ricciuto;
le chiome ha nere, et ha la pelle fosca;
pallido il viso, oltre il dover barbuto;
gli occhi gonfiati e guardatura losca;
schiacciato il naso, e ne le ciglia irsuto;
l'abito, acciò ch'io lo dipinga intero,
è stretto e corto, e sembra di corriero.

(73) Con esso lui t'accaderà soggetto
di ragionar di quelli incanti strani:
mostra d'aver, come tu avra' in effetto,
disio che 'l mago sia teco alle mani;
ma non monstrar che ti sia stato detto
di quel suo annel che fa gl'incanti vani.
Egli t'offerirà mostrar la via
fin alla ròcca, e farti compagnia.

(74) Tu gli va dietro: e come t'avicini
a quella ròcca sí ch'ella si scopra,
dàgli la morte; né pietà t'inchini
che tu non metta il mio consiglio in opra.
Né far ch'egli il pensier tuo s'indovini,
e ch'abbia tempo che l'annel lo copra;
perché ti spariria dagli occhi, tosto
ch'in bocca il sacro annel s'avesse posto.—

(75)   Cosí parlando, giunsero sul mare,
         dove presso a Bordea mette Garonna.
         Quivi, non senza alquanto lagrimare,
         si dipartí l'una da l'altra donna.
         La figliuola d'Amon, che per slegare
         di prigione il suo amante non assonna,
         caminò tanto, che venne una sera
         ad uno albergo, ove Brunel prim'era.

(76)   Conosce ella Brunel come lo vede,
         di cui la forma avea sculpita in mente:
         onde ne viene, ove ne va, gli chiede;
         quel le risponde, e d'ogni cosa mente.
         La donna, già prevista, non gli cede
         in dir menzogne, e simula ugualmente
         e patria e stirpe e setta e nome e sesso;
         e gli volta alle man pur gli occhi spesso.

(77)   Gli va gli occhi alle man spesso voltando,
         in dubbio sempre esser da lui rubata;
         né lo lascia venir troppo accostando,
         di sua condizïon bene informata.
         Stavano insieme in questa guisa, quando
         l'orecchia da un rumor lor fu intruonata.
         Poi vi dirò, Signor, che ne fu causa,
         ch'avrò fatto al cantar debita pausa.

Canto   IV

(1)   Quantunque il simular sia le piú volte
         ripreso, e dia di mala mente indici,
         si truova pur in molte cose e molte
         aver fatti evidenti benefici,
         e danni e biasmi e morti aver già tolte;
         che non conversiam sempre con gli amici
         in questa assai piú oscura che serena
         vita mortal, tutta d'invidia piena.

(2)   Se, dopo lunga prova, a gran fatica
         trovar si può chi ti sia amico vero,
         et a chi senza alcun sospetto dica
         e discoperto mostri il tuo pensiero;
         che de' far di Ruggier la bella amica

con quel Brunel non puro e non sincero,
ma tutto simulato e tutto finto,
come la maga le l'avea dipinto?

(3)   Simula anch'ella; e cosí far conviene
con esso lui di finzïoni padre;
e, come io dissi, spesso ella gli tiene
gli occhi alle man, ch'eran rapaci e ladre.
Ecco all'orecchie un gran rumor lor viene.
Disse la donna:—O glorïosa Madre,
o Re del ciel, che cosa sarà questa?—
E dove era il rumor si trovò presta.

(4)   E vede l'oste e tutta la famiglia,
e chi a finestre e chi fuor ne la via,
tener levati al ciel gli occhi e le ciglia,
come l'ecclisse o la cometa sia.
Vede la donna un'alta maraviglia,
che di leggier creduta non saria:
vede passar un gran destriero alato,
che porta in aria un cavalliero armato.

(5)   Grandi eran l'ale e di color diverso,
e vi sedea nel mezzo un cavalliero,
di ferro armato luminoso e terso;
e vêr ponente avea dritto il sentiero.
Calossi, e fu tra le montagne immerso:
e, come dicea l'oste (e dicea il vero),
quel era un negromante, e facea spesso
quel varco, or piú da lungi, or piú da presso.

(6)   Volando, talor s'alza ne le stelle,
e poi quasi talor la terra rade;
e ne porta con lui tutte le belle
donne che trova per quelle contrade:
talmente che le misere donzelle
ch'abbino o aver si credano beltade
(come affatto costui tutte le invole)
non escon fuor sí che le veggia il sole.

(7)   —Egli sul Pireneo tiene un castello
(narrava l'oste) fatto per incanto,
tutto d'acciaio, e sí lucente e bello,
ch'altro al mondo non è mirabil tanto.

Già molti cavallier sono iti a quello,
e nessun del ritorno si dà vanto:
sí ch'io penso, signore, e temo forte,
o che sian presi, o sian condotti a morte.—

(8)   La donna il tutto ascolta, e le ne giova,
credendo far, come farà per certo,
con l'annello mirabile tal prova,
che ne fia il mago e il suo castel deserto;
e dice a l'oste:—Or un de' tuoi mi trova,
che piú di me sia del vïaggio esperto;
ch'io non posso durar, tanto ho il cor vago
di far battaglia contra a questo mago.—

(9)   —Non ti mancherà guida (le rispose
Brunello allora), e ne verrò teco io:
meco ho la strada in scritto, et altre cose
che ti faran piacere il venir mio.—
Vòlse dir de l'annel; ma non l'espose
né chiarí piú, per non pagarne il fio.
—Grato mi fia (disse ella) il venir tuo;—
volendo dir ch'indi l'annel fia suo.

(10)   Quel ch'era utile a dir, disse; e quel tacque,
che nuocer le potea col Saracino.
Avea l'oste un destrier ch'a costei piacque,
ch'era buon da battaglia e da camino:
comperollo, e partissi come nacque
del bel giorno seguente il matutino.
Prese la via per una stretta valle,
con Brunello ora inanzi, ora alle spalle.

(11)   Di monte in monte e d'uno in altro bosco
giunseno ove l'altezza di Pirene
può dimostrar, se non è l'aer fosco,
e Francia e Spagna e due diverse arene,[1]
come Apennin scopre il mar schiavo e il tósco
dal giogo onde a Camaldoli si viene.
Quindi per aspro e faticoso calle
si discendea ne la profonda valle.

(12)   Vi sorge in mezzo un sasso che la cima
d'un bel muro d'acciar tutta si fascia;
e quella tanto inverso il ciel sublima,

che quanto ha intorno, inferïor si lascia.
Non faccia, chi non vola, andarvi stima;[2]
che spesa indarno vi saria ogni ambascia.
Brunel disse:—Ecco dove prigionieri
il mago tien le donne e i cavallieri.—

(13)   Da quattro canti era tagliato, e tale
che parea dritto a fil de la sinopia.[3]
Da nessun lato né sentier né scale
v'eran, che di salir facesser copia:
e ben appar che d'animal ch'abbia ale
sia quella stanza nido e tana propia.
Quivi la donna esser conosce l'ora
di tor l'annello e far che Brunel mora.

(14)   Ma le par atto vile a insanguinarsi
d'un uom senza arme e di sí ignobil sorte;
che ben potrà posseditrice farsi
del ricco annello, e lui non porre a morte.
Brunel non avea mente a riguardarsi;
sí ch'ella il prese, e lo legò ben forte
ad uno abete ch'alta avea la cima:
ma di dito l'annel gli trasse prima.

(15)   Né per lacrime, gemiti o lamenti
che facesse Brunel, lo vòlse sciorre.
Smontò de la montagna a passi lenti,
tanto che fu nel pian sotto la torre.
E perché alla battaglia s'appresenti
il negromante, al corno suo ricorre:
e dopo il suon, con minacciose grida
lo chiama al campo, et alla pugna 'l sfida.

(16)   Non stette molto a uscir fuor de la porta
l'incantator, ch'udí 'l suono e la voce.
L'alato corridor per l'aria il porta
contra costei, che sembra uomo feroce.
La donna da principio si conforta,
che vede che colui poco le nuoce:
non porta lancia né spada né mazza,
ch'a forar l'abbia o romper la corazza.

(17)   Da la sinistra sol lo scudo avea,
tutto coperto di seta vermiglia;

ne la man destra un libro, onde facea
nascer, leggendo, l'alta maraviglia:
che la lancia talor correr parea,
e fatto avea a piú d'un batter le ciglia;
talor parea ferir con mazza o stocco,
e lontano era, e non avea alcun tocco.

(18) Non è finto il destrier, ma naturale,
ch'una giumenta generò d'un grifo:
simile al padre avea la piuma e l'ale,
li piedi anterïori, il capo e il grifo;
in tutte l'altre membra parea quale
era la madre, e chiamasi ippogrifo;[4]
che nei monti Rifei vengon, ma rari,
molto di là dagli aghiacciati mari.

(19) Quivi per forza lo tirò d'incanto;
e poi che l'ebbe, ad altro non attese,
e con studio e fatica operò tanto,
ch'a sella e briglia il cavalcò in un mese:
cosí ch'in terra e in aria e in ogni canto
lo facea volteggiar senza contese.
Non finzïon d'incanto, come il resto,
ma vero e natural si vedea questo.

(20) Del mago ogn'altra cosa era figmento;
che comparir facea pel rosso il giallo:
ma con la donna non fu di momento;[5]
che per l'annel non può vedere in fallo.
Piú colpi tuttavia diserra al vento,
e quinci e quindi spinge il suo cavallo;
e si dibatte e si travaglia tutta,
come era, inanzi che venisse, instrutta.

(21) E poi che esercitata si fu alquanto
sopra il destrier, smontar vòlse anco a piede,
per poter meglio al fin venir di quanto
la cauta maga instruzïon le diede.
Il mago vien per far l'estremo incanto;
che del fatto ripar né sa né crede:
scuopre lo scudo, e certo si prosume
farla cader con l'incantato lume.

(22) Potea cosí scoprirlo al primo tratto,

senza tenere i cavallieri a bada;
ma gli piacea veder qualche bel tratto
di correr l'asta o di girar la spada:
come si vede ch'all'astuto gatto
scherzar col topo alcuna volta aggrada;
e poi che quel piacer gli viene a noia,
dargli di morso, e al fin voler che muoia.

(23)   Dico che 'l mago al gatto, e gli altri al topo
s'assimigliâr ne le battaglie dianzi;
ma non s'assimigliâr già cosí, dopo
che con l'annel si fe' la donna inanzi.
Attenta e fissa stava a quel ch'era uopo,
acciò che nulla seco il mago avanzi;
e come vide che lo scudo aperse,
chiuse gli occhi, e lasciò quivi caderse.

(24)   Non che il fulgor del lucido metallo,
come soleva agli altri, a lei nocesse;
ma cosí fece acciò che dal cavallo
contra sé il vano incantator scendesse;
né parte andò del suo disegno in fallo;
che tosto ch'ella il capo in terra messe,
accelerando il volator le penne,
con larghe ruote in terra a por si venne.

(25)   Lascia all'arcion lo scudo, che già posto
avea ne la coperta, e a piè discende
verso la donna che, come reposto
lupo alla macchia il caprïolo, attende.
Senza piú indugio ella si leva tosto
che l'ha vicino, e ben stretto lo prende.
Avea lasciato quel misero in terra
il libro che facea tutta la guerra:

(26)   e con una catena ne correa,
che solea portar cinta a simil uso;
perché non men legar colei credea,
che per adietro altri legare era uso.
La donna in terra posto già l'avea:
se quel non si difese, io ben l'escuso;
che troppo era la cosa differente
tra un debol vecchio e lei tanto possente.

(27)   Disegnando levargli ella la testa,
         alza la man vittorïosa in fretta;
         ma poi che 'l viso mira, il colpo arresta,
         quasi sdegnando sí bassa vendetta;
         un venerabil vecchio in faccia mesta
         vede esser quel ch'ella ha giunto alla stretta,[6]
         che mostra al viso crespo e al pelo bianco
         età di settanta anni o poco manco.

(28)   —Tommi[7] la vita, giovene, per Dio,—
         dicea il vecchio pien d'ira e di dispetto;
         ma quella a torla avea sí il cor restio,
         come quel di lasciarla avria diletto.
         La donna di sapere ebbe disio
         chi fosse il negromante, et a che effetto
         edificasse in quel luogo selvaggio
         la ròcca, e faccia a tutto il mondo oltraggio.

(29)   —Né per maligna intenzïone, ahi lasso!
         (disse piangendo il vecchio incantatore)
         feci la bella ròcca in cima al sasso,
         né per avidità son rubatore;
         ma per ritrar sol dall'estremo passo
         un cavallier gentil, mi mosse amore,
         che, come il ciel mi mostra, in tempo breve
         morir cristiano a tradimento deve.

(30)   Non vede il sol tra questo e il polo austrino
         un giovene sí bello e sí prestante:
         Ruggiero ha nome, il qual da piccolino
         da me nutrito fu, ch'io sono Atlante.
         Disio d'onore e suo fiero destino
         l'han tratto in Francia dietro al re Agramante;
         et io, che l'amai sempre piú che figlio,
         lo cerco trar di Francia e di periglio.

(31)   La bella ròcca solo edificai
         per tenervi Ruggier sicuramente,
         che preso fu da me, come sperai
         che fossi oggi tu preso similmente;
         e donne e cavallier, che tu vedrai,
         poi ci ho ridotti, et altra nobil gente,
         acciò che quando a voglia sua non esca,
         avendo compagnia, men gli rincresca.

(32)   Pur ch'uscir di là su non si domande,
d'ogn'altro gaudio lor cura mi tocca;
che quanto averne da tutte le bande
si può del mondo, è tutto in quella ròcca:
suoni, canti, vestir, giuochi, vivande,
quanto può cor pensar, può chieder bocca.
Ben seminato avea, ben cogliea il frutto;
ma tu sei giunto a disturbarmi il tutto.

(33)   Deh, se non hai del viso il cor men bello,
non impedir il mio consiglio onesto!
Piglia lo scudo (ch'io tel dono) e quello
destrier che va per l'aria cosí presto;
e non t'impacciar oltra nel castello,
o tranne uno o duo amici, e lascia il resto;
o tranne tutti gli altri, e più non chero, [8]
se non che tu mi lasci il mio Ruggiero.

(34)   E se disposto sei volermel tôrre,
deh, prima almen che tu 'l rimeni in Francia,
piacciati questa afflitta anima sciorre
de la sua scorza, ormai putrida e rancia!—
Rispose la donzella:—Lui vo' porre
in libertà: tu, se sai, gracchia e ciancia; [9]
né mi offerir di dar lo scudo in dono,
o quel destrier, che miei, non piú tuoi sono:

(35)   né s'anco stesse a te di tôrre e darli,
mi parrebbe che 'l cambio convenisse.
Tu di' che Ruggier tieni per vietarli
il male influsso di sue stelle fisse.
O che non puoi saperlo, o non schivarli,
sappiendol, ciò che 'l ciel di lui prescrisse: [10]
ma se 'l mal tuo, c'hai sí vicin, non vedi,
peggio l'altrui c'ha da venir prevedi.

(36)   Non pregar ch'io t'uccida, ch'i tuoi preghi
sariano indarno; e se pur vuoi la morte,
ancor che tutto il mondo dar la nieghi,
da sé la può aver sempre animo forte.
Ma pria che l'alma da la carne sleghi,
a tutti i tuoi prigioni apri le porte.—
Cosí dice la donna, e tuttavia
il mago preso incontra al sasso invia.

(37)   Legato de la sua propria catena
         andava Atlante, e la donzella appresso,
         che cosí ancor se ne fidava a pena,
         ben che in vista parea tutto rimesso.
         Non molti passi dietro se la mena,
         ch'a piè del monte han ritrovato il fesso,
         e li scaglioni onde si monta in giro, [11]
         fin ch'alla porta del castel saliro.

(38)   Di su la soglia Atlante un sasso tolle,
         di caratteri e strani segni insculto.
         Sotto, vasi vi son, che chiamano olle,
         che fuman sempre, e dentro han foco occulto.
         L'incantator le spezza; e a un tratto il colle
         riman deserto, inospite et inculto;
         né muro appar né torre in alcun lato,
         come se mai castel non vi sia stato.

(39)   Sbrigossi dalla donna il mago alora,
         come fa spesso il tordo da la ragna;
         e con lui sparve il suo castello a un'ora,
         e lasciò in libertà quella compagna.
         Le donne e i cavallier si trovâr fuora
         de le superbe stanze alla campagna:
         e furon di lor molte a chi ne dolse;
         che tal franchezza un gran piacer lor tolse.

(40)   Quivi è Gradasso, quivi è Sacripante,
         quivi è Prasildo, il nobil cavalliero
         che con Rinaldo venne di Levante,
         e seco Iroldo, il par d'amici vero.
         Al fin trovò la bella Bradamante
         quivi il desiderato Ruggiero,
         che, poi che n'ebbe certa conoscenza,
         le fe' buona e gratissima accoglienza;

(41)   come a colei che piú che gli occhi sui,
         piú che 'l suo cor, piú che la propria vita
         Ruggiero amò dal dí ch'essa per lui
         si trasse l'elmo, onde ne fu ferita.
         Lungo sarebbe a dir come, e da cui,
         e quanto ne la selva aspra e romita
         si cercâr poi la notte e il giorno chiaro;
         né, se non qui, mai piú si ritrovaro.

(42)   Or che quivi la vede, e sa ben ch'ella
        è stata sola la sua redentrice,
        di tanto gaudio ha pieno il cor, che appella
        sé fortunato et unico felice.
        Scesero il monte, e dismontaro in quella
        valle, ove fu la donna vincitrice,
        e dove l'ippogrifo trovaro anco,
        ch'avea lo scudo, ma coperto, al fianco.

(43)   La donna va per prenderlo nel freno:
        e quel l'aspetta fin che se gli accosta;
        poi spiega l'ale per l'aer sereno,
        e si ripon non lungi a mezza costa.
        Ella lo segue: e quel né piú né meno
        si leva in aria, e non troppo si scosta;
        come fa la cornacchia in secca arena,
        che dietro il cane or qua or là si mena.

(44)   Ruggier, Gradasso, Sacripante, e tutti
        quei cavallier che scesi erano insieme,
        chi di su, chi di giú, si son ridutti
        dove che torni il volatore han speme.
        Quel, poi che gli altri invano ebbe condutti
        piú volte e sopra le cime supreme
        e negli umidi fondi tra quei sassi,
        presso a Ruggiero al fin ritenne i passi.

(45)   E questa opera fu del vecchio Atlante,
        di cui non cessa la pietosa voglia
        di trar Ruggier del gran periglio instante:[12]
        di ciò sol pensa e di ciò solo ha doglia.
        Però gli manda or l'ippogrifo avante,
        perché d'Europa con questa arte il toglia.
        Ruggier lo piglia, e seco pensa trarlo;
        ma quel s'arretra, e non vuol seguitarlo.

(46)   Or di Frontin quel animoso smonta
        (Frontino era nomato il suo destriero),
        e sopra quel che va per l'aria monta,
        e con li spron gli adizza il core altiero.
        Quel corre alquanto, et indi i piedi ponta,
        e sale inverso il ciel, via piú leggiero
        che 'l girifalco, a cui lieva il capello
        il mastro a tempo, e fa veder l'augello.

(47)   La bella donna, che sí in alto vede
e con tanto periglio il suo Ruggiero,
resta attonita in modo, che non riede
per lungo spazio al sentimento vero.
Ciò che già inteso avea di Ganimede
ch'al ciel fu assunto dal paterno impero,
dubita assai che non accada a quello,
non men gentil di Ganimede e bello.

(48)   Con gli occhi fissi al ciel lo segue quanto
basta il veder; ma poi che si dilegua
sí, che la vista non può correr tanto,
lascia che sempre l'animo lo segua.
Tuttavia con sospir, gemito e pianto
non ha, né vuol aver pace né triegua.
Poi che Ruggier di vista se le tolse,
al buon destrier Frontin gli occhi rivolse:

(49)   e si deliberò di non lasciarlo,
che fosse in preda a chi venisse prima;
ma di condurlo seco, e di poi darlo
al suo signor, ch'anco veder pur stima.
Poggia l'augel, né può Ruggier frenarlo:
di sotto rimaner vede ogni cima
et abbassarsi in guisa, che non scorge
dove è piano il terren né dove sorge.

Canto   VI

(17)   Ben che Ruggier sia d'animo constante,
né cangiato abbia il solito colore,
io non gli voglio creder che tremante
non abbia dentro piú che foglia il core.
Lasciato avea di gran spazio distante
tutta l'Europa, et era uscito fuore
per molto spazio il segno che prescritto
avea già a' naviganti Ercole invitto.[1]

(18)   Quello ippogrifo, grande e strano augello,
lo porta via con tal prestezza d'ale,
che lascieria di lungo tratto quello
celer ministro del fulmineo strale.[2]
Non va per l'aria altro animal sí snello,

che di velocità gli fosse uguale:
credo ch'a pena il tuono e la saetta
venga in terra dal ciel con maggior fretta.

(19)   Poi che l'augel trascorso ebbe gran spazio
per linea dritta e senza mai piegarsi,
con larghe ruote, omai de l'aria sazio,
cominciò sopra una isola a calarsi,
pari a quella ove, dopo lungo strazio
far del suo amante e lungo a lui celarsi,
la vergine Aretusa passò invano
di sotto il mar per camin cieco e strano.[3]

(20)   Non vide né 'l piú bel né 'l piú giocondo
da tutta l'aria ove le penne stese;[4]
né se tutto cercato avesse il mondo,
vedria di questo il piú gentil paese,
ove, dopo un gran girarsi di gran tondo,
con Ruggier seco il grande augel discese:
culte pianure e delicati colli,
chiare acque, ombrose ripe e prati molli.

(21)   Vaghi boschetti di soavi allori,
di palme e d'amenissime mortelle,
cedri et aranci ch'avean frutti e fiori
contesti in varie forme e tutte belle,
facean riparo ai fervidi calori
de' giorni estivi con lor spesse ombrelle;
e tra quei rami con sicuri voli
cantando se ne gíano i rosignuoli.

(22)   Tra le purpuree rose e i bianchi gigli,
che tiepida aura freschi ognora serba,
sicuri si vedean lepri e conigli,
e cervi con la fronte alta e superba,
senza temer ch'alcun gli uccida o pigli,
pascano o stiansi rominando l'erba;
saltano i daini e i capri isnelli e destri,
che sono in copia in quei luoghi campestri.

(23)   Come sí presso è l'ippogrifo a terra,
ch'esser ne può men periglioso il salto,
Ruggier con fretta de l'arcion si sferra,
e si ritruova in su l'erboso smalto;

tuttavia in man le redine si serra,
che non vuol che 'l destrier piú vada in alto:
poi lo lega nel margine marino
a un verde mirto in mezzo un lauro e un pino.

(24) E quivi appresso ove surgea una fonte
cinta di cedri e di feconde palme,
pose lo scudo, e l'elmo da la fronte
si trasse, e disarmossi ambe le palme;
et ora alla marina et ora al monte
volgea la faccia all'aure fresche et alme,
che l'alte cime con mormorii lieti
fan tremolar dei faggi e degli abeti.

(25) Bagna talor ne la chiara onda e fresca
l'asciutte labra, e con le man diguazza,
acciò che de le vene il calore esca
che gli ha acceso il portar de la corazza.
Né maraviglia è già ch'ella gl'incresca;
che non è stato un far vedersi in piazza:
ma senza mai posar, d'arme guernito,
tre mila miglia ognor correndo era ito.

(26) Quivi stando, il destrier ch'avea lasciato
tra le piú dense frasche alla fresca ombra,
per fuggir si rivolta, spaventato
di non so che, che dentro al bosco adombra:
e fa crollar sí il mirto ove è legato,
che de le frondi intorno il piè gli ingombra:
crollar fa il mirto e fa cader la foglia;
né succede però che se ne scioglia.

(27) Come ceppo talor, che le medolle
rare e vòte abbia, e posto al fuoco sia,
poi che per gran calor quell'aria molle
resta consunta ch'in mezzo l'empía,
dentro risuona, e con strepito bolle
tanto che quel furor truovi la via;
cosí murmura e stride e si coruccia
quel mirto offeso, e al fine apre la buccia.[5]

(28) Onde con mesta e flebil voce uscío
espedita e chiarissima favella,
e disse:- Se tu sei cortese e pio,

come dimostri alla presenza bella,
lieva questo animal da l'arbor mio:
basti che 'l mio mal proprio mi flagella,
senza altra pena, senza altro dolore
ch'a tormentarmi ancor venga di fuore.—

(29)   Al primo suon di quella voce torse
Ruggiero il viso, e subito levosse;
e poi ch'uscir da l'arbore s'accorse,
stupefatto restò piú che mai fosse.
A levarne il destrier subito corse;
e con le guancie di vergogna rosse:
—Qual che tu sii, perdonami (dicea),
o spirto umano, o boschereccia dea.[6]

(30)   Il non aver saputo che s'asconda
sotto ruvida scorza umano spirto,
m'ha lasciato turbar la bella fronda
e far ingiuria al tuo vivace mirto:
ma non restar però, che non risponda
chi tu ti sia, ch'in corpo orrido et irto,
con voce e razionale anima vivi;
se da grandine il ciel sempre ti schivi.

(31)   E s'ora o mai potrò questo dispetto
con alcun beneficio compensarte,
per quella bella donna ti prometto,
quella che di me tien la miglior parte,
ch'io farò con parole e con effetto,
ch'avrai giusta cagion di me lodarte.—
Come Ruggiero al suo parlar fin diede,
tremò quel mirto de la cima al piede.

(32)   Poi si vide sudar su per la scorza,
come legno dal bosco allora tratto,
che del fuoco venir sente la forza,
poscia ch'invano ogni ripar gli ha fatto;
e cominciò: — Tua cortesia mi sforza
a discoprirti in un medesmo tratto
ch'io fossi prima, e chi converso m'aggia
in questo mirto in su l'amena spiaggia.

(33)   Il nome mio fu Astolfo; e paladino[7]
era di Francia, assai temuto in guerra:

d'Orlando e di Rinaldo era cugino,
la cui fama alcun termine non serra;
e si spettava a me tutto il domíno,
dopo il mio padre Oton, de l'Inghilterra.
Leggiadro e bel fui sí, che di me accesi
piú d'una donna; e al fin me solo offesi.

(34) Ritornando io da quelle isole estreme
che da Levante il mar Indico lava,
dove Rinaldo et alcun'altri insieme
meco fur chiusi in parte oscura e cava,
et onde liberate le supreme
forze n'avean del cavallier di Brava;
vêr ponente io venía lungo la sabbia
che del settentrïon sente la rabbia.

(35) E come la via nostra e il duro e fello
destin ci trasse, uscimmo una matina
sopra la bella spiaggia, ove un castello
siede sul mar, de la possente Alcina.
Trovammo lei ch'uscita era di quello,
e stava sola in ripa alla marina;
e senza rete e senza amo traea
tutti li pesci al lito, che volea.

(36) Veloci vi correvano i delfini,
vi venía a bocca aperta il grosso tonno;
i capidogli coi vécchi marini
vengon turbati dal lor pigro sonno;
muli, salpe, salmoni e coracini
nuotano a schiere in piú fretta che ponno;
pistrici, fisiteri, orche e balene
escon del mar con monstruose schiene.

(37) Veggiamo una balena, la maggiore
che mai per tutto il mar veduta fosse:
undeci passi e piú dimostra fuore
de l'onde salse le spallaccie grosse.
Caschiamo tutti insieme in uno errore,
perch'era ferma e che mai non si scosse:
ch'ella sia una isoletta ci credemo,
cosí distante ha l'un da l'altro estremo.

(38) Alcina i pesci uscir facea de l'acque

con semplici parole e puri incanti.
Con la fata Morgana Alcina nacque,
io non so dir s'a un parto o dopo o inanti.
Guardommi Alcina; e subito le piacque
l'aspetto mio, come mostrò ai sembianti:
e pensò con astuzia e con ingegno
tormi ai compagni; e riuscí il disegno.

(39)   Ci venne incontra con allegra faccia,
con modi grazïosi e riverenti,
e disse: "Cavallier, quando vi piaccia
far oggi meco i vostri alloggiamenti,
io vi farò veder, ne la mia caccia,
di tutti i pesci sorti differenti:
chi scaglioso, chi molle e chi col pelo;
e saran piú che non ha stelle il cielo.

(40)   E volendo vedere una sirena
che col suo dolce canto acheta il mare,
passian di qui fin su quell'altra arena,
dove a quest'ora suol sempre tornare".
E ci mostrò quella maggior balena,
che, come io dissi, una isoletta pare.
Io che sempre fui troppo (e me n'incresce)
volonteroso, andai sopra quel pesce.

(41)   Rinaldo m'accennava, e similmente
Dudon, ch'io non v'andassi: e poco valse.
La fata Alcina con faccia ridente,
lasciando gli altri dua, dietro mi salse.
La balena, all'ufficio diligente,
nuotando se n'andò per l'onde salse.
Di mia sciochezza tosto fui pentito;
ma troppo mi trovai lungi dal lito.

(42)   Rinaldo si cacciò ne l'acqua a nuoto
per aiutarmi, e quasi si sommerse,
perché levossi un furïoso Noto
che d'ombra il cielo e 'l pelago coperse.
Quel che di lui seguí poi, non m'è noto.
Alcina a confortarmi si converse;
a quel dí tutto e la notte che venne,
sopra quel mostro in mezzo il mar mi tenne.

(43)   Fin che venimmo a questa isola bella,
         di cui gran parte Alcina ne possiede,
         e l'ha usurpata ad una sua sorella[8]
         che 'l padre già lasciò del tutto erede,
         perché sola legitima avea quella;
         e (come alcun notizia me ne diede,
         che pienamente instrutto era di questo)
         sono quest'altre due nate d'incesto.

(46)   Perché di vizii è questa coppia rea,
         odia colei, perché è pudica e santa.
         Ma, per tornare a quel ch'io ti dicea,
         e seguir poi com'io divenni pianta,
         Alcina in gran delizie mi tenea,
         e del mio amore ardeva tutta quanta;
         né minor fiamma nel mio core accese
         il veder lei sí bella e sí cortese.

(50)   Conobbi tardi il suo mobil ingegno,
         usato amare e disamare a un punto.
         Non era stato oltre a duo mesi in regno,
         ch'un novo amante al loco mio fu assunto.
         Da sé cacciommi la fata con sdegno,
         e da la grazia sua m'ebbe disgiunto:
         e seppi poi, che tratti a simil porto
         avea mill'altri amanti, e tutti a torto.

(51)   E perché essi non vadano pel mondo
         di lei narrando la vita lasciva,
         chi qua chi là, per lo terren fecondo
         li muta, altri in abete, altri in oliva,
         altri in palma, altri in cedro, altri secondo
         che vedi me su questa verde riva,
         altri in liquido fonte, alcuni in fiera,
         come piú agrada a quella fata altiera.

(52)   Or tu che sei per non usata via,
         signor, venuto all'isola fatale,
         acciò ch'alcuno amante per te sia
         converso in pietra o in onda, o fatto tale;
         avrai d'Alcina scettro e signoria,
         e sarai lieto sopra ogni mortale:
         ma certo sii di giunger tosto al passo
         d'entrar o in fiera o in fonte o in legno o in sasso.—

(54)　　　　Ruggier, che conosciuto avea per fama
　　　　　　ch'Astolfo alla sua donna cugin era,
　　　　　　si dolse assai che in steril pianta e grama
　　　　　　mutato avesse la sembianza vera;
　　　　　　e per amor di quella che tanto ama
　　　　　　(pur che saputo avesse in che maniera)
　　　　　　gli avria fatto servizio: ma aiutarlo
　　　　　　in altro non potea, ch'in confortarlo.

(55)　　　　Lo fe' al meglio che seppe; e domandolli
　　　　　　poi se via c'era, ch'al regno guidassi
　　　　　　di Logistilla, o per piano o per colli,
　　　　　　sí che per quel d'Alcina non andassi.
　　　　　　Che ben ve n'era un'altra, ritornolli
　　　　　　l'arbore a dir, ma piena d'aspri sassi,
　　　　　　s'andando un poco inanzi alla man destra,
　　　　　　salisse il poggio invêr la cima alpestra.[9]

(56)　　　　Ma che non pensi già che seguir possa
　　　　　　il suo camin per quella strada troppo:
　　　　　　incontro avrà di gente ardita, grossa
　　　　　　e fiera compagnia, con duro intoppo.
　　　　　　Alcina ve li tien per muro e fossa
　　　　　　a chi volesse uscir fuor del suo groppo.
　　　　　　Ruggier quel mirto ringraziò del tutto,
　　　　　　poi da lui si partí dotto et instrutto.

(57)　　　　Venne al cavallo, e lo disciolse e prese
　　　　　　per le redine, e dietro se lo trasse;
　　　　　　né, come fece prima, piú l'ascese,
　　　　　　perché mal grado suo non lo portasse.
　　　　　　Seco pensava come nel paese
　　　　　　di Logistilla a salvamento andasse.
　　　　　　Era disposto e fermo usar ogni opra,
　　　　　　che non gli avesse imperio Alcina sopra.

(59)　　　　Lontan si vide una muraglia lunga
　　　　　　che gira intorno, e gran paese serra;
　　　　　　e par che la sua altezza al ciel s'aggiunga,
　　　　　　e d'oro sia da l'alta cima a terra.
　　　　　　Alcun dal mio parer qui si dilunga,
　　　　　　e dice ch'ell'è alchimia: e forse ch'erra;
　　　　　　et anco forse meglio di me intende:
　　　　　　a me par oro, poi che sí risplende.

(60)　Come fu presso alle sí ricche mura,
　　　che 'l mondo altre non ha de la lor sorte,
　　　lasciò la strada che per la pianura
　　　ampla e diritta andava alle gran porte;
　　　et a man destra, a quella piú sicura,
　　　ch'al monte gía, piegossi il guerrier forte:
　　　ma tosto ritrovò l'iniqua frotta,
　　　dal cui furor gli fu turbata e rotta.

(61)　Non fu veduta mai più strana torma,
　　　piú monstruosi volti e peggio fatti:
　　　alcun' dal collo in giú d'uomini han forma,
　　　col viso altri di simie, altri di gatti;[10]
　　　stampano alcun' con piè caprigni l'orma;
　　　alcuni son centauri agili et atti;
　　　son giovani impudenti e vecchi stolti,
　　　chi nudi e chi di strane pelli involti.

(62)　Chi senza freno in s'un destrier galoppa,
　　　chi lento va con l'asino o col bue,
　　　altri salisce ad un centauro in groppa,
　　　struzzoli molti han sotto, aquile e grue;
　　　ponsi altri a bocca il corno, altri la coppa;
　　　chi femina è, chi maschio, e chi amendue;
　　　chi porta uncino e chi scala di corda,
　　　chi pal di ferro e chi una lima sorda.

(67)　Se di scoprire avesse avuto aviso
　　　lo scudo che già fu del negromante
　　　(io dico quel ch'abbarbagliava il viso,
　　　quel ch'all'arcione avea lasciato Atlante),
　　　subito avria quel brutto stuol conquiso
　　　e fattosel cader cieco davante;
　　　e forse ben, che disprezzò quel modo,
　　　perché virtude usar volse, e non frodo.

(68)　Sia quel che può, piú tosto vuol morire,
　　　che rendersi prigione a sí vil gente.
　　　Eccoti intanto da la porta uscire
　　　del muro, ch'io dicea d'oro lucente,
　　　due giovani ch'ai gesti et al vestire
　　　non eran da stimar nate umilmente,
　　　né da pastor nutrite con disagi,
　　　ma fra delizie di real palagi.

(69)　　　　L'una e l'altra sedea s'un lïocorno,
　　　　　　candido più che candido armelino[11];
　　　　　　l'una e l'altra era bella, e di sí adorno
　　　　　　abito, e modo tanto pellegrino,
　　　　　　che a l'uom, guardando e contemplando intorno,
　　　　　　bisognerebbe aver occhio divino
　　　　　　per far di lor giudizio: e tal saria
　　　　　　Beltà, s'avesse corpo, e Leggiadria.

(70)　　　　L'una e l'altra n'andò dove nel prato
　　　　　　Ruggiero è oppresso da lo stuol villano
　　　　　　Tutta la turba si levò da lato;
　　　　　　e quelle al cavallier porser la mano,
　　　　　　che tinto in viso di color rosato,
　　　　　　le donne ringraziò de l'atto umano:
　　　　　　e fu contento, compiacendo loro,
　　　　　　di ritornarsi a quella porta d'oro.

(71)　　　　L'adornamento che s'aggira sopra
　　　　　　la bella porta e sporge un poco avante,
　　　　　　parte non ha che tutta non si cuopra
　　　　　　de le piú rare gemme di Levante.
　　　　　　Da quattro parti si riposa sopra
　　　　　　grosse colonne d'integro diamante.
　　　　　　O vero o falso ch'all'occhio risponda,
　　　　　　non è cosa piú bella o piú gioconda.

(72)　　　　Su per la soglia e fuor per le colonne
　　　　　　corron scherzando lascive donzelle,
　　　　　　che, se i rispetti debiti alle donne
　　　　　　servasser piú, sarian forse piú belle.
　　　　　　Tutte vestite eran di verdi gonne,
　　　　　　e coronate di frondi novelle.
　　　　　　Queste, con molte offerte e con buon viso,
　　　　　　Ruggier fecero entrar nel paradiso:

(73)　　　　che si può ben cosí nomar quel loco,
　　　　　　ove mi credo che nascesse Amore.
　　　　　　Non vi si sta se non in danza e in giuoco,
　　　　　　e tutte in festa vi si spendon l'ore:
　　　　　　pensier canuto né molto né poco
　　　　　　si può quivi albergare in alcun core:
　　　　　　non entra quivi disagio né inopia,
　　　　　　ma vi sta ognor col corno pien la Copia.[12]

(74)   Qui, dove con serena e lieta fronte
par ch'ognor rida il grazïoso aprile,
gioveni e donne son: qual presso a fonte
canta con dolce e dilettoso stile;
qual d'un arbore all'ombra e qual d'un monte
o giuoca o danza o fa cosa non vile;
e qual, lungi dagli altri, a un suo fedele
discuopre l'amorose sue querele.

(75)   Per le cime dei pini e degli allori,
degli alti faggi e degl'irsuti abeti,
volan scherzando i pargoletti Amori:
di lor vittorie altri godendo lieti,
altri pigliando, a saettare i cori,
la mira quindi, altri tendendo reti;
chi tempra dardi ad un ruscel piú basso,
e chi gli aguzza ad un volubil sasso.

Canto   VII

(9)   La bella Alcina venne un pezzo inante
verso Ruggier fuor de le prime porte,
e lo raccolse in signoril sembiante,
in mezzo bella et onorata corte.
Da tutti gli altri tanto onore e tante
riverenzie fur fatte al guerrier forte,
che non ne potrian far piú, se tra loro
fosse Dio sceso dal superno coro.

(11)   Di persona era tanto ben formata,
quanto me' finger san pittori industri;
con bionda chioma lunga et annodata:
oro non è che piú risplenda e lustri.
Spargeasi per la guancia delicata
misto color di rose e di ligustri;
de terso avorio era la fronte lieta,
che lo spazio finia con giusta meta.[1]

(16)   Avea in ogni sua parte un laccio teso,
o parli o rida o canti o passo muova:
né maraviglia è se Ruggier n'è preso,
poi che tanto benigna se la truova.
Quel che di lei già avea dal mirto inteso,

com'è perfida e ria, poco gli giova;
ch'inganno o tradimento non gli è aviso[2]
che possa star con sí soave riso.

(17)   Anzi pur creder vuol che da costei
fosse converso Astolfo in su l'arena
per li suoi portamenti ingrati e rei,
e sia degno di questa e di piú pena:
e tutto quel ch'udito avea di lei,
stima esser falso; e che vendetta mena,
e mena astio et invidia quel dolente
a lei biasmare, e che del tutto mente.

(18)   La bella donna che cotanto amava,
novellamente gli è dal cor partita;
che per incanto Alcina gli lo lava
d'ogni antica amorosa sua ferita;
e di sé sola e del suo amor lo grava,
e in quello essa riman sola sculpita:
sí che scusar il buon Ruggier si deve,
se si mostrò quivi inconstante e lieve.

(19)   A quella mensa cítare, arpe e lire,
e diversi altri dilettevol suoni
faceano intorno l'aria tintinire
d'armonia dolce e di concenti buoni.
Non vi mancava chi, cantando, dire
d'amor sapesse gaudii e passïoni,
o con invenzïoni e poesie
rappresentasse grate fantasie.

(23)   E poi che di confetti e di buon vini
di nuovo fatti fur debiti inviti,
e partîr gli altri riverenti e chini,
et alle stanze lor tutti sono iti;
Ruggiero entrò ne' profumati lini[3]
che pareano di man d'Aracne usciti,
tenendo tuttavia l'orecchie attente,
s'ancor venir la bella donna sente.

(24)   Ad ogni piccol moto ch'egli udiva,
sperando che fosse ella, il capo alzava:
sentir credeasi, e spesso non sentiva;
poi del suo errore accorto sospirava.

Talvolta uscia del letto e l'uscio apriva,
guatava fuori, e nulla vi trovava:
e maledí ben mille volte l'ora
che facea al trapassar tanta dimora.

(25) Tra sé dicea sovente: — Or si parte ella; —
e cominciava a noverare i passi
ch'esser potean da la sua stanza a quella
donde aspettando sta che Alcina passi;
e questi et altri, prima che la bella
donna vi sia, vani disegni fassi.
Teme di qualche impedimento spesso,
che tra il frutto e la man non gli sia messo.

(26) Alcina, poi ch'a' prezïosi odori
dopo gran spazio pose alcuna meta,
venuto il tempo che piú non dimori,
ormai ch'in casa era ogni cosa cheta,
de la camera sua sola uscí fuori;
e tacita n'andò per via secreta
dove a Ruggiero avean timore e speme
gran pezzo intorno al cor pugnato insieme.

(31) Non è diletto alcun che di fuor reste;
che tutti son ne l'amorosa stanza.
E due e tre volte il dí mutano veste,
fatte or ad una, ora ad un'altra usanza.
Spesso in conviti, e sempre stanno in feste,
in giostre, in lotte, in scene, in bagno, in danza.
Or presso ai fonti, all'ombre de' poggietti,
leggon d'antiqui gli amorosi detti;

(32) or per l'ombrose valli e lieti colli
vanno cacciando le paurose lepri;
or con sagaci cani i fagian folli
con strepito uscir fan di stoppie e vepri;
or a' tordi lacciuoli, or veschi molli
tendon tra gli odoriferi ginepri;
or con ami inescati et or con reti
turbano a' pesci i grati lor secreti.

(33) Stava Ruggiero in tanta gioia e festa,
mentre Carlo in travaglio et Agramante,
di cui l'istoria io non vorrei per questa

porre in oblio, né lasciar Bradamante,
che con travaglio e con pena molesta
pianse piú giorni il disïato amante,
ch'avea per strade disusate e nuove
veduto portar via, né sapea dove.

(41)   E cosí il fior de li begli anni suoi
in lunga inerzia aver potria consunto
sí gentil cavallier, per dover poi
perdere il corpo e l'anima in un punto;
e quel odor, che sol riman di noi
poscia che 'l resto fragile è defunto,
che tra' l'uom del sepulcro e in vita il serba,
gli saria stato o tronco o svelto in erba.

(42)   Ma quella gentil maga, che piú cura
n'avea ch'egli medesmo di se stesso,
pensò di trarlo per via alpestre e dura
alla vera virtú, mal grado d'esso:
come escellente[4] medico, che cura
con ferro e fuoco e con veneno spesso,
che se ben molto da principio offende,
poi giova al fine, e grazia se gli rende.

(43)   Ella non gli era facile, e talmente
fattane cieca di superchio amore,
che, comme facea Atlante, solamente
a darli vita avesse posto il core.
Quel piú tosto volea che lungamente
vivesse e senza fame e senza onore,
che, con tutta la laude che sia al mondo,
mancasse un anno al suo viver giocondo.

(44)   L'avea mandato all'isola d'Alcina,
perché oblïasse l'arme in quella corte;
e come mago di somma dottrina,
ch'usar sapea gl'incanti d'ogni sorte,
avea il cor stretto di quella regina
ne l'amor d'esso d'un laccio sí forte,
che non se ne era mai per poter sciorre,
s'invechiasse Ruggier piú di Nestorre.

(45)   Or tornando a colei, ch'era presaga
di quanto de' avvenir, dico che tenne

la dritta via dove l'errante e vaga
figlia d'Amon seco a incontrar si venne.
Bradamante vedendo la sua maga,
muta la pena che prima sostenne,
tutta in speranza; e quella l'apre il vero:
ch'ad Alcina è condotto il suo Ruggiero.

(46) La giovane riman presso che morta,
quando ode che 'l suo amante è cosí lunge;
e piú, che nel suo amor periglio porta,
se gran rimedio e subito non giunge:
ma la benigna maga la conforta,
e presta pon l'impiastro ove il duol punge;
e le promette e giura, in pochi giorni
far che Ruggiero a riveder lei torni.

(47) — Da che, donna (dicea), l'annello hai teco,
che val contra ogni magica fattura,
io non ho dubbio alcun, che s'io l'arreco
là dove Alcina ogni tuo ben ti fura,
ch'io non le rompa il suo disegno, e meco
non ti rimeni la tua dolce cura.
Me n'andrò questa sera alla prim'ora,[5]
e sarò in India al nascer de l'aurora.—

(48) E seguitando, del modo narrolle
che disegnato avea d'adoperarlo,
per trar del regno effeminato e molle
il caro amante, e in Francia rimenarlo.
Bradamante l'annel del dito tolle;
né solamente avria voluto darlo,
ma dato il core e dato avria la vita,
pur che n'avesse il suo Ruggiero aita.

(49) Le dà l'annello e se le raccomanda;
e piú le raccomanda il suo Ruggiero,
a cui per lei mille saluti manda:
poi prese vêr Provenza altro sentiero.
Andò l'incantatrice a un'altra banda;
e per porre in effetto il suo pensiero,
un palafren fece apparir la sera,
ch'avea un piè rosso, e ogn'altra parte nera.

(50) Credo fusse un Alchino o un Farfarello,

che da l'inferno in quella forma trasse;
e scinta e scalza montò sopra a quello,
a chiome sciolte e orribilmente passe:
ma ben di dito si levò l'annello,
perché gl'incanti suoi non le vietasse.
Poi con tal fretta andò, che la matina
si ritrovò ne l'isola d'Alcina.

(51)   Quivi mirabilmente transmutosse:
s'accrebbe più d'un palmo di statura,
e fe' le membra a proporzion piú grosse;
e restò a punto di quella misura
che si pensò che 'l negromante fosse,
quel che nutrí Ruggier con sí gran cura.
Vestí di lunga barba le mascelle,
e fe' crespa la fronte e l'altra pelle.

(52)   Di faccia, di parole e di sembiante
sí lo seppe imitar, che totalmente
potea parer l'incantatore Atlante.
Poi si nascose, e tanto pose mente,
che da Ruggiero allontanar l'amante
Alcina vide un giorno finalmente:
e fu gran sorte; che di stare o d'ire
senza esso un'ora potea mal patire.

(53)   Soletto lo trovò, come lo volle,
che si godea il matin fresco e sereno
lungo un bel rio che discorrea d'un colle
verso un laghetto limpido et ameno.
Il suo vestir delizïoso e molle
tutto era d'ozio e di lascivia pieno,
che de sua man gli avea di seta e d'oro
tessuto Alcina con sottil lavoro.

(54)   Di ricche gemme un splendido monile
gli discendea dal collo in mezzo il petto;
e ne l'uno e ne l'altro già virile
braccio girava un lucido cerchietto.
Gli avea forato un fil d'oro sottile
ambe l'orecchie, in forma d'annelletto;
e due gran perle pendevano quindi,
qua' mai non ebbon gli Arabi né gl'Indi.

(55)   Umide avea l'innanellate chiome
de' piú suavi odor che sieno in prezzo:
tutto ne' gesti era amoroso, come
fosse in Valenza a servir donne avezzo:
non era in lui di sano altro che 'l nome;
corrotto tutto il resto, e piú che mézzo.
Cosí Ruggier fu ritrovato, tanto
da l'esser suo mutato per incanto.

(56)   Ne la forma d'Atlante se gli affaccia
colei, che la sembianza ne tenea,
con quella grave e venerabil faccia
che Ruggier sempre riverir solea,
con quello occhio pien d'ira e di minaccia,
che sí temuto già fanciullo avea;
dicendo: — È questo dunque il frutto ch'io
lungamente atteso ho del sudor mio?

(64)   Che ha costei che t'hai fatto regina,
che non abbian mill'altre meretrici?
costei che di tant'altri è concubina,
ch'al fin sai ben s'ella suol far felici.
Ma perché tu conosca chi sia Alcina,
levatone le fraudi e gli artifici,
tien questo annello in dito, e torna ad ella;
ch'aveder ti potrai come sia bella.

(68)   Quella donna gentil che t'ama tanto,
quella che del tuo amor degna sarebbe,
a cui, se non ti scorda, tu sai quanto
tua libertà, da lei servata, debbe;
questo annel che ripara ad ogni incanto
ti manda: e cosí il cor mandato avrebbe,
s'avesse avuto il cor cosí virtute,
come l'annello, atta alla tua salute. —

(71)   Come fanciullo che maturo frutto
ripone, e poi si scorda ove è riposto,
e dopo molti giorni è ricondutto
là dove truova a caso il suo deposto,
si maraviglia di vederlo tutto
putrido e guasto, e non come fu posto;
e dove amarlo e caro aver solia,
l'odia, sprezza, n'ha schivo, e getta via:

(72)   cosí Ruggier, poi che Melissa fece
        ch'a riveder se ne tornò la fata
        con quell'annello inanzi a cui non lece,
        quando s'ha in dito, usare opra incantata,
        ritruova, contra ogni sua stima, invece
        de la bella, che dianzi avea lasciata,
        donna sí laida, che la terra tutta
        né la piú vecchia avea né la piú brutta.

(73)   Pallido, crespo e macilente avea
        Alcina il viso, il crin raro e canuto:
        sua statura a sei palmi non giungea:
        ogni dente di bocca era caduto;
        che piú d'Ecuba e piú de la Cumea,
        et avea piú d'ogn'altra mai vivuto.
        Ma sí l'arti usa al nostro tempo ignote,[6]
        che bella e giovanetta parer puote.

(75)   Ma come l'avisò Melissa, stette
        senza mutare il solito sembiante,
        fin che de l'arme sue, piú dí neglette,
        si fu vestito dal capo alle piante;
        e per non farle ad Alcina suspette,
        finse provar s'in esse era aiutante,
        finse provar se gli era fatto grosso,
        dopo alcun dí che non l'ha avute indosso.

(76)   E Balisarda poi si messe al fianco
        (che cosí nome la sua spada avea);
        e lo scudo mirabile tolse anco,
        che non pur gli occhi abbarbagliar solea,
        ma l'anima facea sí venir manco,
        che dal corpo esalata esser parea.
        Lo tolse, e col zendado in che trovollo,
        che tutto lo copria, sel messe al collo.

(77)   Venne alla stalla, e fece briglia e sella
        porre a un destrier piú che la pece nero:
        cosí Melissa l'avea instrutto; ch'ella
        sapea quanto nel corso era leggiero.
        Chi lo conosce, Rabican l'appella;
        et è quel proprio che col cavalliero[7]
        del quale i venti or presso al mar fan gioco,
        portò già la balena in questo loco.

(78)   Potea aver l'ippogrifo similmente,
       che presso a Rabicano era legato;
       ma gli avea detto la maga: — Abbi mente,
       ch'egli è (come tu sai) troppo sfrenato.—
       E gli diede intenzion che 'l dí seguente
       gli lo trarrebbe fuor di quello stato,
       là dove ad agio poi sarebbe instrutto
       come frenarlo e farlo gir per tutto.

(79)   Né sospetto darà, se non lo tolle,
       de la tacita fuga ch'apparecchia.
       Fece Ruggier come Melissa volle,
       ch'invisibile ognor gli era all'orecchia.
       Cosí fingendo, del lascivo e molle
       palazzo uscí de la puttana vecchia;
       e si venne accostando ad una porta,
       donde è la via ch'a Logistilla il porta.

(80)   Assaltò li guardiani all'improviso,
       e si cacciò tra lor col ferro in mano,
       e qual lasciò ferito, e quale ucciso;
       e corse fuor del ponte a mano a mano: [8]
       e prima che n'avesse Alcina aviso,
       di molto spazio fu Ruggier lontano.
       Dirò ne l'altro canto che via tenne;
       poi come a Logistilla se ne venne.

Canto VIII

(12)   Alcina, ch'avea intanto avuto aviso
       di Ruggier, che sforzato avea la porta,
       e de la guardia buon numero ucciso,
       fu, vinta dal dolor, per restar morta.
       Squarciossi i panni e si percosse il viso,
       e sciocca nominossi e malaccorta;
       e fece dar all'arme immantinente,
       e intorno a sé raccor tutta sua gente.

(13)   E poi ne fa due parti, e manda l'una
       per quella strada ove Ruggier camina;
       al porto l'altra subito raguna,
       imbarca, et uscir fa ne la marina:
       sotto le vele aperte il mar s'imbruna.

Con questi va la disperata Alcina,
che 'l desiderio di Ruggier sí rode,
che lascia sua città senza custode.

(14)   Non lascia alcuno a guardia del palagio:
il che a Melissa, che stava alla posta
per liberar di quel regno malvagio
la gente ch'in miseria v'era posta,
diede commodità, diede grande agio
di gir cercando ogni cosa a sua posta,
imagini abbruciar, suggelli tôrre,
e nodi e rombi e turbini disciorre.[1]

(15)   Indi pei campi accelerando i passi,
gli antiqui amanti ch'erano in gran torma
conversi in fonti, in fere, in legni, in sassi,
fe' ritornar ne la lor prima forma.
E quei, poi ch'allargati furo i passi,
tutti del buon Ruggier seguiron l'orma:
a Logistilla si salvaro; et indi
tornaro a Sciti, a Persi, a Greci, ad Indi.

(16)   Li rimandò Melissa in lor paesi,
con obligo di mai non esser sciolto.[2]
Fu inanzi agli altri il duca degl'Inglesi[3]
ad esser ritornato in uman volto;
che 'l parentado in questo e li cortesi
prieghi del bon Ruggier gli giovâr molto:
oltre i prieghi, Ruggier le diè l'annello,
acciò meglio potesse aiutar quello.

(17)   A' prieghi dunque di Ruggier, rifatto
fu 'l paladin ne la sua prima faccia.
Nulla pare a Melissa d'aver fatto,
quando ricovrar l'arme non gli faccia,
e quella lancia d'or, ch'al primo tratto
quanti ne tocca de la sella caccia:
de l'Argalia, poi fu d'Astolfo lancia,
e molto onor fe' a l'uno e a l'altro in Francia.[4]

(18)   Trovò Melissa questa lancia d'oro,
ch'Alcina avea reposta nel palagio,
e tutte l'arme che del duca fôro,
e gli fur tolte ne l'ostel malvagio.

Montò il destrier del negromante moro,
e fe' montar Astolfo in groppa ad agio;
e quindi a Logistilla si condusse
d'un'ora prima che Ruggier vi fusse.

(19) Tra duri sassi e folte spine gía[5]
Ruggiero intanto invêr la fata saggia,
di balzo in balzo, e d'una in altra via
aspra, solinga, inospita e selvaggia;
tanto ch'a gran fatica riuscía.
su la fervida nona[6] in una spiaggia
tra 'l mare e 'l monte, al mezzodí scoperta,
arsiccia, nuda, sterile e deserta.

(20) Percuote il sole ardente il vicin colle;
e del calor che si riflette a dietro,
in modo l'aria e l'arena ne bolle,
che saria troppo a far liquido il vetro.[7]
Stassi cheto ogni augello all'ombra molle:
sol la cicala col noioso metro
fra i densi rami del fronzuto stelo
le valli e i monti assorda, e il mare e il cielo.

(21) Quivi il caldo, la sete, e la fatica
ch'era di gir per quella via arenosa,
facean, lungo la spiaggia erma et aprica,
a Ruggier compagnia grave e noiosa.
Ma perché non convien che sempre io dica,
né ch'io vi occupi sempre in una cosa,
io lascerò Ruggiero in questo caldo,
e girò in Scozia a ritrovar Rinaldo.[8]

(51) Bisogna, prima ch'io vi narri il caso,
ch'un poco dal sentier dritto mi torca.
Nel mar di tramontana invêr l'occaso,
oltre l'Irlanda una isola si corca,
Ebuda nominata; ove è rimaso
il popul raro, poi che la brutta orca[9]
e l'altro marin gregge la distrusse,
ch'in sua vendetta Proteo vi condusse.

(52) Narran l'antique istorie, o vere o false,
che tenne già quel luogo un re possente,
ch'ebbe una figlia, in cui bellezza valse

e grazia sí, che poté facilmente,
poi che mostrossi in su l'arene salse,
Proteo lasciare in mezzo l'acque ardente;
e quello, un dí che sola ritrovolla,
compresse, e di sé gravida lasciolla.

(53) La cosa fu gravissima e molesta
al padre, piú d'ogn'altro empio e severo:
né per iscusa o per pietà, la testa
le perdonò: sí può lo sdegno fiero.
Né per vederla gravida, si resta
di subito esequire il crudo impero:
e 'l nipotin che non avea peccato,
prima fece morir che fosse nato.

(54) Proteo marin, che pasce il fiero armento
di Nettunno che l'onda tutta regge,
sente de la sua donna aspro tormento,
e per grand'ira, rompe ordine e legge; [10]
sí che a mandare in terra non è lento
l'orche e le foche, e tutto il marin gregge,
che distruggon non sol pecore e buoi,
ma ville e borghi e li cultori suoi:

(55) e spesso vanno alle città murate,
e d'ogn'intorno lor mettono assedio.
Notte e dí stanno le persone armate,
con gran timore e dispiacevol tedio:
tutte hanno le campagne abbandonate;
e per trovarvi al fin qualche rimedio,
andârsi a consigliar di queste cose
all'oracol, che lor cosí rispose:

(56) che trovar bisognava una donzella
che fosse all'altra di bellezza pare,
et a Proteo sdegnato offerir quella,
in cambio de la morta, in lito al mare.
S'a sua satisfazion gli parrà bella,
se la terrà, né li verrà a sturbare:
se per questo non sta, [11] se gli appresenti
una et un'altra, fin che si contenti.

(57) E cosí cominciò la dura sorte
tra quelle che piú grate eran di faccia,

ch'a Proteo ciascun giorno una si porte,
fin che trovino donna che gli piaccia.
La prima e tutte l'altre ebbeno morte;
che tutte giú pel ventre se le caccia
un'orca, che restò presso alla foce,
poi che 'l resto partí del gregge atroce.

(58)   O vera o falsa che fosse la cosa
di Proteo (ch'io non so che me ne dica),
servosse in quella terra, con tal chiosa,
contra le donne un'empia lege antica:
che di lor carne l'orca monstruosa
che viene ogni dí al lito, si notrica.
Ben ch'esser donna sia in tutte le bande
danno e sciagura, quivi era pur grande.

(59)   O misere donzelle che trasporte
fortuna ingiurïosa al lito infausto!
dove le genti stan sul mare accorte
per far de le straniere empio olocausto;
che, come piú di fuor ne sono morte,
il numer de le loro è meno esausto:
ma perché il vento ognor preda non mena,
ricercando ne van per ogni arena.

(60)   Van discorrendo tutta la marina
con fuste e grippi[12] et altri legni loro,
e da lontana parte e da vicina
portan sollevamento al lor martoro.
Molte donne han per forza e per rapina,
alcune per lusinghe, altre per oro;
e sempre da diverse regïoni
n'hanno piene le torri e le prigioni.

(61)   Passando una lor fusta a terra a terra
inanzi a quella solitaria riva
dove fra sterpi in su l'erbosa terra
la sfortunata Angelica dormiva,
smontaro alquanti galeotti in terra
per riportarne e legna et acqua viva;
e di quante mai fur belle e leggiadre
trovaro il fiore in braccio al santo padre.[13]

(62)   O troppo cara, o troppo escelsa preda

per sí barbare genti e sí villane!
O Fortuna crudel, chi fia ch'il creda,
che tanta forza hai ne le cose umane,
che per cibo d'un mostro tu conceda
la gran beltà, ch'in India il re Agricane
fece venir da le caucasee porte[14]
con mezza Scizia a guadagnar la morte?

(63)   La gran beltà che fu da Sacripante
posta inanzi al suo onore e al suo bel regno;
la gran beltà ch'al gran signor d'Anglante
macchiò la chiara fama e l'alto ingegno; [15]
la gran beltà che fe' tutto Levante
sottosopra voltarsi e stare al segno,
ora non ha (cosí è rimasa sola)
chi le dia aiuto pur d'una parola.

(64)   La bella donna, di gran sonno oppressa,
incatenata fu prima che desta.
Portaro il frate incantator con essa
nel legno pien di turba afflitta e mesta.
La vela, in cima all'arbore rimessa,
rendé la nave all'isola funesta,
dove chiuser la donna in ròcca forte,
fin a quel dí ch'a lei toccò la sorte.

(65)   Ma poté sí, per esser tanto bella,
la fiera gente muovere a pietade,
che molti dí le differiron quella
morte, e serbârla a gran necessitade;
e fin ch'ebber di fuore altra donzella,
perdonaro all'angelica beltade.
Al mostro fu condotta finalmente,
piangendo dietro a lei tutta la gente.

(66)   Chi narrerà l'angoscie, i pianti, i gridi,
l'alta querela che nel ciel penètra?
Maraviglia ho che non s'apriro i lidi,
quando fu posta in su la fredda pietra,
dove in catena, priva di sussidi,
morte aspettava abominosa e tetra.
Io nol dirò; che sí il dolor mi muove,
che mi sforza voltar le rime altrove,

(67)   e trovar versi non tanto lugúbri,
fin che 'l mio spirto stanco si rïabbia;
che non potrian li squalidi colubri,
né l'orba tigre accesa in maggior rabbia,
né ciò che da l'Atlante ai liti rubri[16]
venenoso erra per la calda sabbia,
né veder né pensar senza cordoglio,
Angelica legata al nudo scoglio.

(68)   Oh se l'avesse il suo Orlando saputo,
ch'era per ritrovarla ito a Parigi;
o li dui ch'ingannò quel vecchio astuto[17]
col messo che venía dai luoghi stigi!
fra mille morti, per donarle aiuto,
cercato avrian gli angelici vestigi:
ma che fariano, avendone anco spia,
poi che distanti son di tanta via?

(69)   Parigi intanto avea l'assedio intorno
dal famoso figliuol del re Troiano;[18]
e venne a tanta estremitade un giorno,
che n'andò quasi al suo nimico in mano:
e se non che li voti il ciel placorno,
che dilagò di pioggia oscura il piano,
cadea quel dí per l'africana lancia
il santo Imperio e 'l gran nome di Francia.

(70)   Il sommo Creator gli occhi rivolse
al giusto lamentar del vecchio Carlo;
e con subita pioggia il fuoco tolse:
né forse uman saper potea smorzarlo.
Savio chiunque a Dio sempre si volse;
ch'altri non poté mai meglio aiutarlo.
Ben dal devoto re fu conosciuto,
che si salvò per lo divino aiuto.

(71)   La notte Orlando alle noiose piume
del veloce pensier fa parte assai.
Or quinci or quindi il volta, or lo rassume
tutto in un loco, e non l'afferma mai:
qual d'acqua chiara il tremolante lume,
dal sol percossa o da' notturni rai,
per gli ampli tetti van con lungo salto
a destra et a sinistra, e basso et alto.

(72)   La donna sua, che gli ritorna a mente,
            anzi che mai non era indi partita,
            gli raccende nel core e fa piú ardente
            la fiamma che nel dí parea sopita.
            Costei venuta seco era in Ponente
            fin dal Cataio; e qui l'avea smarrita,
            né ritrovato poi vestigio d'ella
            che Carlo rotto fu presso a Bordella.

(73)   Di questo Orlando avea gran doglia, e seco
            indarno a sua sciocchezza ripensava.
            — Cor mio (dicea), come vilmente teco
            mi son portato! ohimè, quanto mi grava
            che potendoti aver notte e dí meco,
            quando la tua bontà non mel negava,
            t'abbia lasciato in man di Namo porre,
            per non sapermi a tanta ingiuria opporre!

(76)   Deh, dove senza me, dolce mia vita,
            rimasa sei sí giovane e sí bella?
            come, poi che la luce è dipartita,
            riman tra' boschi la smarrita agnella,
            che dal pastor sperando essere udita,
            si va lagnando in questa parte e in quella;
            tanto che 'l lupo l'ode da lontano,
            e 'l misero pastor ne piagne invano.

(77)   Dove, speranza mia, dove ora sei?
            vai tu soletta forse ancor errando?
            o pur t'hanno trovata i lupi rei
            senza la guardia del tuo fido Orlando?
            e il fior ch'in ciel potea pormi fra i dèi,[19]
            il fior ch'intatto io mi venía serbando
            per non turbarti, ohimè! l'animo casto,
            ohimè! per forza avranno colto e guasto.

(78)   Oh infelice! oh misero! che voglio
            se non morir, se 'l mio bel fior colto hanno?
            O sommo Dio, fammi sentir cordoglio
            prima d'ogn'altro, che di questo danno.
            Se questo è ver, con le mie man mi toglio
            la vita, e l'alma disperata danno. —
            Cosí, piangendo forte e sospirando,
            seco dicea l'addolorato Orlando.

(86)   Da mezza notte tacito si parte,
e non saluta e non fa motto al zio;
né al fido suo compagno Brandimarte,
che tanto amar solea, pur dice a Dio.
Ma poi che 'l Sol con l'auree chiome sparte
del ricco albergo di Titone uscío,[20]
e fe' l'ombra fugire umida e nera,
s'avide il re che 'l paladin non v'era.

(87)   Con suo gran dispiacer s'avede Carlo
che partito la notte è 'l suo nipote,
quando esser dovea seco e piú aiutarlo;
e ritener la còlera non puote,
ch'a lamentarsi d'esso, et a gravarlo
non incominci di biasmevol note;
e minacciar, se non ritorna, e dire
che lo faria di tanto error pentire.

(88)   Brandimarte, ch'Orlando amava a pare
di se medesmo, non fece soggiorno;
o che sperasse farlo ritornare,
o sdegno avesse udirne biasmo e scorno:
e vòlse a pena tanto dimorare,
ch'uscisse fuor ne l'oscurar del giorno.
A Fiordiligi sua nulla ne disse,
perché 'l disegno suo non gl'impedisse.

(89)   Era questa una donna che fu molto
da lui diletta, e ne fu raro senza;
di costumi, di grazia e di bel volto
dotata e d'accortezza e di prudenza:
e se licenzia or non n'aveva tolto,
fu che sperò tornarle alla presenza
il dí medesmo; ma gli accade poi,
che lo tardò piú dei disegni suoi.

(90)   E poi ch'ella aspettato quasi un mese
indarno l'ebbe, e che tornar nol vide,
di desiderio sí di lui s'accese,
che si partí senza compagni o guide;
e cercandone andò molto paese,
come l'istoria al luogo suo dicide.[21]
Di questi dua non vi dico or piú inante;
che piú m'importa il cavallier d'Anglante.

Canto IX

(1)   Che non può far d'un cor ch'abbia suggetto
questo crudele e traditore Amore,
poi ch'ad Orlando può levar del petto
la tanta fé che debbe al suo signore?
Già savio e pieno fu d'ogni rispetto,
e de la santa Chiesa difensore:
or per un vano amor, poco del zio,
e di sé poco, e men cura di Dio.

(2)   Ma l'escuso io pur troppo, e mi rallegro
nel mio difetto aver compagno tale;
ch'anch'io sono al mio ben languido et egro,
sano e gagliardo a seguitare il male.
Quel se ne va tutto vestito a negro,
né tanti amici abandonar gli cale;
e passa dove d'Africa e di Spagna
la gente era attendata alla campagna:

(3)   anzi non attendata, perché sotto
alberi e tetti l'ha sparsa la pioggia
a dieci, a venti, a quattro, a sette, ad otto;
chi piú distante e chi piú presso alloggia.
Ognuno dorme travagliato e rotto:
chi steso in terra, e chi alla man s'appoggia.
Dormono; e il conte uccider ne può assai:
né però stringe Durindana mai.

(4)   Di tanto core è il generoso Orlando,
che non degna ferir gente che dorma.
Or questo, e quando quel luogo cercando
va, per trovar de la sua donna l'orma.
Se truova alcun che veggi, sospirando
gli ne dipinge l'abito e la forma;
e poi lo priega che per cortesia
gl'insegni andar in parte ove ella sia.

(5)   E poi che venne il dí chiaro e lucente,
tutto cercò l'esercito moresco:
a ben lo potea far sicuramente,
avendo indosso l'abito arabesco;
et aiutollo in questo parimente,
che sapeva altro idioma che francesco,

e l'africano tanto avea espedito,
che parea nato a Tripoli e nutrito.

(6) Quivi il tutto cercò, dove dimora
fece tre giorni, e non per altro effetto;
poi dentro alle cittadi e a' borghi fuora
non spiò sol per Francia e suo distretto,[1]
ma per Uvernia e per Guascogna ancora
rivide sin all'ultimo borghetto;
e cercò da Provenza alla Bretagna,
e dai Picardi ai termini di Spagna.

(7) Tra il fin d'ottobre e il capo di novembre,
ne la stagion che la frondosa vesta
vede levarsi e discoprir le membre
trepida pianta, fin che nuda resta,
e van gli augelli a strette schiere insembre,[2]
Orlando entrò ne l'amorosa inchiesta;[3]
né tutto il verno appresso lasciò quella,
né la lasciò ne la stagion novella.

Canto X

(35) Ma lasciànlo[1] doler fin ch'io ritorno,
per voler di Ruggier dirvi pur anco,
che nel piú intenso ardor del mezzo giorno
cavalca il lito, affaticato e stanco.
Percuote il sol nel colle e fa ritorno:
di sotto bolle il sabbion trito e bianco.
Mancava all'arme ch'avea indosso, poco[2]
ad esser, come già, tutte di fuoco.

(36) Mentre la sete, e de l'andar fatica
per l'alta sabbia, e la solinga via
gli facean, lungo quella spiaggia aprica,
noiosa e dispiacevol compagnia;
trovò ch'all'ombra d'una torre antica
che fuor de l'onde appresso il lito uscia,
de la corte d'Alcina eran tre donne,
che le conobbe ai gesti et alle gonne.

(37) Corcate su tapeti allessandrini[3]
godeansi il fresco rezzo in gran diletto,

fra molti vasi di diversi vini
e d'ogni buona sorte di confetto.
Presso alla spiaggia, coi flutti marini
scherzando, le aspettava un lor legnetto
fin che la vela empiesse agevol òra;
ch'un fiato pur non ne spirava allora.

(38)   Queste, ch'andar per la non ferma sabbia
vider Ruggiero al suo vïaggio dritto,
che sculta avea la sete in su le labbia, [4]
tutto pien di sudore il viso afflitto,
gli cominciaro a dir che sí non abbia
il cor voluntaroso al camin fitto,
ch'alla fresca e dolce ombra non si pieghi,
e ristorar lo stanco corpo nieghi.

(39)   E di lor una s'accostò al cavallo
per la staffa tener, che ne scendesse;
l'altra con una coppa di cristallo
di vin spumante, piú sete gli messe:
ma Ruggiero a quel suon non entrò in ballo; [5]
perché d'ogni tardar che fatto avesse,
tempo di giunger dato avria ad Alcina,
che venía dietro et era omai vicina.

(40)   Non cosí fin salnitro e zolfo puro,
tocco dal fuoco, subito s'avampa;
né cosí freme il mar quando l'oscuro
turbo discende e in mezzo se gli accampa:
come, vedendo che Ruggiero sicuro
al suo dritto camin l'arena stampa,
e che le sprezza (e pur si tenean belle),
d'ira arse e di furor la terza d'elle.

(41)   — Tu non sei né gentil né cavalliero
(dice gridando quanto può piú forte),
et hai rubate l'arme; e quel destriero
non saria tuo per veruna altra sorte:
e cosí, come ben m'appongo al vero,
ti vedessi punir di degna morte;
che fossi fatto in quarti, arso o impiccato,
brutto ladron, villan, superbo, ingrato. —

(42)   Oltr'a queste e molt'altre ingiurïose

parole che gli usò la donna altiera,
ancor che mai Ruggier non le rispose,
che di sí vil tenzon poco onor spera;
con le sorelle tosto ella si pose
sul legno in mar, che al lor servigio v'era:
et affrettando i remi, lo seguiva,
vedendol tuttavia dietro alla riva.

(43) Minaccia sempre, maledice e incarca;
che l'onte sa trovar per ogni punto.
Intanto a quello stretto, onde si varca
alla fata piú bella, è Ruggier giunto;
dove un vecchio nochiero una sua barca
scioglier da l'altra ripa vede, a punto
come, avisato e già provisto, quivi
si stia aspettando che Ruggiero arrivi.

(44) Scioglie il nochier, come venir lo vede,
di trasportarlo a miglior ripa lieto;
che, se la faccia può del cor dar fede,
tutto benigno e tutto era discreto.
Pose Ruggier sopra il navilio il piede,
Dio ringraziando; e per lo mar quïeto
ragionando venía col galeotto,
saggio e di lunga esperïenzia dotto.

(45) Quel lodava Ruggier, che sí se avesse
saputo a tempo tor da Alcina, e inanti
che 'l calice incantato ella gli desse,
ch'avea al fin dato a tutti gli altri amanti;
e poi, che a Logistilla si traesse,
dove veder potria costumi santi,
bellezza eterna et infinita grazia
che 'l cor notrisce e pasce, e mai non sazia.

(46) — Costei (dicea) stupore e riverenza
induce all'alma, ove si scuopre prima.
Contempla meglio poi l'alta presenza:
ogn'altro ben ti par di poca stima.
Il suo amore ha dagli altri differenza:
speme o timor negli altri il cor ti lima;
in questo il desiderio piú non chiede,
e contento riman come la vede.[6]

(47)   Ella t'insegnerà studii piú grati,
         che suoni, danze, odori, bagni e cibi;
         ma come i pensier tuoi meglio formati
         poggin piú ad alto che per l'aria i nibi,
         e come de la gloria de' beati
         nel mortal corpo parte si delibi.—
         Cosí parlando il marinar veniva,
         lontano ancora alla sicura riva;

(48)   quando vide scoprire alla marina
         molti navili, e tutti alla sua volta.
         Con quei ne vien l'ingiurïata Alcina;
         e molta di sua gente have raccolta
         per por lo stato e se stessa in ruina,
         o racquistar la cara cosa tolta.
         E bene è amor di ciò cagion non lieve,
         ma l'ingiuria non men che ne riceve.

(49)   Ella non ebbe sdegno, da che nacque,
         di questo il maggior mai, ch'ora la rode;
         onde fa i remi sí affrettar per l'acque,
         che la spuma ne sparge ambe le prode.[7]
         Al gran rumor né mar né ripa tacque,
         et Ecco risonar per tutto s'ode.
         —Scuopre, Ruggier, lo scudo, che bisogna;
         se non, sei morto, o preso con vergogna.—

(50)   Cosí disse il nocchier di Logistilla;
         et oltre il detto, egli medesmo prese
         la tasca e da lo scudo dipartilla,
         e fe' il lume di quel chiaro e palese.
         L'incantato splendor che ne sfavilla,
         gli occhi degli aversari cosí offese,
         che li fe' restar ciechi allora allora,
         e cader chi da poppa e chi da prora.

(51)   Un ch'era alla veletta in su la ròcca,
         de l'armata d'Alcina si fu accorto;
         e la campana martellando tocca,
         onde il soccorso vien subito al porto.
         L'artegliaria, come tempesta, fiocca
         contra chi vuole al buon Ruggier far torto:
         sí che gli venne d'ogni parte aita,
         tal che salvò la libertà e la vita.

(52)   Giunte son quattro donne in su la spiaggia,
       che subito ha mandate Logistilla:
       la valorosa Andronica e la saggia
       Fronesia e l'onestissima Dicilla
       e Sofrosina casta, che, come aggia
       quivi a far piú che l'altre, [8] arde e sfavilla.
       L'esercito ch'al mondo è senza pare,
       del castello esce, e si distende al mare.

(53)   Sotto il castel ne la tranquilla foce
       di molti e grossi legni era una armata,
       ad un botto di squilla, ad una voce
       giorno e notte a battaglia apparecchiata.
       E cosí fu la pugna aspra et atroce, [9]
       e per acqua e per terra, incominciata;
       per cui fu il regno sottosopra volto,
       ch'avea già Alcina alla sorella tolto.

(54)   Oh di quante battaglie il fin successe
       diverso a quel che si credette inante!
       Non sol ch'Alcina allor non rïavesse,
       come stimossi, il fugitivo amante;
       ma de le navi che pur dianzi spesse
       fur sí, ch'a pena il mar ne capia tante,
       fuor de la fiamma che tutt'altre avampa,
       con un legnetto sol misera scampa.

(55)   Fuggesi Alcina, e sua misera gente
       arsa e presa riman, rotta e sommersa.
       D'aver Ruggier perduto ella si sente
       via piú doler che d'altra cosa aversa:
       notte e dí per lui geme amaramente,
       e lacrime per lui dagli occhi versa;
       e per dar fine a tanto aspro martíre,
       spesso si duol di non poter morire.

(56)   Morir non puote alcuna fata mai,
       fin che 'l sol gira, o il ciel non muta stilo. [10]
       Se ciò non fosse, era il dolore assai
       per muover Cloto, ad inasparle il filo; [11]
       o, qual Didon, finia col ferro i guai;
       o la regina splendida del Nilo [12]
       avria imitata con mortifer sonno:
       ma le fate morir sempre non ponno.

(57)   Torniamo a quel di eterna gloria degno
         Ruggiero; e Alcina stia ne la sua pena.
         Dico di lui, che poi che fuor del legno
         si fu condutto in piú sicura arena,
         Dio ringraziando che tutto il disegno
         gli era successo, al mar voltò la schena;
         et affrettando per l'asciutto il piede,
         alla ròcca ne va che quivi siede.

(58)   Né la piú forte ancor né la piú bella
         mai vide occhio mortal prima né dopo.
         Son di piú prezzo le mura di quella,
         che se diamante fossino o piropo.
         Di tai gemme qua giú non si favella:
         et a chi vuol notizia averne, è d'uopo
         che vada quivi; che non credo altrove,
         se non forse su in ciel, se ne ritruove.

(59)   Quel che piú fa che lor si inchina e cede
         ogn'altra gemma, è che, mirando in esse,
         l'uom sin in mezzo all'anima si vede;
         vede suoi vizii e sue virtudi espresse,
         sí che a lusinghe poi di sé non crede,
         né a chi dar biasmo a torto gli volesse:
         fassi, mirando allo specchio lucente
         se stesso, conoscendosi, prudente.

(60)   Il chiaro lume lor, ch'imita il sole,
         manda splendore in tanta copia intorno,
         che chi l'ha, ovunque sia, sempre che vuole,
         Febo, mal grado tuo, si può far giorno.
         Né mirabil vi son le pietre sole;
         ma la materia e l'artificio adorno
         contendon sí, che mal giudicar puossi
         qual de le due eccellenze maggior fossi.

(61)   Sopra gli altissimi archi, che puntelli
         parean che del ciel fossino a vederli,
         eran giardin sí spazïosi e belli,
         che saria al piano anco fatica averli.
         Verdeggiar gli odoriferi arbuscelli
         si puon veder fra i luminosi merli,
         ch'adorni son l'estate e il verno tutti
         di vaghi fiori e di maturi frutti.

(62)   Di cosí nobili arbori non suole
         prodursi fuor di questi bei giardini,
         né di tai rose o di simil vïole,
         di gigli, di amaranti o di gesmini.
         Altrove appar come a un medesmo sole
         e nasca, e viva, e morto il capo inchini,
         e come lasci vedovo il suo stelo
         il fior suggetto al varïar del cielo:[13]

(63)   ma quivi era perpetua la verdura,
         perpetua la beltà de' fiori eterni:
         non che benignità de la Natura
         sí temperatamente li governi;
         ma Logistilla con suo studio e cura,
         senza bisogno de' moti superni[14]
         (quel che agli altri impossibile parea),
         sua primavera ognor ferma tenea.

(64)   Logistilla mostrò molto aver grato
         ch'a lei venisse un sí gentil signore;
         e comandò che fosse accarezzato,
         e che studiasse ognun di fargli onore.
         Gran pezzo inanzi Astolfo era arrivato,
         che visto da Ruggier fu di buon core.
         Fra pochi giorni venner gli altri tutti,
         ch'a l'esser lor Melissa avea ridutti.

(65)   Poi che si fur posati un giorno e dui,
         venne Ruggiero alla fata prudente
         col duca Astolfo, che non men di lui
         avea desir di riveder Ponente.
         Melissa le parlò per amendui;
         e supplica la fata umilemente,
         che li consigli, favorisca e aiuti,
         sí che ritornin donde eran venuti.

(66)   Disse la fata:—Io ci porrò il pensiero,
         e fra dui dí te li darò espediti.—
         Discorre poi tra sé, come Ruggiero,
         e dopo lui, come quel duca aiti:
         conchiude infin che 'l volator destriero
         ritorni il primo agli aquitani liti;
         ma prima vuol che se gli faccia un morso,
         con che lo volga, e gli raffreni il corso.

(67)   Gli mostra come egli abbia a far, se vuole
         che poggi in alto, e come a far che cali;
         e come, se vorrà che in giro vole,
         o vada ratto, o che si stia su l'ali:
         e quali effetti il cavallier far suole
         di buon destriero in piana terra, tali
         facea Ruggier che mastro ne divenne,
         per l'aria, del destrier ch'avea le penne.

(68)   Poi che Ruggier fu d'ogni cosa in punto,
         da la fata gentil comiato prese,
         alla qual restò poi sempre congiunto
         di grande amore; e uscí di quel paese.
         Prima di lui che se n'andò in buon punto,
         e poi dirò come il guerriero inglese
         tornasse con piú tempo e piú fatica
         al magno Carlo et alla corte amica.

(72)   Ben che di Ruggier fosse ogni desire
         di ritornare a Bradamante presto;
         pur, gustato il piacer ch'avea di gire
         cercando il mondo, non restò per questo,
         ch'alli Pollacchi, agli Ungari venire
         non volesse anco, alli Germani, e al resto
         di quella boreale orrida terra:
         e venne al fin ne l'ultima Inghilterra.

(92)   E vide Ibernia fabulosa, dove
         il santo vecchiarel fece la cava,[16]
         in che tanta mercé par che si truove,
         che l'uom vi purga ogni sua colpa prava.
         Quindi poi sopra il mare il destrier muove
         là dove la minor Bretagna lava:
         e nel passar vide, mirando a basso,
         Angelica legata al nudo sasso.

(94)   Vi fu legata pur quella matina,
         dove venía per trangugiarla viva
         quel smisurato mostro, orca marina,
         che di aborrevole esca si nutriva.
         Dissi di sopra, come fu rapina
         di quei che la trovaro in su la riva
         dormire al vecchio incantatore a canto,
         ch'ivi l'avea tirata per incanto.

(95)   La fiera gente inospitale e cruda
alla bestia crudel nel lito espose
la bellissima donna, cosí ignuda
come Natura prima la compose.
Un velo non ha pure, in che richiuda
i bianchi gigli e le vermiglie rose,
da non cader per luglio o per dicembre,
di che son sparse le polite membre.

(96)   Creduto avria che fosse statua finta
o d'alabastro o d'altri marmi illustri
Ruggiero, e su lo scoglio cosí avinta
per artificio di scultori industri;
se non vedea la lacrima distinta
tra fresche rose e candidi ligustri
far rugiadose le crudette pome,[17]
e l'aura sventolar l'aurate chiome.

(97)   E come ne' begli occhi gli occhi affisse,
de la sua Bradamante gli sovenne.
Pietade e amore a un tempo lo traffisse,
e di piangere a pena si ritenne;
e dolcemente alla donzella disse,
poi che del suo destrier frenò le penne:
— O donna, degna sol de la catena
con chi i suoi servi Amor legati mena,

(98)   e ben di questo e d'ogni male indegna,
chi è quel crudel che con voler perverso
d'importuno livor[18] stringendo segna
di queste belle man l'avorio terso? —
Forza è ch'a quel parlare ella divegna
quale è di grana un bianco avorio asperso,
di sé vedendo quelle parte ignude,
ch'ancor che belle sian, vergogna chiude.

(99)   E coperto con man s'avrebbe il volto,
se non eran legate al duro sasso;
ma del pianto, ch'almen non l'era tolto,
lo sparse, e si sforzò di tener basso.
E dopo alcun' signozzi[19] il parlar sciolto,
incominciò con fioco suono e lasso:
ma non seguí; che dentro il fe' restare
il gran rumor che si sentí nel mare.

(100)   Ecco apparir lo smisurato mostro
        mezzo ascoso ne l'onda e mezzo sorto.
        Come sospinto suol da borea o d'ostro
        venir lungo navilio a pigliar porto,
        cosí ne viene al cibo che l'è mostro
        la bestia orrenda; e l'intervallo è corto.
        La donna è mezza morta di paura;
        né per conforto altrui si rassicura.

(101)   Tenea Ruggier la lancia non in resta,
        ma sopra mano,[20] e percoteva l'orca.
        Altro non so che s'assimigli a questa,
        ch'una gran massa che s'aggiri e torca;
        né forma ha d'animal, se non la testa,
        c'ha gli occhi e i denti fuor, come di porca.
        Ruggier in fronte la fería tra gli occhi;
        ma par che un ferro o un duro sasso tocchi.

(102)   Poi che la prima botta poco vale,
        ritorna per far meglio la seconda.
        L'orca, che vede sotto le grandi ale
        l'ombra di qua e di là correr su l'onda,
        lascia la preda certa litorale,[21]
        e quella vana segue furibonda:
        dietro quella si volve e si raggira.
        Ruggier giú cala, e spessi colpi tira.

(103)   Come d'alto venendo aquila suole,
        ch'errar fra l'erbe visto abbia la biscia,
        o che stia sopra un nudo sasso al sole,
        dove le spoglie d'oro abbella e liscia;
        non assalir da quel lato la vuole
        onde la velenosa e soffia e striscia,
        ma da tergo la adugna, e batte i vanni,
        acciò non se le volga e non la azzanni:

(104)   cosí Ruggier con l'asta e con la spada,
        non dove era de' denti armato il muso,
        ma vuole che 'l colpo tra l'orecchie cada,
        or su le schene, or ne la coda giuso.
        Se la fera si volta, ei muta strada,
        et a tempo giú cala, e poggia in suso:
        ma come sempre giunge in un dïaspro,
        non può tagliar lo scoglio duro[22] et aspro.

(105)   Simil battaglia fa la mosca audace
          contra il mastin nel polveroso agosto,
          o nel mese dinanzi o nel seguace,
          l'uno di spiche e l'altro pien di mosto:
          negli occhi il punge e nel grifo mordace,
          volagli intorno e gli sta sempre accosto;
          e quel suonar fa spesso il dente asciutto:
          ma un tratto che gli arrivi, appaga il tutto.

(106)   Sí forte ella nel mar batte la coda,
          che fa vicino al ciel l'acqua inalzare;
          tal che non sa se l'ale in aria snoda,
          o pur se 'l suo destrier nuota nel mare.
          Gli è spesso che disia trovarsi a proda;
          che se lo sprazzo in tal modo ha a durare,
          teme sí l'ale inaffi all'ippogrifo,
          che brami invano avere o zucca o schifo.

(107)   Prese nuovo consiglio, e fu il migliore,
          di vincer con altre arme il mostro crudo:
          abbarbagliar lo vuol con lo splendore
          ch'era incantato nel coperto scudo.
          Vola nel lito; e per non fare errore,
          alla donna legata al sasso nudo
          lascia nel minor dito de la mano
          l'annel, che potea far l'incanto vano:

(108)   dico l'annel che Bradamante avea,
          per liberar Ruggier, tolto a Brunello,
          poi per trarlo di man d'Alcina rea,
          mandato in India per Melissa a quello.
          Melissa (come dianzi io vi dicea)
          in ben di molti adoperò l'annello;
          indi l'avea a Ruggier restituito,
          dal qual poi sempre fu portato in dito.

(109)   Lo dà ad Angelica ora, perché teme
          che del suo scudo il fulgurar non viete,
          e perché a lei ne sien difesi insieme
          gli occhi che già l'avean preso alla rete.
          Or viene al lito, e sotto il ventre preme
          ben mezzo il mar la smisurata cete.
          Sta Ruggiero alla posta, e lieva il velo;
          e par ch'aggiunga un altro sole al cielo.

(110)   Ferí negli occhi l'incantato lume
di quella fera, e fece al modo usato.
Quale o trota o scaglion va giú pel fiume
c'ha con calcina il montanar turbato,[23]
tal si vedea ne le marine schiume
il mostro orribilmente riversciato.
Di qua di là Ruggier percuote assai,
ma di ferirlo via non truova mai.

(111)   La bella donna tuttavolta priega
ch'invan la dura squama oltre non pesti.
— Torna, per Dio, signor: prima mi slega
(dicea piangendo), che l'orca si desti:
portami teco e in mezzo il mar mi anniega:
non far ch'in ventre al brutto pesce io resti. —
Ruggier, commosso dunque al giusto grido,
slegò la donna, e la levò dal lido.

(112)   Il destrier punto, ponta i piè all'arena
e sbalza in aria e per lo ciel galoppa;
e porta il cavalliero in su la schena,
e la donzella dietro in su la groppa.
Cosí privò la fera de la cena
per lei soave e delicata troppa.
Ruggier si va volgendo, e mille baci
figge nel petto e negli occhi vivaci.

(113)   Non piú tenne la via, come propose
prima, di circundar tutta la Spagna;
ma nel propinquo lito il destrier pose,
dove entra in mar piú la minor Bretagna.[24]
Sul lito un bosco era di querce ombrose,
dove ognor par che Filomena[25] piagna;
ch'in mezzo avea un pratel con una fonte,
e quinci e quindi un solitario monte.

(114)   Quivi il bramoso cavallier ritenne
l'audace corso, e nel pratel discese;
e fe' raccorre al suo destrier le penne,
ma non a tal che piú le avea distese.
Del destrier sceso, a pena si ritenne
di salir altri; ma tennel l'arnese:
l'arnese il tenne, che bisognò trarre,
e contra il suo disir messe le sbarre.

Canto XI

(1)   Quantunque debil freno a mezzo il corso
        animoso destrier spesso raccolga,
        raro è però che di ragione il morso
        libidinosa furia a dietro volga,
        quando il piacere ha in pronto; a guisa d'orso
        che dal mel non sí tosto si distolga,
        poi che gli n'è venuto odore al naso,
        o qualche stilla ne gustò sul vaso.

(2)   Qual ragion fia che 'l buon Ruggier raffrene,
        sí che non voglia ora pigliar diletto
        d'Angelica gentil che nuda tiene
        nel solitario e commodo boschetto?
        Di Bradamante piú non gli soviene,
        che tanto aver solea fissa nel petto:
        e se gli ne sovien pur come prima,
        pazzo è se questa ancor non prezza e stima;

(3)   con la qual non saria stato quel crudo
        Zenocrate di lui piú continente.
        Gittato avea Ruggier l'asta e lo scudo,
        e si traea l'altre arme impazïente;
        quando abbassando pel bel corpo ignudo
        la donna gli occhi vergognosamente,
        si vide in dito il prezïoso annello
        che già le tolse ad Albracca Brunello.[1]

(6)   Or che sel vede, come ho detto, in mano,
        sí di stupore e d'allegrezza è piena,
        che quasi dubbia di sognarsi invano,
        agli occhi, alla man sua dà fede a pena.
        Del dito se lo leva, e a mano a mano
        sel chiude in bocca: e in men che non balena,
        cosí dagli occhi di Ruggier si cela,
        come fa il sol quando la nube il vela.

(7)   Ruggier pur d'ogn'intorno riguardava,
        e s'aggirava a cerco come un matto;
        ma poi che de l'annel si ricordava,
        scornato vi rimase e stupefatto:
        e la sua inavvertenza bestemiava,
        e la donna accusava di quello atto

ingrato e discortese, che renduto
in ricompensa gli era del suo aiuto.

(8)   — Ingrata damigella, è questo quello
guiderdone (dicea), che tu mi rendi?
che piú tosto involar vogli l'annello,
ch'averlo in don. Perché da me nol prendi?
Non pur quel, ma lo scudo e il destrier snello
e me ti dono, e come vuoi mi spendi;
sol che 'l bel viso tuo non mi nascondi.
Io so, crudel, che m'odi, e non rispondi. —

(9)   Cosí dicendo, intorno alla fontana
brancolando n'andava come cieco.
Oh quante volte abbracciò l'aria vana,
sperando la donzella abbracciar seco!
Quella, che s'era già fatta lontana,
mai non cessò d'andar, che giunse a un speco
che sotto un monte era capace e grande,
dove al bisogno suo trovò vivande.

(10)   Quivi un vecchio pastor, che di cavalle
un grande armento avea, facea soggiorno.
Le iumente pascean giú per la valle
le tenere erbe ai freschi rivi intorno.
Di qua di là da l'antro erano stalle,
dove fuggíano il sol del mezzo giorno.
Angelica quel dí lunga dimora
là dentro fece, e non fu vista ancora.

(11)   E circa il vespro, poi che rifrescossi,
e le fu aviso esser posata assai,
in certi drappi rozzi aviluppossi,
dissimil troppo ai portamenti gai,
che verdi, gialli, persi, azzurri e rossi
ebbe, e di quante foggie furon mai.
Non le può tor però tanto umil gonna,
che bella non rassembri e nobil donna.

(12)   Taccia chi loda Fillide, o Neera,
o Amarilli, o Galatea fugace;
che d'esse alcuna sí bella non era,
Titiro e Melibeo, con vostra pace.[2]
La bella donna tra' fuor de la schiera

de le iumente una che piú le piace.
Allora allora se le fece inante
un pensier di tornarsene in Levante.

(13)   Ruggiero intanto, poi ch'ebbe gran pezzo
indarno atteso s'ella si scopriva,
e che s'avide del suo error da sezzo;
che non era vicina e non l'udiva;
dove lasciato avea il cavallo, avezzo
in cielo e in terra, a rimontar veniva:
e ritrovò che s'avea tratto il morso,
e salia in aria a piú libero corso.

(14)   Fu grave e mala aggiunta all'altro danno
vedersi anco restar senza l'augello.
Questo, non men che 'l feminile inganno,
gli preme al cor; ma piú che questo e quello,
gli preme e fa sentir noioso affanno
l'aver perduto il prezïoso annello;
per le virtú non tanto ch'in lui sono,
quanto che fu de la sua donna dono.

(15)   Oltremodo dolente si ripose
indosso l'arme, e lo scudo alle spalle;
dal mar slungossi, e per le piaggie erbose
prese il camin verso una larga valle,
dove per mezzo all'alte selve ombrose
vide il piú largo e 'l piú segnato calle.
Non molto va, ch'a destra, ove piú folta
è quella selva, un gran strepito ascolta.

(16)   Strepito ascolta e spaventevol suono
d'arme percosse insieme; onde s'affretta
tra pianta e pianta: e truova dui, che sono
a gran battaglia in poca piazza e stretta.
Non s'hanno alcun riguardo né perdono,
per far, non so di che, dura vendetta.
L'uno è gigante, alla sembianza fiero;
ardito l'altro e franco cavalliero.

(18)   Non che per questo gli dia alcuno aiuto;
ma si tira da parte, e sta a vedere.
Ecco col baston grave il piú membruto
sopra l'elmo a due man del minor fere.

De la percossa è il cavallier caduto:
l'altro, che 'l vide attonito giacere,
per dargli morte l'elmo gli dislaccia;
a fa sí che Ruggier lo vede in faccia.

(19)   Vede Ruggier de la sua dolce e bella
e carissima donna Bradamante
scoperto il viso; e lei vede esser quella
a cui dar morte vuol l'empio gigante:
sí che a battaglia subito l'appella,
e con la spada nuda si fa inante:
ma quel, che nuova pugna non attende,
la donna tramortita in braccio prende;

(20)   e se l'arreca in spalla, e via la porta,
come lupo talor piccolo agnello,
o l'aquila portar ne l'ugna torta
suole o colombo o simile altro augello.
Vede Ruggier quanto il suo aiuto importa,
e vien correndo a piú poter; ma quello
con tanta fretta i lunghi passi mena,
che con gli occhi Ruggier lo segue a pena.

(21)   Cosí correndo l'uno, e seguitando
l'altro, per un sentiero ombroso e fosco,
che sempre si venía piú dilatando,
in un gran prato uscîr fuor di quel bosco.
Non piú di questo; ch'io ritorno a Orlando,
che 'l fulgur che portò già il re Cimosco,[3]
avea gittato in mar nel maggior fondo,
acciò mai piú non si trovasse al mondo.

Canto   XII

(1)   Cerere, poi che da la madre Idea[1]
tornando in fretta alla solinga valle,
là dove calca la montagna Etnea
al fulminato Encelado le spalle,
la figlia non trovò dove l'avea
lasciata fuor d'ogni segnato calle;
fatto ch'ebbe alle guancie, al petto, ai crini
e agli occhi danno, al fin svelse duo pini;

(2)   e nel fuoco gli accese di Vulcano,
        e diè lor non potere esser mai spenti:
        e portandosi questi uno per mano
        sul carro che tiravan dui serpenti,
        cercò le selve, i campi, il monte, il piano,
        le valli, i fiumi, li stagni, i torrenti,
        la terra e 'l mare; e poi che tutto il mondo
        cercò di sopra, andò al tartareo fondo.

(3)   S'in poter fosse stato Orlando pare
        all'Eleusina dea, come in disio,
        non avria, per Angelica cercare,
        lasciato o selva o campo o stagno o rio
        o valle o monte o piano o terra o mare,
        il cielo, e 'l fondo de l'eterno oblio;
        ma poi che 'l carro e i draghi non avea,
        la gía cercando al meglio che potea.

(4)   L'ha cercata per Francia: or s'apparecchia
        per Italia cercarla e per Lamagna,
        per la nuova Castiglia e per la vecchia,[2]
        e poi passare in Libia il mar di Spagna.
        Mentre pensa cosí, sente all'orecchia
        una voce venir, che par che piagna:
        si spinge inanzi; e sopra un gran destriero
        trottar si vede inanzi un cavalliero,

(5)   che porta in braccio e su l'arcion davante
        per forza una mestissima donzella.
        Piange ella, e si dibatte, e fa sembiante
        di gran dolore; et in soccorso appella
        il valoroso principe d'Anglante;
        che come mira alla giovane bella,
        gli par colei, per cui la notte e il giorno
        cercato Francia avea dentro e d'intorno.

(6)   Non dico ch'ella fosse, ma parea
        Angelica gentil ch'egli tant'ama.
        Egli, che la sua donna e la sua dea
        vede portar sí addolorata e grama,
        spinto da l'ira e da la furia rea,
        con voce orrenda il cavallier richiama;
        richiama il cavalliero e gli minaccia,
        e Brigliadoro a tutta briglia caccia.

(7)   Non resta quel fellon, né gli risponde,
           all'alta preda, al gran guadagno intento;
           e sí ratto ne va per quelle fronde,
           che saria tardo a seguitarlo il vento.
           L'un fugge, e l'altro caccia; e le profonde
           selve s'odon sonar d'alto lamento.
           Correndo, usciro in un gran prato; e quello
           avea nel mezzo un grande e ricco ostello.

(8)   Di vari marmi con suttil lavoro
           edificato era il palazzo altiero.
           Corse dentro alla porta messa d'oro
           con la donzella in braccio il cavalliero.
           Dopo non molto giunse Brigliadoro,
           che porta Orlando disdegnoso e fiero.
           Orlando, come è dentro, gli occhi gira;
           né piú il guerrier, né la donzella mira.

(9)   Subito smonta, e fulminando passa
           dove piú dentro il bel tetto s'alloggia:
           corre di qua, corre di là, né lassa
           che non vegga ogni camera, ogni loggia.
           Poi che i segreti d'ogni stanza bassa
           ha cerco invan, su per le scale poggia;
           e non men perde anco a cercar di sopra,
           che perdessi di sotto, il tempo e l'opra.

(10)   D'oro e di seta i letti ornati vede:
           nulla de muri appar né de pareti;
           che quelle, e il suolo ove si mette il piede,
           son da cortine ascose e da tapeti.
           Di su di giú va il conte Orlando e riede;
           ne per questo può far gli occhi mai lieti
           che riveggiano Angelica, o quel ladro
           che n'ha portato il bel viso leggiadro.

(11)   E mentre or quinci or quindi invano il passo
           movea, pien di travaglio e di pensieri,
           Ferraú, Brandimarte e il re Gradasso,
           re Sacripante et altri cavalieri
           vi ritrovò, ch'andavano alto e basso,
           né men facean di lui vani sentieri;
           e si ramaricavan del malvagio
           invisibil signor di quel palagio.

(12)   Tutti cercando il van, tutti gli dànno
colpa di furto alcun che lor fatt'abbia:
del destrier che gli ha tolto, altri è in affanno;
ch'abbia perduta altri la donna, arrabbia;
altri d'altro l'accusa: e cosí stanno,
che non si san partir di quella gabbia;
e vi son molti, a questo inganno presi,
stati le settimane intiere e i mesi.

(13)   Orlando, poi che quattro volte e sei
tutto cercato ebbe il palazzo strano,
disse fra sé:—Qui dimorar potrei,
gittare il tempo e la fatica invano:
e potria il ladro aver tratta costei
da un'altra uscita, e molto esser lontano. —
Con tal pensiero uscí nel verde prato
dal qual tutto il palazzo era aggirato.

(14)   Mentre circonda la casa silvestra,
tenendo pur a terra il viso chino
per veder s'orma appare, o da man destra
o da sinistra, di nuovo camino;
si sente richiamar da una finestra:
e leva gli occhi; e quel parlar divino
gli pare udire, e par che miri il viso,
che l'ha, da quel che fu, tanto diviso.

(15)   Pargli Angelica udir, che supplicando
e piangendo gli dica:—Aita, aita!
la mia virginità ti raccomando
piú che l'anima mia, piú che la vita.
Dunque in presenza del mio caro Orlando
da questo ladro mi sarà rapita?
Piú tosto di tua man dammi la morte,
che venir lasci a sí infelice sorte. —

(16)   Queste parole una et un'altra volta
fanno Orlando tornar per ogni stanza,
con passïone e con fatica molta,
ma temperata pur d'alta speranza.
Talor si ferma, et una voce ascolta,
che di quella d'Angelica ha sembianza
(e s'egli è da una parte, suona altronde),
che chieggia aiuto; e non sa trovar donde.

(17)   Ma tornando a Ruggier, ch'io lasciai quando
         dissi che per sentiero ombroso e fosco
         il gigante e la donna seguitando,
         in un gran prato uscito era del bosco;
         io dico ch'arrivò qui dove Orlando
         dianzi arrivò, se 'l loco riconosco.
         Dentro la porta il gran gigante passa:
         Ruggier gli è appresso, e di seguir non lassa.

(18)   Tosto che pon dentro alla soglia il piede,
         per la gran corte e per le loggie mira;
         né piú il gigante né la donna vede,
         e gli occhi indarno or quinci or quindi aggira
         Di su di giú va molte volte e riede;
         né gli succede mai quel che desira:
         né si sa imaginar dove sí tosto
         con la donna il fellon si sia nascosto.

(19)   Poi che revisto ha quattro volte e cinque
         di su di giú camere e loggie e sale,
         pur di nuovo ritorna, e non relinque
         che non ne cerchi fin sotto le scale.
         Con speme al fin che sian ne le propinque
         selve, si parte: ma una voce, quale
         richiamò Orlando, lui chiamò non manco;
         e nel palazzo il fe' ritornar anco.

(20)   Una voce medesma, una persona
         che paruta era Angelica ad Orlando,
         parve a Ruggier la donna di Dordona,
         che lo tenea di sé medesmo in bando.
         Se con Gradasso o con alcun ragiona
         di quei ch'andavan nel palazzo errando,
         a tutti par che quella cosa sia,
         che piú ciascun per sé brama e desia.

(21)   Questo era un nuovo e disusato incanto
         ch'avea composto Atlante di Carena,
         perché Ruggier fosse occupato tanto
         in quel travaglio, in quella dolce pena,
         che 'l mal'influsso n'andasse da canto,
         l'influsso ch'a morir giovene il mena.
         Dopo il castel d'acciar, che nulla giova,
         e dopo Alcina, Atlante ancor fa pruova.

(22)   Non pur costui, ma tutti gli altri ancora,
    che di valore in Francia han maggior fama,
    acciò che di lor man Ruggier non mora,
    condurre Atlante in questo incanto trama.
    E mentre fa lor far quivi dimora,
    perché di cibo non patischin brama,
    sí ben fornito avea tutto il palagio,
    che donne e cavallier vi stanno ad agio.

(23)   Ma torniamo ad Angelica, che seco
    avendo quell'annel mirabil tanto,
    ch'in bocca a veder lei fa l'occhio cieco,
    nel dito, l'assicura da l'incanto;
    e ritrovato nel montano speco
    cibo avendo e cavalla e veste e quanto
    le fu bisogno, avea fatto disegno
    di ritornare in India al suo bel regno.

(24)   Orlando volentieri o Sacripante
    voluto avrebbe in compagnia: non ch'ella
    piú caro avesse l'un che l'altro amante;
    anzi di par fu a' lor disii ribella:
    ma dovendo, per girsene in Levante,
    passar tante città, tante castella,
    di compagnia bisogno avea e di guida,
    né potea aver con altri la piú fida.

(25)   Or l'uno or l'altro andò molto cercando,
    prima ch'indizio ne trovasse o spia,
    quando in cittade, e quando in ville, e quando
    in alti boschi, e quando in altra via.
    Fortuna al fin là dove il conte Orlando,
    Ferraú e Sacripante era, la invia,
    con Ruggier, con Gradasso et altri molti
    che v'avea Atlante in strano intrico avolti.

(26)   Quivi entra, che veder non la può il mago,
    e cerca il tutto, ascosa dal suo annello;
    e truova Orlando e Sacripante vago
    di lei cercare invan per quello ostello.
    Vede come, fingendo la sua imago,
    Atlante usa gran fraude a questo e a quello.
    Chi tor debba di lor, molto rivolve
    nel suo pensier, né ben se ne risolve.

(27)   Non sa stimar chi sia per lei migliore,
          il conte Orlando o il re dei fier Circassi.
          Orlando la potrà con piú valore
          meglio salvar nei perigliosi passi:
          ma se sua guida il fa, sel fa signore;
          ch'ella non vede come poi l'abbassi,
          qualunque volta, di lui sazia, farlo
          voglia minore, o in Francia rimandarlo.

(28)   Ma il Circasso depor, quando le piaccia,
          potrà, se ben l'avesse posto in cielo.
          Questa sola cagion vuol ch'ella il faccia
          sua scorta, e mostri avergli fede e zelo.
          L'annel trasse di bocca, e di sua faccia
          levò dagli occhi a Sacripante il velo.[3]
          Credette a lui sol dimostrarsi, e avenne
          ch'Orlando e Ferraú le sopravenne.

(29)   Le sopravenne Ferraú et Orlando;
          che l'uno e l'altro parimente giva
          di su di giú, dentro e di fuor cercando
          del gran palazzo lei, ch'era lor diva.
          Corser di par tutti alla donna, quando
          nessuno incantamento gli impediva:
          perché l'annel ch'ella si pose in mano,
          fece d'Atlante ogni disegno vano.

(33)   Atlante riparar non sa né puote,
          ch'in sella non rimontino i guerrieri
          per correr dietro alle vermiglie gote,
          all'auree chiome et a' begli occhi neri
          de la donzella, ch'in fuga percuote
          la sua iumenta, perché volentieri
          non vede li tre amanti in compagnia,
          che forse tolti un dopo l'altro avria.

(34)   E poi che dilungati dal palagio
          gli ebbe sí, che temer piú non dovea
          che contra lor l'incantator malvagio
          potesse oprar la sua fallacia rea;
          l'annel, che le schivò piú d'un disagio,
          tra le rosate labra si chiudea:
          donde lor sparve subito dagli occhi,
          e gli lasciò come insensati e sciocchi.

(35)   Come che fosse il suo primier disegno
di voler seco Orlando o Sacripante,
ch'a ritornar l'avessero nel regno
di Galafron ne l'ultimo Levante;
le vennero amendua subito a sdegno,
e si mutò di voglia in uno instante:
e senza piú obligarsi o a questo o a quello,
pensò bastar per amendua il suo annello.

(36)   Volgon pel bosco or quinci or quindi in fretta
quelli scherniti la stupida faccia;
come il cane talor, se gli è intercetta
o lepre o volpe a cui dava la caccia,
che d'improviso in qualche tana stretta
o in folta macchia o in un fosso si caccia.
Di lor si ride Angelica proterva,
che non è vista, e i lor progressi osserva.

(37)   Per mezzo il bosco appar sol una strada:
credono i cavallier che la donzella
inanzi a lor per quella se ne vada;
che non se ne può andar, se non per quella.
Orlando corre, e Farraú non bada,
né Sacripante men sprona e puntella.
Angelica la briglia piú ritiene,
e dietro lor con minor fretta viene.

Canto XV

(10)   Gli è tempo ch'io ritorni ove lasciai
l'aventuroso Astolfo d'Inghilterra,
che 'l lungo esilio[1] avendo in odio ormai,
di desiderio ardea de la sua terra;
come gli n'avea data pur assai
speme colei ch'Alcina vinse in guerra.[2]
Ella di rimandarvilo avea cura
per la via piú espedita e piú sicura.

(11)   E cosí una galea fu apparechiata,
di che miglior mai non solcò marina;
e perché ha dubbio pur tutta fïata,
che non gli turbi il suo vïaggio Alcina,
vuol Logistilla che con forte armata

Andronica ne vada e Sofrosina,
tanto che nel mar d'Arabi, o nel golfo
de' Persi, giunga a salvamento Astolfo.[3]

(13)   La fata, poi che vide acconcio il tutto,
diede licenzia al duca di partire,
avendol prima ammaestrato e instrutto
di cose assai, che fôra lungo a dire;
e per schivar che non sia piú ridutto
per arte maga, onde non possa uscire,
un bello et util libro gli avea dato,
che per suo amore avesse ognora allato.

(14)   Come l'uom riparar debba agl'incanti
mostra il libretto che costei gli diede:
dove ne tratta o piú dietro o piú inanti,
per rubrica e per indice si vede.
Un altro don gli fece ancor, che quanti
doni fur mai, di gran vantaggio eccede:
e questo fu d'orribil suono un corno,
che fa fuggire ogun che l'ode intorno.

(15)   Dico che 'l corno è di sí orribil suono,
ch'ovunque s'oda, fa fuggir la gente:
nonpuò trovarsi al mondo un cor sí buono,
che possa non fuggir come lo sente:
rumor di vento e di termuoto, e 'l tuono,
a par del suon di questo, era nïente.
Con molto riferir di grazie, prese
da la fata licenzia il buono Inglese.

(16)   Lasciando il porto e l'onde piú tranquille,
con felice aura ch'alla poppa spira,
sopra le ricche e populose ville
de l'odorifera India il duca gira,
scoprendo a destra et a sinistra mille
isole sparse; e tanto va, che mira
la terra di Tomaso,[4] onde il nocchiero
piú a tramontana poi volge il sentiero.

Canto XVIII

(146)   Mentre Fortuna in mar questi travaglia,

non lascia anco posar quegli altri in terra,
che sono in Francia, ove s'uccide e taglia
coi Saracini il popul d'Inghilterra[1].
Quivi Rinaldo assale, apre e sbaraglia
le schiere avverse, e le bandiere atterra.
Dissi di lui, che 'l suo destrier Baiardo
mosso avea contra a Dardinel gagliardo.

(147)   Vide Rinaldo il segno del quartiero,
di che superbo era il figliuol d'Almonte;
e lo stimò gagliardo e buon guerriero,
che concorrer d'insegna ardia col conte.[2]
Venne piú appresso, e gli parea piú vero;
ch'avea d'intorno uomini uccisi a monte.
— Meglio è (gridò) che prima io svella e spenga
questo mal germe, che maggior divenga. —

(151)   Un timor freddo tutto 'l sangue oppresse,
che gli Africani aveano intorno al core,
come vider Rinaldo che si messe
con tanta rabbia incontra a quel signore,
con quanta andria un leon ch'al prato avesse
visto un torel[3] ch'ancor non senta amore.
Il primo che ferí, fu 'l Saracino;
ma picchiò invan su l'elmo di Mambrino.[4]

(152)   Rise Rinaldo, e disse: —Io vo' tu senta,
s'io so meglio di te trovar la vena.—
Sprona, e a un tempo al destrier la briglia allenta,
e d'una punta con tal forza mena,
d'una punta ch'al petto gli appresenta,
che gli la far apparir dietro alla schena.
Quella trasse, al tornar, l'alma col sangue:
di sella il corpo uscì freddo et esangue.

(153)   Come purpureo fior languendo muore,
che 'l vomere al passar tagliato lassa;
o come carco di superchio umore
il papaver ne l'orto il capo abbassa:
cosí, giú de la faccia ogni colore
cadendo, Dardinel di vita passa;
passa di vita, e fa passar con lui
l'ardire e la virtú de tutti i sui.

(154)   Qual soglion l'acque per umano ingegno
          stare ingorgate alcuna volte e chiuse,
          che quando lor vien poi rotto il sostegno,
          cascano, e van con gran rumor difuse;
          tal gli African, ch'avean qualche ritegno
          mentre virtú lor Dardinello infuse,
          ne vanno or sparti in questa parte e in quella,
          che l'han veduto uscir morto di sella.

(163)   Carlo non torna piú dentro alla terra,[5]
          ma contra gli nimici fuor s'accampa,
          et in assedio le lor tende serra,
          et alti e spessi fuochi intorno avampa.
          Il pagan si provede, e cava terra,
          fossi e ripari e bastïoni stampa;
          va rivedendo, e tien le guardie deste,
          né tutta notte mai l'arme si sveste.

(164)   Tutta la notte per gli alloggiamenti
          dei mal sicuri Saracini oppressi
          si versan pianti, gemiti e lamenti,
          ma quanto piú si può, cheti e soppressi.
          Altri, perché gli amici hanno e i parenti
          lasciati morti, et altri per se stessi,
          che son feriti, e con disagio stanno:
          ma piú è la tema del futuro danno.

(165)   Duo Mori ivi fra gli altri si trovaro,
          d'oscura stirpe nati in Tolomitta;[6]
          de' quai l'istoria, per esempio raro
          di vero amore, è degna esser descritta.
          Cloridano e Medor si nominaro,
          ch'alla fortuna prospera e alla afflitta
          aveano sempre amato Dardinello,
          et or passato in Francia il mar con quello.

(166)   Cloridan, cacciator tutta sua vita,
          di robusta persona era et isnella:
          Medoro avea la guancia colorita
          e bianca e grata ne la età novella;
          e fra la gente a quella impresa uscita
          non era faccia piú gioconda e bella:
          occhi avea neri, e chioma crespa d'oro:
          angel parea di quei del sommo coro.

(167)   Erano questi duo sopra i ripari
con molti altri a guardar gli alloggiamenti,
quando la Notte fra distanzie pari[7]
mirava il ciel con gli occhi sonnolenti.
Medoro quivi in tutti i suoi parlari
non può far che 'l signor suo non rammenti,
Dardinello d'Almonte, e che non piagna
che resti senza onor ne la campagna.

(168)   Vôlto al compagno, disse:—O Cloridano,
io non ti posso dir quanto m'incresca
del mio signor, che sia rimaso al piano,
per lupi e corbi, ohimè! troppo degna esca.
Pensando come sempre mi fu umano,
mi par che quando ancor questa anima esca
in onor di sua fama, io non compensi
né sciolga verso lui gli oblighi immensi.

(169)   Io voglio andar, perché non stia insepulto
in mezzo alla campagna, a ritrovarlo:
e forse Dio vorrà ch'io vada occulto
là dove tace il campo del re Carlo.
Tu rimarrai; che quando in ciel sia sculto
ch'io vi debba morir, potrai narrarlo;
che se Fortuna vieta sí bell'opra,
per fama almeno il mio buon cor si scuopra.—

(170)   Stupisce Cloridan, che tanto core,
tanto amor, tanta fede abbia un fanciullo:
e cerca assai, perché gli porta amore,
di fargli quel pensiero irrito e nullo;
ma non gli val, perch'un sí gran dolore
non riceve conforto né trastullo.
Medoro era disposto o di morire,
o ne la tomba il suo signor coprire.

(171)   Veduto che nol piega e che nol muove,
Cloridan gli risponde:—E verrò anch'io,
anch'io vuo' pormi a sí lodevol pruove,
anch'io famosa morte amo e disio.
Qual cosa sarà mai che piú mi giove,
s'io resto senza te, Medoro mio?
Morir teco con l'arme è meglio molto,
che poi di duol, s'avvien che mi sii tolto.—

(172)   Cosí disposti, messero in quel loco
          le successive guardie, e se ne vanno.
          Lascian fosse e steccati, e dopo poco
          tra' nostri son, che senza cura stanno.
          Il campo dorme, e tutto è spento il fuoco,
          perché dei Saracin poca tema hanno.
          Tra l'arme e' carrïaggi stan roversi,
          nel vin, nel sonno insino agli occhi immersi.

(173)   Fermossi alquanto Cloridano, e disse:
          —Non son mai da lasciar l'occasïoni.
          Di questo stuol che 'l mio signor trafisse,
          non debbo far, Medoro, occisïoni?
          Tu, perché sopra alcun non ci venisse,
          gli occhi e l'orecchi in ogni parte poni;
          ch'io m'offerisco farti con la spada
          tra gli nimici spazïosa strada.—

(178)   Come impasto leone in stalla piena,
          che lunga fame abbia smacrato e asciutto,
          uccide, scanna, mangia, a strazio mena
          l'nfermo gregge in sua balía condutto;
          cosí il crudel pagan nel sonno svena
          la nostra gente, e fa macel per tutto.
          La spada di Medoro anco non ebe;
          ma si sdegna ferir l'ignobil plebe.

(179)   Venuto era ove il duca di Labretto
          con una dama sua dormia abbracciato;
          e l'un con l'altro si tenea sí stretto,
          che non saria tra lor l'aere entrato.
          Medoro ad ambi taglia il capo netto.
          Oh felice morire! oh dolce fato!
          che come erano i corpi, ho cosí fede
          ch'andâr l'alme abbracciate alla lor sede.

(181)   Gl' insidïosi ferri eran vicini
          ai padiglioni che tiraro in volta[8]
          al padiglion di Carlo i paladini,
          facendo ognun la guardia la sua volta;
          quando da l'empia strage i Saracini
          trasson le spade, e diero a tempo volta;
          ch'impossibil lor par, tra sí gran torma,
          che non s'abbia a trovar un che non dorma.

(182)   E ben che possan gir di preda carchi,
          salvin pur sé, che fanno assai guadagno.
          Ove piú creda aver sicuri i varchi
          va Cloridano, e dietro ha il suo compagno.
          Vengon nel campo, ove fra spade et archi
          e scudi e lance in un vermiglio stagno
          giaccion poveri e ricchi, e re e vassalli,
          e sozzopra con gli uomini i cavalli.

(183)   Quivi dei corpi l'orrida mistura,
          che piena avea la gran campagna intorno,
          potea far vaneggiar la fedel cura
          dei duo compagni insino al far del giorno,
          se non traea fuor d'una nube oscura,
          a' prieghi di Medor, la Luna il corno
          Medoro in ciel divotamente fisse
          verso la Luna gli occhi, e cosí disse:

(184)   —O santa dea, che dagli antiqui nostri
          debitamente sei detta triforme;[9]
          ch'in cielo, in terra e ne l'inferno mostri
          l'alta bellezza tua sotto piú forme,
          e ne le selve, di fere e di mostri
          vai cacciatrice seguitando l'orme;
          mostrami ove 'l mio re giaccia fra tanti,
          che vivendo imitò tuoi studi santi.—

(185)   La Luna a quel pregar la nube aperse
          (o fosse caso o pur la tanta fede),
          bella come fu allor ch'ella s'offerse,
          e nuda in braccio a Endimïon si diede.
          Con Parigi a quel lume si scoperse
          l'un campo e l'altro; e 'l monte e 'l pian si vede:
          si videro i duo colli di lontano,
          Martire a destra, e Lerí all'altra mano.

(186)   Rifulse lo splendor molto piú chiaro
          ove d'Almonte giacea morto il figlio.
          Medoro andò, piangendo, al signor caro;
          che conobbe il quartier bianco e vermiglio:[10]
          e tutto 'l viso gli bagnò d'amaro
          pianto, che n'avea un rio sotto ogni ciglio,
          in sí dolci atti, in sí dolci lamenti,
          che potea ad ascoltar fermare i venti.

(187)   Ma con sommessa voce e a pena udita;
non che riguardi a non si far sentire,
perch'abbia alcun pensier de la sua vita,
piú tosto l'odia, e ne vorrebbe uscire:
ma per timor che non gli sia impedita
l'opera pia che quivi il fe' venire.
Fu il morto re sugli omeri sospeso
di tramendui, tra lor partendo il peso.

(188)   Vanno affrettando i passi quanto ponno,
sotto l'amata soma che gl'ingombra.
E già venía chi de la luce è donno
le stelle a tor del ciel, di terra l'ombra;
quando Zerbino, a cui del petto il sonno
l'alta virtude, ove è bisogno, sgombra,
cacciato avendo tutta notte i Mori,
al campo si traea nei primi albori.

(189)   E seco alquanti cavallieri avea,
che videro da lunge i dui compagni.
Ciascuno a quella parte si traea,
sperandovi trovar prede e guadagni.
—Frate, bisogna (Cloridan dicea)
gittar la soma, e dare opra ai calcagni;[11]
che sarebbe pensier non troppo accorto,
perder duo vivi per salvar un morto.—

(190)   E gittò il carco, perché si pensava
che 'l suo Medoro il simil far dovesse:
ma quel meschin, che 'l suo signor piú amava,
sopra le spalle sue tutto lo resse.
L'altro con molta fretta se n'andava,
come l'amico a paro o dietro avesse:
se sapea di lasciarlo a quella sorte,
mille aspettate avria, non ch'una morte.

(191)   Quei cavallier, con animo disposto
che questi a render s'abbino o a morire,
chi qua chi là si spargono, et han tosto
preso ogni passo onde si possa uscire.
Da loro il capitan poco discosto,
piú degli altri è sollicito a seguire;
ch'in tal guisa vedendoli temere,
certo è che sian de le nimiche schiere.

(192) Era a quel tempo ivi una selva antica,
d'ombrose piante spessa e di virgulti,
che, come labirinto, entro s'intrica
di stretti calli e sol da bestie culti.
Speran d'averla i duo pagan sí amica,
ch'abbi a tenerli entro a' suoi rami occulti.
Ma chi del canto mio piglia diletto,
un'altra volta ad ascoltarlo aspetto.

Canto XIX

(1) Alcun non può saper da chi sia amato,
quando felice in su la ruota siede;[1]
però c'ha i veri e i finti amici a lato,
che mostran tutti una medesma fede.
Se poi si cangia in tristo il lieto stato,
volta la turba adulatrice il piede;
e quel che di cor ama riman forte,
et ama il suo signor dopo la morte.

(2) Se, come il viso, si mostrasse il core,
tal ne la corte è grande e gli altri preme,
e tal è in poca grazia al suo signore,
che la lor sorte muteriano insieme.
Questo umil diverria tosto il maggiore:
staria quel grande infra le turbe estreme.
Ma torniamo a Medor fedele e grato,
che 'n vita e in morte ha il suo signore amato.

(3) Cercando gía nel piú intricato calle
il giovine infelice di salvarsi;
ma il grave peso ch'avea su le spalle,
gli facea uscir tutti i partiti scarsi.[2]
Non conosce il paese, e la via falle,
e torna fra le spine a invilupparsi.
Lungi da lui tratto al sicuro s'era
l'altro, ch'avea la spalla piú leggiera.

(4) Cloridan s'è ridutto ove non sente
di chi segue lo strepito e il rumore:
ma quando da Medor si vede absente,
gli pare aver lasciato a dietro il core.
—Deh, come fui (dicea) sí negligente,

deh, come fui sí di me stesso fuore,
che senza te, Medor, qui mi ritrassi,
né sappia quando o dove io ti lasciassi!. —

(5)   Cosí dicendo, ne la torta via
de l'intricata selva si ricaccia;
et onde era venuto si ravvia,
e torna di sua morte in su la traccia.
Ode i cavalli e i gridi tuttavia,
e la nimica voce che minaccia:
all'ultimo ode il suo Medoro, e vede
che tra molti a cavallo è solo a piede.

(6)   Cento a cavallo, e gli son tutti intorno:
Zerbin commanda e grida che sia preso.
L'infelice s'aggira com'un torno,
e quanto può si tien da lor difeso,
or dietro quercia, or olmo, or faggio, or orno,
né si discosta mai dal caro peso.
L'ha riposato al fin su l'erba, quando
regger nol puote, e gli va intorno errando:

(7)   come orsa, che l'alpestre cacciatore
ne la pietosa tana assalita abbia,
sta sopra i figli con incerto core,
e freme in suono di pietà e di rabbia:
ira la 'nvita e natural furore
a spiegar l'ugne e a insanguinar le labbia;
amor la 'ntenerisce, e la ritira
a riguardare ai figli in mezzo l'ira.

(8)   Cloridan, che non sa come l'aiuti,
e ch'esser vuole a morir seco ancora,
ma non ch'in morte prima il viver muti,
che via non truovi ove piú d'un ne mora;
mette su l'arco un de' suoi strali acuti,
e nascoso con quel sí ben lavora,
che fora ad uno Scotto le cervella,
e senza vita il fa cader di sella.

(9)   Volgonsi tutti gli altri a quella banda
ond'era uscito il calamo omicida.
Intanto un altro il Saracin ne manda,
perché 'l secondo a lato al primo uccida;

che mentre in fretta a questo e a quel domanda
chi tirato abbia l'arco, e forte grida,
lo strale arriva e gli passa la gola,
e gli taglia pel mezzo la parola.

(10)   Or Zerbin, ch'era il capitano loro,
non poté a questo aver piú pazïenza.
Con ira e con furor venne a Medoro,
dicendo:—Ne farai tu penitenza.—
Stese la mano in quella chioma d'oro,
e strascinollo a sé con vïolenza:
ma come gli occhi a quel bel volto mise
gli ne venne pietade, e non l'uccise.

(11)   Il giovinetto si rivolse a' prieghi,
e disse:—Cavallier, per lo tuo Dio,
non esser sí crudel, che tu mi nieghi
ch'io sepelisca il corpo del re mio.
Non vo' ch'altra pietà per me ti pieghi,
né pensi che di vita abbi disio:
ho tanta di mia vita, e non piú, cura,
quanta ch'al mio signor dia sepultura.

(12)   E se pur pascer vòi fiere et augelli,
che 'n te il furor sia del teban Creonte,
fa lor convito di miei membri, e quelli
sepelir lascia del figliuol d'Almonte.—
Cosí dicea Medor con modi belli,
e con parole atte a voltare un monte;
e sí commosso già Zerbino avea,
che d'amor tutto e di pietade ardea.

(13)   In questo mezzo un cavallier villano,
avendo al suo signor poco rispetto,
ferí con una lancia sopra mano[3]
al supplicante il delicato petto.
Spiacque a Zerbin l'atto crudele e strano;
tanto piú, che del colpo il giovinetto
vide cader sí sbigottito e smorto,
che 'n tutto giudicò che fosse morto.

(14)   E se ne sdegnò in guisa e se ne dolse,
che disse:—Invendicato già non fia!—
e pien di mal.talento si rivolse

al cavallier che fe' l'impresa ria:
ma quel prese vantaggio, e se gli tolse
dinanzi in un momento, e fuggí via.
Cloridan, che Medor vede per terra,
salta del bosco a discoperta guerra.

(15) E getta l'arco, e tutto pien di rabbia
tra gli nimici il ferro intorno gira,
piú per morir, che per pensier ch'egli abbia
di far vendetta che pareggi l'ira.
Del proprio sangue rosseggiar la sabbia
fra tante spade, e al fin venir si mira;
e tolto che si sente ogni potere,
si lascia a canto al suo Medor cadere.

(16) Seguon gli Scotti ove la guida loro
per l'alta selva alto disdegno mena,
poi che lasciato ha l'uno e l'altro Moro,
l'un morto in tutto, e l'altro vivo a pena.
Giacque gran pezzo il giovine Medoro,
spicciando il sangue da sí larga vena,
che di sua vita al fin saria venuto,
se non sopravenia chi gli diè aiuto.

(17) Gli sopravenne a caso una donzella,
avolta in pastorale et umil veste,
ma di real presenzia e in viso bella,
d'alte maniere e accortamente oneste.
Tanto è ch'io non ne dissi piú novella,
ch'a pena riconoscer la dovreste:
questa, se non sapete, Angelica era,
del gran Can del Catai[4] la figlia altiera.

(18) Poi che 'l suo annello Angelica rïebbe,
di che Brunel l'avea tenuta priva,
in tanto fasto, in tanto orgoglio crebbe,
ch'esser parea di tutto 'l mondo schiva.
Se ne va sola, e non si degnerebbe
compagno aver qual piú famoso viva:
si sdegna a rimembrar che già suo amante
abbia Orlando nomato, o Sacripante.

(19) E sopra ogn'altro error via piú pentita
era del ben che già a Rinaldo vòlse,

troppo parendole essersi avilita,
ch'a riguardar sí basso gli occhi volse.
Tant'arroganzia avendo Amor sentita,
piú lungamente comportar non vòlse:
dove giacea Medor, si pose al varco,
e l'aspettò, posto lo strale all'arco.

(20)   Quando Angelica vide il giovinetto
languir ferito, assai vicino a morte,
che del suo re che giacea senza tetto,
piú che del proprio mal si dolea forte;
insolita pietade in mezzo al petto
si sentí entrar per disusate porte,
che le fe' il duro cor tenero e molle,
e piú, quando il suo caso egli narrolle.

(21)   E rivocando alla memoria l'arte
ch'in India imparò già di chirugia
(che par che questo studio in quella parte
nobile e degno e di gran laude sia;
e senza molto rivoltar di carte,
che 'l patre ai figli ereditario il dia),[5]
si dispose operar con succo d'erbe,
ch'a piú matura vita lo riserbe.

(22)   E ricordossi che passando avea
veduta un'erba in una piaggia amena;
fosse dittamo, o fosse panacea,[6]
o non so qual, di tal effetto piena,
che stagna il sangue, e de la piaga rea
leva ogni spasmo e perigliosa pena.
La trovò non lontana, e quella còlta,
dove lasciato avea Medor, diè volta.

(23)   Nel ritornar s'incontra in un pastore
ch'a cavallo pel bosco ne veniva,
cercando una iuvenca, che già fuore
duo dí di mandra e senza guardia giva.
Seco lo trasse ove perdea il vigore
Medor col sangue che del petto usciva;
e già n'avea di tanto il terren tinto,
ch'era omai presso a rimanere estinto.

(24)   Del palafreno Angelica giú scese,

e scendere il pastor seco fece anche.
Pestò con sassi l'erba, indi la prese,
e succo ne cavò fra le man bianche;
ne la piaga n'infuse, e ne distese
e pel petto e pel ventre e fin a l'anche:
e fu di tal virtú questo liquore,
che stagnò il sangue, e gli tornò il vigore;

(25)   e gli diè forza, che poté salire
sopra il cavallo che 'l pastor condusse.
Non però vòlse indi Medor partire
prima ch'in terra il suo signor non fusse.
E Cloridan col re fe' sepelire;
e poi dove a lei piacque si ridusse.
Et ella per pietà ne l'umil case
del cortese pastor seco rimase.

(26)   Né fin che nol tornasse in sanitade,
volea partir: cosí di lui fe' stima,
tanto se intenerí de la pietade
che n'ebbe, come in terra il vide prima.
Poi vistone i costumi e la beltade,
roder si sentí il cor d'ascosa lima;
roder si sentí il core, e a poco a poco
tutto infiammato d'amoroso fuoco.

(27)   Stava il pastore in assai buona e bella
stanza, nel bosco infra duo monti piatta,[7]
con la moglie e coi figli; et avea quella
tutta di nuovo e poco inanzi fatta.
Quivi a Medoro fu per la donzella
la piaga in breve a sanità ritratta:
ma in minor tempo si sentí maggiore
piaga di questa avere ella nel core.

(28)   Assai piú larga piaga e piú profonda
nel cor sentí da non veduto strale,
che da' begli occhi e da la testa bionda
di Medoro aventò l'Arcier c'ha l'ale.[8]
Arder si sente, e sempre il fuoco abonda;
e piú cura l'altrui che 'l proprio male:
di sé non cura, e non è ad altro intenta,
ch'a risanar chi lei fere e tormenta.

(29)   La sua piaga piú s'apre e piú incrudisce,
        quanto piú l'altra si ristringe e salda.
        Il giovine si sana: ella languisce
        di nuova febbre, or agghiacciata, or calda.
        Di giorno in giorno in lui beltà fiorisce:
        la misera si strugge, come falda
        strugger di nieve intempestiva suole,
        ch'in loco aprico abbia scoperta il sole.

(30)   Se di disio non vuole morir, bisogna
        che senza indugio ella se stessa aiti:
        e ben le par che di quel ch'essa agogna,
        non sia tempo aspettar ch'altri la 'nviti.
        Dunque, rotto ogni freno di vergogna,
        la lingua ebbe non men che gli occhi arditi:
        e di quel colpo domandò mercede,
        che, forse non sapendo, esso le diede.

(31)   O conte Orlando, o re di Circassia,
        vostra inclita virtú, dite, che giova?
        Vostro alto onor dite in che prezzo sia,
        o che mercé vostro servir ritruova.
        Mostrateme una sola cortesia
        che mai costei v'usasse, o vecchia o nuova,
        per ricompensa e guidardone e merto
        di quanto avete già per lei sofferto.

(32)   O se potessi ritornar mai vivo,
        quanto ti parria duro, o re Agricane!
        che già mostrò costei sí averti a schivo
        con repulse crudeli et inumane.
        O Ferraú, o mille altri ch'io non scrivo,
        ch'avete fatto mille pruove vane
        per questa ingrata, quanto aspro vi fôra,
        s'a costu' in braccio voi la vedesse ora!

(33)   Angelica a Medor la prima rosa
        coglier lasciò, non ancor tocca inante:
        né persona fu mai sí aventurosa,
        ch'in quel giardin potesse por le piante.
        Per adombrar, per onestar la cosa,
        si celebrò con cerimonie sante
        il matrimonio, ch'auspice ebbe Amore,
        e pronuba la moglie del pastore.[9]

(34) Fêrsi le nozze sotto all'umil tetto
le piú solenni che vi potean farsi;
e piú d'un mese poi stêro a diletto
i duo tranquilli amanti a ricrearsi.
Piú lunge non vedea del giovinetto
la donna, né di lui potea saziarsi;
né per mai sempre pendergli dal collo,
il suo disir sentia di lui satollo.

(35) Se stava all'ombra o se del tetto usciva,
avea dí e notte il bel giovine a lato:
matino e sera or questa or quella riva
cercando andava, o qualche verde prato:
nel mezzo giorno un antro li copriva,
forse non men di quel commodo e grato,
ch'ebber, fuggendo l'acque, Enea e Dido,[10]
de' lor secreti testimonio fido.

(36) Fra piacer tanti, ovunque un arbor dritto
vedesse ombrare o fonte o rivo puro,
v'avea spillo o coltel subito fitto;
cosí, se v'era alcun sasso men duro:
et era fuori in mille luoghi scritto,
e cosí in casa in altritanti il muro,
Angelica e Medoro, in varii modi
legati insieme di diversi nodi.

(37) Poi che le parve aver fatto soggiorno
quivi piú ch'a bastanza, fe' disegno
di fare in India del Catai ritorno,[11]
e Medor coronar del suo bel regno.
Portava al braccio un cerchio d'oro, adorno
di ricche gemme, in testimonio e segno
del ben che 'l conte Orlando le volea;
e portato gran tempo ve l'avea.

(38) Quel donò già Morgana a Ziliante,
nel tempo che nel lago ascoso il tenne;
et esso, poi ch'al padre Monodante
per opra e per virtú d'Orlando venne,[12]
lo diede a Orlando: Orlando ch'era amante,
di porsi al braccio il cerchio d'or sostenne,
avendo disegnato di donarlo
alla regina sua di ch'io vi parlo.

(39)   Non per amor del paladino, quanto
               perch'era ricco e d'artificio egregio,
               caro avuto l'avea la donna tanto,
               che piú non si può aver cosa di pregio.
               Se lo serbò ne l'Isola del pianto,[13]
               non so già dirvi con che privilegio,
               là dove esposta al marin mostro nuda
               fu da la gente inospitale e cruda.

(40)   Quivi non si trovando altra mercede
               ch'al buon pastore et alla moglie dessi,
               che serviti gli avea con sí gran fede
               dal dí che nel suo albergo si fur messi,
               levò dal braccio il cerchio e gli lo diede,
               e vòlse per suo amor che lo tenessi.
               Indi saliron verso la montagna
               che divide la Francia da la Spagna.

(41)   Dentro a Valenza o dentro a Barcellona
               per qualche giorno avean pensato porsi,
               fin che accadesse alcuna nave buona
               che per Levante apparecchiasse a sciorsi.
               Videro il mar scoprir sotto a Girona
               ne lo smontar giú dei montani dorsi;
               e costeggiando a man sinistra il lito,
               a Barcellona andâr pel camin trito.

(42)   Ma non vi giunser prima, ch'un uom pazzo
               giacer trovaro in su l'estreme arene,
               che, come porco, di loto e di guazzo
               tutto era brutto e volto e petto e schene.
               Costui si scagliò lor come cagnazzo
               ch'assalir forestier subito viene;
               e diè lor noia, e fu per far lor scorno.
               Ma di [Astolfo][14] a ricontarvi torno.

Canto   XXII

(7)   Per la selva d'Ardenna in Aquisgrana[1]
               giunse e in Barbante, e in Fiandra al fin s'imbarca.
               L'aura che soffia verso tramontana,
               la vela in guisa in su la prora carca,
               ch'a mezzo giorno Astolfo non lontana

vede Inghilterra, ove nel lito varca.
Salta a cavallo, e in tal modo lo punge,
ch'a Londra quella sera ancora giunge.

(8)   Quivi sentendo poi che 'l vecchio Otone
già molti mesi inanzi era in Parigi,
e che di nuovo quasi ogni barone
avea imitato i suoi degni vestigi;
d'andar subito in Francia si dispone:
e cosí torna al porto di Tamigi,
onde con le vele alte uscendo fuora,
verso Calessio fe' drizzar la prora.

(9)   Un ventolin che leggiermente all'orza
ferendo, avea adescato il legno all'onda,
a poco a poco cresce e si rinforza;
poi vien sí, ch'al nocchier ne soprabonda.
Che li volti la poppa al fine è forza;
se non, gli caccierà sotto la sponda.
Per la schena del mar tien dritto il legno,[2]
e fa camin diverso al suo disegno.

(10)   Or corre a destra, or a sinistra mano,
di qua di là, dove fortuna spinge,
e piglia terra al fin presso a Roano;
e come prima il dolce lito attinge,
fa rimetter la sella a Rabicano,
e tutto s'arma e la spada si cinge.
Prende il camino, et ha seco quel corno
che gli val piú che mille uomini intorno.

(11)   E giunse, traversando una foresta,
a piè d'un colle ad una chiara fonte,
ne l'ora che 'l monton di pascer resta,
chiuso in capanna, o sotto un cavo monte.
E dal gran caldo e da la sete infesta
vinto, si trasse l'elmo da la fronte;
legò il destrier tra le piú spesse fronde,
e poi venne per bere alle fresche onde.

(12)   Non avea messo ancor le labra in molle,
ch'un villanel che v'era ascoso appresso,
sbuca fuor d'una macchia, e il destrier tolle,
sopra vi sale, e se ne va con esso.

Astolfo il rumor sente, e 'l capo estolle;
e poi che 'l danno suo vede sí espresso,
lascia la fonte, e sazio senza bere,[3]
gli va dietro correndo a piú potere.

(13) Quel ladro non si stende a tutto corso:
che dileguato si saria di botto;
ma or lentando, or raccogliendo il morso,
se ne va di galoppo e di buon trotto.
Escon del bosco dopo un gran discorso;
e l'uno e l'altro al fin si fu ridotto
là dove tanti nobili baroni
eran senza prigion piú che prigioni.

(14) Dentro il palagio il villanel si caccia
con quel destrier che i venti al corso adegua[4].
Forza è ch'Astolfo, il qual lo scudo impaccia,
l'elmo e l'altr'arme, di lontan lo segua.
Pur giunge anch'egli, e tutta quella traccia
che fin qui avea seguita, si dilegua;
che piú né Rabican né 'l ladro vede,
e gira gli occhi, e indarno affretta il piede:

(15) affretta il piede e va cercando invano
e le loggie e le camere e le sale;
ma per trovare il perfido villano,
di sua fatica nulla si prevale.
Non sa dove abbia ascoso Rabicano,
quel suo veloce sopra ogni animale;
e senza frutto alcun tutto quel giorno
cercò di giú, dentro e d'intorno.

(16) Confuso e lasso d'aggirarsi tanto,
s'avvide che quel loco era incantato;
e del libretto ch'avea sempre a canto,
che Logistilla in India gli avea dato,
acciò che, ricadendo in nuovo incanto,
potessi aitarsi, si fu ricordato:
all'indice ricorse,[5] e vide tosto
a quante carte era il rimedio posto.

(17) Del palazzo incantato era difuso
scritto nel libro; e v'eran scritti i modi
di fare il mago rimaner confuso,

e a tutti quei prigion di sciorre i nodi.
Sotto la soglia era uno spirto chiuso,
che facea questi inganni e queste frodi:
e levata la pietra ov'è sepolto,
per lui sarà il palazzo in fumo sciolto.

(18)   Desideroso di condurre a fine
il paladin sí glorïosa impresa,
non tarda piú che 'l braccio non inchine
a provar quanto il grave marmo pesa.
Come Atlante le man vede vicine
per far che l'arte sua sia vilipesa,
sospettoso di quel che può avvenire,
lo va con nuovi incanti ad assalire.

(19)   Lo fa con dïaboliche sue larve
parer da quel diverso, che solea:
gigante ad altri, ad altri un villan parve,
ad altri un cavallier di faccia rea.
Ognuno in quella forma in che gli apparve
nel bosco il mago, il paladin vedea;
sí che per rïaver quel che gli tolse
il mago, ognuno al paladin si volse.

(20)   Ruggier, Gradasso, Iroldo, Bradamante,
Brandimarte, Prasildo, altri guerrieri
in questo nuovo error si fêro inante,
per distruggere il duca accesi e fieri.
Ma ricordossi il corno in quello instante,
che fe' loro abbassar gli animi altieri.
Se non si soccorrea col grave suono,
morto era il paladin senza perdono.

(21)   Ma tosto che si pon quel corno a bocca
e fa sentire intorno il suono orrendo,
a guisa dei colombi, quando scocca
lo scoppio, vanno i cavallier fuggendo.
Non meno al negromante fuggir tocca,
non men fuor de la tana esce temendo
pallido e sbigottito, e se ne slunga
tanto, che 'l suono orribil non lo giunga.

(22)   Fuggí il guardian coi suo' prigioni; e dopo
de le stalle fuggìr molti cavalli,

ch'altro che fune a ritenerli era uopo,
e seguiro i patron per varii calli.
In casa non restò gatta né topo
al suon che par che dica: Dàlli, dàlli.[6]
Sarebbe ito con gli altri Rabicano,
se non ch'all'uscir venne al duca in mano.

(23) Astolfo, poi ch'ebbe cacciato il mago,
levò di su la soglia il grave sasso,
e vi ritrovò sotto alcuna imago,
et altre cose che di scriver lasso:
e di distrugger quello incanto vago,
di ciò che vi trovò, fece fracasso,
come gli mostra il libro che far debbia;
e si sciolse il palazzo in fumo e in nebbia.

(24) Quivi trovò che di catena d'oro
di Ruggiero il cavallo era legato,
parlo di quel che 'l negromante moro
per mandarlo ad Alcina gli avea dato;
a cui poi Logistilla fe' il lavoro[7]
del freno, ond'era in Francia ritornato,
e girato da l'India all'Inghilterra
tutto avea il lato destro de la terra.

(25) Non so se vi ricorda che la briglia
lasciò attaccata all'arbore quel giorno
che nuda da Ruggier sparí la figlia
di Galafrone, e gli fe' l'alto scorno.
Fe' il volante destrier, con maraviglia
di chi lo vide, al mastro suo ritorno;
e con lui stette infin al giorno sempre,
che de l'incanto fur rotte le tempre.

(26) Non potrebbe esser stato piú giocondo
d'altra aventura Astolfo, che di questa;
che per cercar la terra e il mar, secondo
ch'avea desir, quel ch'a cercar gli resta,
e girar tutto in pochi giorni il mondo,
troppo venía questo ippogrifo a sesta.
Sapea egli ben quanto a portarlo era atto,
che l'avea altrove assai provato in fatto.

(27) Quel giorno in India lo provò, che tolto

da la savia Melissa fu di mano
a quella scelerata che travolto
gli avea in mirto silvestre il viso umano:
e ben vide e notò come raccolto
gli fu sotto la briglia il capo vano
da Logistilla, e vide come instrutto
fosse Ruggier di farlo andar per tutto.

(28)   Fatto disegno l'ippogrifo tôrsi,
la sella sua, ch'appresso avea, gli messe;
e gli fece, levando da piú morsi
una cosa et un'altra, un che lo resse;
che dei destrier ch'in fuga erano corsi,
quivi attaccate eran le briglie spesse.
Ora un pensier di Rabicano solo
lo fa tardar che non si leva a volo.

(31)   Ma mi bisogna, s'io vo' dirvi il resto,
ch'io trovi Ruggier prima e Bradamante.[8]
Poi che si tacque il corno, e che da questo
loco la bella coppia fu distante,
guardò Ruggiero, e fu a conoscer presto
quel che fin qui gli avea nascoso Atlante:
fatto avea Atlante che fin a quell'ora
tra lor non s'eran conosciuti ancora.

(32)   Ruggier riguarda Bradamante, et ella
riguarda lui con alta maraviglia,
che tanti dí l'abbia offuscato quella
illusïon sí l'animo e le ciglia.
Ruggiero abbraccia la sua donna bella,
che piú che rosa ne divien vermiglia;
e poi di su la bocca i primi fiori
cogliendo vien dei suoi beati amori.

(33)   Tornaro ad iterar gli abbracciamenti
mille fïate, et a tenersi stretti
i duo felici amanti, e sí contenti,
ch'a pena i gaudii lor capiano i petti.
Molto lor duol che per incantamenti,
mentre che fur negli errabondi tetti[9],
tra lor non s'eran mai riconosciuti,
e tanti lieti giorni eran perduti.

(34)   Bradamante, disposta di far tutti
         i piaceri che far vergine saggia
         debbia ad un suo amator, sí che di lutti,
         senza il suo onore offendere, il sottraggia;
         dice a Ruggier, se a dar gli ultimi frutti
         lei non vuol sempre aver dura e selvaggia,
         la faccia domandar per buoni mezzi
         al padre Amon: ma prima si battezzi.

(35)   Ruggier, che tolto avria non solamente
         viver cristiano per amor di questa,
         com'era stato il padre, e antiquamente
         l'avolo e tutta la sua stirpe onesta;
         ma, per farle piacere, immantinente
         data le avria la vita che gli resta:
         —Non che ne l'acqua (disse), ma nel fuoco
         per tuo amor porre il capo mi fia puoco.—

(36)   Per battezzarsi dunque, indi per sposa
         la donna aver, Ruggier si messe in via,
         guidando Bradamante a Vallombrosa[10]
         (cosí fu nominata una badia
         ricca e bella, né men religïosa,
         e cortese a chiunque vi venia);
         e trovaro all'uscir de la foresta
         donna che molto era nel viso mesta.

(37)   Ruggier, che sempre uman, sempre cortese
         era a ciascun, ma piú alle donne molto,
         come le belle lacrime comprese
         cader rigando il delicato volto,
         n'ebbe pietade, e di disir s'accese
         di saper il suo affanno; et a lei volto,
         dopo onesto saluto, domandolle
         perch'avea sí di pianto il viso molle.

(38)   Et ella, alzando i begli umidi rai,
         umanissimamente gli rispose,
         e la cagion de' suoi penosi guai,
         poi che le domandò, tutta gli espose.
         —Gentil signor (disse ella), intenderai
         che queste guancie son sí lacrimose
         per la pietà ch'a un giovinetto porto,
         ch'in un castel qui presso oggi fia morto.

(41)   Fuggita me ne son per non vedere
tal crudeltà; che vivo l'arderanno:
né cosa mi potrebbe piú dolere,
che faccia di sí bel giovine il danno;
né potrò aver giamai tanto piacere,
che non si volga subito in affanno,
che de la crudel fiamma mi rimembri,
ch'abbia arsi i belli e delicati membri.—

(42)   Bradamante ode, e par ch'assai le prema
questa novella, e molto il cor l'annoi;
né par che men per quel dannato tema,
che se fosse uno dei fratelli suoi.
Né certo la paura in tutto scema
era di causa, come io dirò poi.
Si volse a Ruggiero, e disse: —Parme
ch'in favor di costui sien le nostr'arme.—

(43)   E disse a quella mesta:—Io ti conforto
che tu vegga di porci entro alle mura;
che se 'l giovine ancor non avran morto,
piú non l'uccideran, stanne sicura.—
Ruggiero, avendo il cor benigno scorto
de la sua donna e la pietosa cura,
sentí tutto infiammarsi di desire
di non lasciare il giovine morire.

(44)   Et alla donna, a cui dagli occhi cade
un rio di pianto, dice:—Or che s'aspetta?
Soccorrer qui, non lacrimare accade:
fa ch'ove è questo tuo, pur tu ci metta.
Di mille lancie trar, di mille spade
tel promettian, pur che ci meni in fretta:
ma studia il passo piú che puoi; che tarda
non sia l'aita, e intanto il fuoco l'arda.—

(45)   L'alto parlare e la fiera sembianza
di quella coppia a maraviglia ardita,
ebbon di tornar forza la speranza
colà dond'era già tutta fuggita;
ma perch'ancor, piú che la lontananza,
temeva il ritrovar la via impedita,
e che saria per questo indarno presa,
stava la donna in sé tutta sospesa.

(46)   Poi disse lor:—Facendo noi la via
         che dritta e piana va fin a quel loco,
         credo ch'a tempo vi si giungeria,
         che non sarebbe ancora acceso il fuoco:
         ma gir convien per cosí torta e ria,
         che 'l termine d'un giorno saria poco
         a riuscirne; e quando vi saremo,
         che troviam morto il giovine mi temo.—

(47)   —E perché non andian (disse Ruggiero)
         per la piú corta?—E la donna rispose:
         —Perché un castel de' conti da Pontiero
         tra via si trova, ove un costume pose,
         non son tre giorni ancora, iniquo e fiero
         a cavallieri e a donne aventurose,
         Pinabello, il peggior uomo che viva,
         figliuol del conte Anselmo d'Altariva.

(48)   Quindi né cavallier né donna passa,
         che se ne vada senza ingiuria e danni:
         l'uno e l'altro a piè resta; ma vi lassa
         il guerrier l'arme, e la donzella i panni.
         Miglior cavallier lancia non abbassa,
         e non abbassò in Francia già molt'anni,
         di quattro che giurato hanno al castello
         la legge mantener di Pinabello.

(55)   È ordine tra lor, che chi per sorte
         esce fuor prima, vada a correr solo:
         ma se trova il nimico cosí forte,
         che resti in sella, e getti lui nel suolo,
         sono ubligati gli altri infin a morte
         pigliar l'impresa tutti in uno stuolo.
         Vedi or, se ciascun d'essi è cosí buono,
         quel ch'esser de', se tutti insieme sono.

(56)   Poi non conviene all'importanzia nostra
         che ne vieta ogni indugio, ogni dimora,
         che punto vi fermiate a quella giostra;
         e presuppongo che vinciate ancora,
         che vostra alta presenzia lo dimostra;
         ma non è cosa da fare in un'ora:
         et è gran dubbio che 'l giovine s'arda,
         se tutto oggi a soccorrerlo si tarda.—

(57)   Disse Ruggier:—Non riguardiamo a questo:
facciàn nui quel che si può far per nui;
abbia chi regge il ciel cura del resto,
o la Fortuna, se non tocca a lui.
Ti fia per questa giostra manifesto,
se buoni siamo d'aiutar colui
che per cagion sí debole e sí lieve,
come n'hai detto, oggi bruciar si deve.—

(58)   Senza risponder altro, la donzella
si messe per la via ch'era piú corta.
Piú di tre miglia non andâr per quella,
che si trovaro al ponte et alla porta
dove si perdon l'arme e la gonnella,
e de la vita gran dubbio si porta.
Al primo apparir lor, di su la ròcca
è chi duo botti la campana tocca.

(59)   Et ecco de la porta con gran fretta,
trottando s'un ronzino, un vecchio uscìo;
e quel venía gridando:—Aspetta, aspetta:
restate olà, che qui si paga il fio;[11]
e se l'usanza non v'è stata detta,
che qui si tiene, or ve la vo' dir io.—
E contar loro incominciò di quello
costume, che servar fa Pinabello.

(65)   In questo mezzo de la ròcca usciti
eran con Pinabel molti pedoni,
presti per levar l'arme et espediti
ai cavallier ch'uscian fuor degli arcioni.
Veniansi incontra i cavallieri arditi,
fermando in su le reste i gran lancioni,
grossi duo palmi, di nativo[12] cerro,
che quasi erano uguali insino al ferro.

(67)   Con questi, che passar dovean gl'incudi
(sí ben ferrate avean le punte estreme),
di qua e di là fermandoli agli scudi,
a mezzo il corso si scontraro insieme.
Quel di Ruggiero, che i demòni ignudi[13]
fece sudar, poco del colpo teme:
de lo scudo vo' dir che fece Atlante,
de le cui forze io v'ho già detto inante.

(71)   S'era accostato Pinabello intanto
        a Bradamante, per saper chi fusse
        colui che con prodezza e valor tanto
        il cavallier del suo castel percusse.
        La giustizia di Dio, per dargli quanto
        era il merito suo, vi lo condusse
        su quel destrier medesimo ch'inante
        tolto avea per inganno a Bradamante.

(72)   Fornito a punto era l'ottavo mese
        che, con lei ritrovandosi a camino,
        (se 'l vi raccorda) questo Maganzese
        la gittò ne la tomba di Merlino,
        quando da morte un ramo la difese,
        che seco cadde, anzi il suo buon destino;
        e trassene, credendo ne lo speco
        ch'ella fosse sepolta, il destrier seco.

(73)   Bradamante conosce il suo cavallo,
        e conosce per lui l'iniquo conte;
        e poi ch'ode la voce, e vicino hallo
        con maggiore attenzion mirato in fronte:
        —Questo è il traditor (disse), senza fallo,
        che procacciò di farmi oltraggio et onte:
        ecco il peccato suo, che l'ha condutto
        ove avrà de' suoi merti il premio tutto.—

(74)   Il minacciare e il por mano alla spada
        fu tutto a un tempo, e lo aventarsi a quello;
        ma inanzi tratto gli levò la strada,
        che non poté fuggir verso il castello.
        Tolta à la speme ch'a salvar si vada,
        come volpe alla tana, Pinabello.
        Egli gridando e senza mai far testa,[14]
        fuggendo si cacciò ne la foresta.

(75)   Pallido e sbigottito il miser sprona,
        che posto ha nel fuggir l'ultima speme.
        L'animosa donzella di Dordona
        gli ha il ferro ai fianchi, e lo percuote e preme:
        vien con lui sempre, e mai non l'abbandona.
        Grande è il rumore, e il bosco intorno geme.
        Nulla al castel di questo ancor s'intende,
        però ch'ognuno a Ruggier solo attende.

(97)   L'ardita Bradamante in questo mezzo
         giunto avea Pinabello a un passo stretto;
         e cento volte gli avea fin a mezzo
         messo il brando pei fianchi e per lo petto.
         Tolto ch'ebbe dal mondo il puzzo e 'l lezzo
         che tutto intorno avea il paese infetto,
         le spalle al bosco testimonio volse
         con quel destrier che già il fellon le tolse.

(98)   Vòlse tornar dove lasciato avea
         Ruggier; né seppe mai trovar la strada.
         Or per valle or per monte s'avvolgea:
         tutta quasi cercò quella contrada.
         Non vòlse mai la sua fortuna rea,
         che via trovasse onde a Ruggier si vada.
         Questo altro canto ad ascoltare aspetto
         chi de l'istoria mia prende diletto.

Canto   XXIII

(1)   Studisi ognun giovare altrui; che rade
         volte il ben far senza il suo premio fia:
         e se pur senza, almen non te ne accade
         morte né danno né ignominia ria.
         Chi nuoce altrui, tardi o per tempo cade[1]
         il debito a scontar, che non s'oblia.
         Dice il proverbio, ch'a trovar si vanno
         gli uomini spesso, e i monti fermi stanno.[2]

(2)   Or vedi quel ch'a Pinabello avviene
         per essersi portato iniquamente:
         è giunto in somma alle dovute pene,
         dovute e giuste alla sua ingiusta mente.
         E Dio, che le piú volte non sostiene
         veder patire a torto uno innocente,
         salvò la donna; e salverà ciascuno
         che d'ogni fellonia viva digiuno.

(5)   Morto ch'ella ebbe il falso cavalliero
         che lei voluto avea già porre a morte,
         vòlse tornare ove lasciò Ruggiero;
         ma non lo consentí sua dura sorte,
         che la fe' travïar per un sentiero

che la portò dov'era spesso e forte,
dove piú strano e piú solingo il bosco,
lasciando il sol già il mondo all'aer fosco.

(6)   Né sappiendo ella ove potersi altrove
la notte riparar, si fermò quivi
sotto le frasche in su l'erbette nuove,
parte dormendo, fin che 'l giorno arrivi,
parte mirando ora Saturno or Giove,
Venere e Marte e gli altri erranti divi;[3]
ma sempre, o vegli o dorma, con la mente
contemplando Ruggier come presente.

(7)   Spesso di cor profondo ella sospira,
di pentimento e di dolor compunta,
ch'abbia in lei, piú ch'amor, potuto l'ira.
—L'ira (dicea) m'ha dal mio amor disgiunta:
almen ci avessi io posta alcuna mira,
poi ch'avea pur la mala impresa assunta,
di saper ritornar donde io veniva;
che ben fui d'occhi e di memoria priva.—

(8)   Queste et altre parole ella non tacque,
e molto piú ne ragionò col core.
Il vento intanto di sospiri, e l'acque
di pianto facean pioggia di dolore.
Dopo una lunga aspettazion pur nacque
in orïente il disïato albóre:
et ella prese il suo destrier ch'intorno
giva pascendo, et andò contra il giorno.[4]

(9)   Né molto andò, che si trovò all'uscita
del bosco, ove pur dianzi era il palagio,
là dove molti dí l'avea schernita
con tanto error l'incantator malvagio.
Ritrovò quivi Astolfo, che fornita
la briglia all'ippogrifo avea a grande agio,
e stava in gran pensier di Rabicano,
per non sapere a chi lasciarlo in mano.

(10)   A caso si trovò che fuor di testa
l'elmo allor s'avea tratto il paladino;
sí che tosto ch'uscí de la foresta,
Bradamante conobbe il suo cugino.

Di lontan salutollo, e con gran festa
gli corse, e l'abbracciò poi piú vicino;
e nominossi, et alzò la visiera,
e chiaramente fe' veder ch'ell'era.

(11)   Non potea Astolfo ritrovar persona
a chi il suo Rabican meglio lasciasse,
perché dovesse averne guardia buona
e renderglielo poi come tornasse,
de la figlia del duca di Dordona;
e parvegli che Dio gli la mandasse.
Vederla volentier sempre solea,
ma pel bisogno or piú ch'egli n'avea.

(12)   Da poi che due e tre volte ritornati
fraternamente ad abbracciar si fôro,
e si fôr l'uno a l'altro domandati
con molta affezïon de l'esser loro;
Astolfo disse:—Ormai, se dei pennati[5]
vo' 'l paese cercar, troppo dimoro:—
et aprendo alla donna il suo pensiero,
veder le fece il volator destriero.

(13)   A lei non fu di molta maraviglia
veder spiegare a quel destrier le penne;
ch'altra volta, reggendogli la briglia
Atlante incantator, contra le venne;
e le fece doler gli occhi e le ciglia:
sí fisse dietro a quel volar le tenne
quel giorno, che da lei Ruggier lontano
portato fu per camin lungo e strano.

(14)   Astolfo disse a lei, che le volea
dar Rabican, che sí nel corso affretta,
che, se scoccando l'arco si movea,
si solea lasciar dietro la saetta;
e tutte l'arme ancor, quante n'avea,
che vuol che a Montalban gli le rimetta,
e gli le serbi fin al suo ritorno;
che non gli fanno or di bisogno intorno.

(15)   Volendosene andar per l'aria a volo,
aveasi a far quanto potea piú lieve.
Tiensi la spada e 'l corno, ancor che solo

bastargli il corno ad ogni risco deve.
Bradamante la lancia che 'l figliuolo
portò di Galafrone, anco riceve;
la lancia che di quanti ne percuote
fa le selle restar subito vòte.

(16)   Salito Astolfo sul destrier volante,
lo fa mover per l'aria lento lento;
indi lo caccia sí, che Bradamante
ogni vista ne perde in un momento.
Cosí si parte col pilota inante
il nochier che gli scogli teme e 'l vento;
e poi che 'l porto e i liti a dietro lassa,
spiega ogni vela e inanzi ai venti passa.

(17)   La donna, poi che fu partito il duca,
rimase in gran travaglio de la mente;
che non sa come a Montalban conduca
l'armatura e il destrier del suo parente;
però che 'l cuor le cuoce e le manuca[6]
l'ingorda voglia e il desiderio ardente
di riveder Ruggier, che, se non prima,
a Vallombrosa ritrovar lo stima.

(18)   Stando quivi suspesa, per ventura
si vede inanzi giungere un villano,
dal qual fa rassettar quella armatura,
come si puote, e por su Rabicano;
poi di menarsi dietro gli diè cura
i duo cavalli, un carco e l'altro, a mano:
ella n'avea duo prima; ch'avea quello
sopra il qual levò l'altro a Pinabello.

(19)   Di Vallombrosa pensò far la strada,
che trovar quivi il suo Ruggier ha speme;
ma qual piú breve o qual miglior vi vada,
poco discerne, e d'ire errando teme.
Il villan non avea de la contrada
pratica molta; et erreranno insieme.
Pur andare a ventura ella si messe,
dove pensò che 'l loco esser dovesse.

(20)   Di qua di là si volse, né persona
incontrò mai da domandar la via.

Si trovò uscir del bosco in su la nona,
dove un castel poco lontan scopria,
il qual la cima a un monticel corona.
Lo mira, e Montalban le par che sia:
et era certo Montalbano; e in quello
avea la matre et alcun suo fratello.

(21)   Come la donna conosciuto ha il loco,
nel cor s'attrista, e piú ch'i' non so dire:
sarà scoperta, se si ferma un poco,
né piú le sarà lecito a partire;
se non si parte, l'amoroso foco
l'arderà sí, che la farà morire:
non vedrà piú Ruggier, né farà cosa
di quel ch'era ordinato a Vallombrosa.[7]

(22)   Stette alquanto a pensar; poi si risolse
di voler dar a Montalban le spalle:
e verso la badia pur si rivolse;
che quindi ben sapea qual era il calle.
Ma sua fortuna, o buona o trista, vòlse
che prima ch'ella uscisse de la valle,
scontrasse Alardo, un de' fratelli sui;
né tempo di celarsi ebbe da lui.

(24)   Entrò la bella donna in Montalbano,
dove l'avea con lacrimosa guancia
Beatrice molto desïata invano,
e fattone cercar per tutta Francia.
Or quivi i baci e il giunger mano a mano
di matre e di fratelli estimò ciancia
verso gli avuti con Ruggier complessi,
ch'avrà ne l'alma eternamente impressi.[8]

(101)   Il merigge facea grato l'orezzo
al duro armento et al pastore ignudo;
sì che né Orlando sentia alcun ribrezzo,
che la corazza avea, l'elmo e lo scudo.
Quivi egli entrò per riposarvi in mezzo;
e v'ebbe travaglioso albergo e crudo,
e piú che dir si possa empio soggiorno,
quell'infelice e sfortunato giorno.

(102)   Volgendosi ivi intorno, vide scritti

molti arbuscelli in su l'ombrosa riva.
Tosto che fermi v'ebbe gli occhi e fitti,
fu certo esser di man de la sua diva.
Questo era un di quei lochi già descritti,
ove sovente con Medor veniva.
da casa del pastore indi vicina
la bella donna del Catai regina.

(103)   Angelica e Medor con cento nodi
legati insieme, e in cento lochi vede.
Quante lettere son, tanti son chiodi
coi quali Amore il cor gli punge e fiede.
Va col pensier cercando in mille modi
non creder quel ch'al suo dispetto crede:
ch'altra Angelica sia, creder si sforza,
ch'abbia scritto il suo nome in quella scorza.

(104)   Poi dice:—Conosco io pur queste note:[9]
di tal' io n'ho tante vedute e lette.
Finger questo Medoro ella si puote:
forse ch'a me questo cognome mette.—
Con tali opinïon dal ver remote
usando fraude a se medesmo, stette
ne la speranza il mal contento Orlando,
che si seppe a se stesso ir procacciando.

(105)   Ma sempre piú raccende e piú rinuova,
quanto spenger piú cerca, il rio sospetto:
come l'incauto augel che si ritrova
in ragna o in visco aver dato di petto,
quanto piú batte l'ale e piú si prova
di disbrigar, piú vi si lega stretto.
Orlando viene ove s'incurva il monte
a guisa d'arco in su la chiara fonte.

(106)   Aveano in su l'entrata il luogo adorno
coi piedi storti edere e viti erranti.
Quivi soleano al piú cocente giorno
stare abbracciati i duo felici amanti.
V'aveano i nomi lor dentro e d'intorno,
piú che in altro dei luoghi circonstanti,
scritti, qual con carbone e qual con gesso,
e qual con punte di coltelli impresso.

(107)   Il mesto conte a piè quivi discese;
e vide in su l'entrata de la grotta
parole assai, che di sua man distese
Medoro avea, che parean scritte allotta.
Del gran piacer che ne la grotta prese,
questa sentenzia in versi avea ridotta.
Che fosse culta in suo linguaggio io penso;[10]
et era ne la nostra tale il senso:

(108)   —Liete piante, verdi erbe, limpide acque,
spelunca opaca e di fredde ombre grata,
dove la bella Angelica che nacque
di Galafron, da molti invano amata,
spesso ne le mie braccia nuda giacque;
de la commodità che qui m'è data,
io povero Medor ricompensarvi
d'altro non posso, che d'ognior lodarvi:

(109)   e di pregare ogni signore amante,
e cavallieri e damigelle, e ognuna
persona, o paesana o vïandante,
che qui sua volontà meni o Fortuna;
ch'all'erbe, all'ombre, all'antro, al rio, alle piante
dica: benigno abbiate e sole e luna,
e de le ninfe il coro, che proveggia
che non conduca a voi pastor mai greggia.—

(110)   Era scritto in arabico, che 'l conte
intendea cosí ben come latino:
fra molte lingue e molte ch'avea pronte,
prontissima avea quella il paladino;
e gli schivò piú volte e danni et onte,
che si trovò tra il popul saracino:
ma non si vanti, se già n'ebbe frutto;
ch'un danno or n'ha, che può scontargli il tutto.

(111)   Tre volte e quattro e sei lesse lo scritto
quello infelice, e pur cercando invano
che non vi fosse quel che v'era scritto;
e sempre lo vedea piú chiaro e piano:
et ogni volta in mezzo il petto afflitto
stringersi il cor sentia con fredda mano.
Rimase al fin con gli occhi e con la mente
fissi nel sasso, al sasso indifferente.

(112)   Fu allora per uscir del sentimento,
        sí tutto in preda del dolor si lassa.
        Credete a chi n'ha fatto esperimento,
        che questo è 'l duol che tutti gli altri passa.
        Caduto gli era sopra il petto il mento,
        la fronte priva di baldanza e bassa;
        né poté aver (che 'l duol l'occupò tanto)
        alle querele voce, o umore al pianto.

(113)   L'impetuosa doglia entro rimase,
        che volea tutta uscir con troppa fretta.
        Cosí veggiàn restar l'acqua nel vase,
        che largo il ventre e la bocca abbia stretta;
        che nel voltar che si fa in su la base,
        l'umor che vorria uscir, tanto s'affretta,
        e ne l'angusta via tanto s'intrica,
        ch'a goccia a goccia fuore esce a fatica.

(114)   Poi ritorna in sé alquanto, e pensa come
        possa esser che non sia la cosa vera:
        che voglia alcun cosí infamare il nome
        de la sua donna e crede e brama e spera,
        o gravar lui d'insopportabil some
        tanto di gelosia, che se ne pèra;
        et abbia quel, sia chi si voglia stato,
        molto la man di lei bene imitato.

(115)   In cosí poca, in cosí debol speme
        sveglia gli spirti e gli rifranca un poco;
        indi al suo Brigliadoro il dosso preme,
        dando già il sole alla sorella loco.[11]
        Non molto va, che da le vie supreme
        dei tetti uscir vede il vapor del fuoco,
        sente cani abbaiar, muggiare armento:
        viene alla villa, e piglia alloggiamento.

(116)   Languido smonta, e lascia Brigliadoro
        a un discreto garzon che n'abbia cura;
        altri il disarma, altri gli sproni d'oro
        gli leva, altri a forbir va l'armatura.
        Era questa la casa ove Medoro
        giacque ferito, e v'ebbe alta avventura.
        Corcarsi Orlando e non cenar domanda,
        di dolor sazio e non d'altra vivanda.

(117) Quanto piú cerca ritrovar quïete,
 tanto ritrova piú travaglio e pena;
 che de l'odiato scritto ogni parete,
 ogni uscio, ogni finestra vede piena.
 Chieder ne vuol: poi tien le labra chete;
 che teme non si far troppo serena,
 troppo chiara la cosa che di nebbia
 cerca offuscar, perché men nuocer debbia.

(118) Poco gli giova usar fraude a se stesso;
 che senza domandarne, è chi ne parla.
 Il pastor che lo vede cosí oppresso
 da sua tristizia, e che voria levarla,
 l'istoria nota a sé, che dicea spesso
 di quei duo amanti a chi volea ascoltarla,
 ch'a molti dilettevole fu a udire,
 gl'incominciò senza rispetto a dire:[12]

(119) come esso a' prieghi d'Angelica bella
 portato avea Medoro alla sua villa,
 ch'era ferito gravemente; e ch'ella
 curò la piaga, e in pochi dí guarilla:
 ma che nel cor d'una maggior di quella
 lei ferí Amor; e di poca scintilla
 l'accese tanto e sí cocente fuoco,
 che n'ardea tutta, e non trovava loco:

(120) e sanza aver rispetto ch'ella fusse
 figlia del maggior re ch'abbia il Levante,
 da troppo amor constretta si condusse
 a farsi moglie d'un povero fante.
 All'ultimo l'istoria si ridusse,
 che 'l pastor fe' portar la gemma inante,
 ch'alla sua dipartenza, per mercede
 del bouno albergo, Angelica gli diede.

(121) Questa conclusïon fu la secure
 che 'l capo a un colpo gli levò dal collo,
 poi che d'innumerabil battiture
 si vide il manigoldo Amor satollo.
 Celar si studia Orlando il duolo; e pure
 quel gli fa forza, e male asconder pòllo:[13]
 per lacrime e suspir da bocca e d'occhi
 convien, voglia o non voglia, al fin che scocchi.

(122)   Poi ch'allargare il freno al dolor puote
          (che resta solo e senza altrui rispetto),
          giú dagli occhi rigando per le gote
          sparge un fiume di lacrime sul petto:
          sospira e geme, e va con spesse ruote
          di qua di là tutto cercando il letto;
          e piú duro ch'un sasso, e piú pungente
          che se fosse d'urtica, se lo sente.

(123)   In tanto aspro travaglio gli soccorre[14]
          che nel medesmo letto in che giaceva,
          l'ingrata donna venutasi a porre
          col suo drudo piú volte esser doveva.
          Non altrimenti or quella piuma abborre,
          né con minor prestezza se ne leva,
          che de l'erba il villan che s'era messo
          per chiuder gli occhi, e vegga il serpe appresso.

(124)   Quel letto, quella casa, quel pastore
          immantinente in tant'odio gli casca,
          che senza aspettar luna, o che l'albóre
          che va dinanzi al nuovo giorno nasca,
          piglia l'arme e il destriero, et esce fuore
          per mezzo il bosco alla piú oscura frasca;
          e quando poi gli è aviso d'esser solo,
          con gridi et urli apre le porte al duolo.

(125)   Di pianger mai, mai di gridar non resta;
          né la notte né 'l dí si dà mai pace.
          Fugge cittadi e borghi, e alla foresta
          sul terren duro al discoperto giace.
          Di sé si maraviglia ch'abbia in testa
          una fontana d'acqua sí vivace,
          e come sospirar possa mai tanto;
          e spesso dice a sé cosí nel pianto:

(126)   —Queste non son piú lacrime, che fuore[15]
          stillo dagli occhi con sí larga vena.
          Non suppliron le lacrime al dolore:
          finîr, ch'a mezzo era il dolore a pena.
          Dal fuoco spinto ora il vitale umore
          fugge per quella via ch'agli occhi mena;
          et è quel che si versa, e trarrà insieme
          e 'l dolore e la vita all'ore estreme.

(127)   Questi ch'indizio fan del mio tormento,
sospir non sono, né i sospir son tali.
Quelli han triegua talora; io mai non sento
che 'l petto mio men la sua pena esali.
Amor che m'arde il cor, fa questo vento,
mentre dibatte intorno al fuoco l'ali.
Amor, con che miracolo lo fai,
che 'n fuoco il tenghi, e nol consumi mai?

(128)   Non son, non sono io quel che paio in viso:
quel ch'era Orlando è morto et è sotterra;
la sua donna ingratissima l'ha ucciso:
sí, mancando di fé, gli ha fatto guerra.
Io son lo spirto suo da lui diviso,
ch'in questo inferno tormentandosi erra,
acciò con l'ombra sia, che sola avanza,
esempio a chi in Amor pone speranza. —

(129)   Pel bosco errò tutta la notte il conte;
e allo spuntar della dïurna fiamma[16]
lo tornò il suo destin sopra la fonte
dove Medoro insculse l'epigramma.
Veder l'ingiuria sua scritta nel monte
l'accese sí, ch'in lui non restò dramma
che non fosse odio, rabbia, ira e furore;
né piú indugiò, che trasse il brando fuore.

(130)   Tagliò lo scritto e 'l sasso, e sin al cielo
a volo alzar fe' le minute schegge.
Infelice quell'antro, et ogni stelo
in cui Medoro e Angelica si legge!
Cosí restâr quel dí, ch'ombra né gielo
a pastor mai non daran piú, né a gregge:
e quella fonte, già sí chiara e pura,
da cotanta ira fu poco sicura;

(131)   che rami e ceppi e tronchi e sassi e zolle
non cessò di gittar ne le bell'onde,,
fin che da sommo ad imo sí turbolle,
che non furo mai piú chiare né monde.
E stanco al fin, e al fin di sudor molle,
poi che la lena vinta non risponde
allo sdegno, al grave odio, all'ardente ira,
cade sul prato, e verso il ciel sospira.

(132) Afflitto e stanco al fin cade ne l'erba,
    e ficca gli occhi al cielo, e non fa motto.
    Senza cibo e dormir cosí si serba,
    che 'l sole esce tre volte e torna sotto.
    Di crescer non cessò la pena acerba,
    che fuor del senno al fin l'ebbe condotto.
    Il quarto dí, da gran furor commosso,
    e maglie e piastre si stracciò di dosso.

(133) Qui riman l'elmo, e là riman lo scudo,
    lontan gli arnesi, e piú lontan l'usbergo:
    l'arme sue tutte, in somma vi concludo,
    avean pel bosco differente albergo.
    E poi si squarciò i panni, e mostrò ignudo
    l'ispido ventre e tutto 'l petto e 'l tergo;
    e cominciò la gran follia, sí orrenda,
    che de la piú non sarà mai ch'intenda.

(134) In tanta rabbia, in tanto furor venne,
    che rimase offuscato in ogni senso.
    Di tor la spada in man non gli sovenne;
    che fatte avria mirabil cose, penso.
    Ma né quella, né scure, né bipenne
    era bisogno al suo vigore immenso.
    Quivi fe' ben de le sue prove eccelse,
    ch'un alto pino al primo crollo svelse:

(135) e svelse dopo il primo altri parecchi,
    come fosser finocchi, ebuli o aneti;
    e fe' il simil di querce e d'olmi vecchi,
    di faggi e d'orni e d'illici e d'abeti.
    Quel ch'un ucellator che s'apparecchi
    il campo mondo, fa, per por le reti,
    dei giunchi e de le stoppie e de l'urtiche,
    facea de cerri e d'altre piante antiche.

(136) I pastor che sentito hanno il fracasso,
    lasciando il gregge sparso alla foresta,
    chi di qua, chi di là, tutti a gran passo
    vi vengono a veder che cosa è questa.
    Ma son giunto a quel segno il qual s'io passo
    vi potria la mia istoria esser molesta;
    et io la vo' piú tosto diferire,
    che v'abbia per lunghezza a fastidire.

Canto XXIV

(1)   Chi mette il piè su l'amorosa pania,[1]
cerchi ritrarlo, e non v'inveschi l'ale;
che non è in somma amor, se non insania,
a giudizio de' savi universale:
e se ben come Orlando ognun non smania,
suo furor mostra a qualch'altro segnale.
E quale è di pazzia segno piú espresso
che, per altri voler, perder se stesso?

(2)   Varii gli effetti son, ma la pazzia
è tutt'una però, che li fa uscire.
Gli è come una gran selva, ove la via
conviene a forza, a chi vi va, fallire:
chi su, chi giú, chi qua, chi là travia.
Per concludere in somma, io vi vo' dire:
a chi in amor s'invecchia, oltr'ogni pena,
si convengono i ceppi e la catena.

(3)   Ben mi si potria dir:—Frate, tu vai
l'altrui mostrando, e non vedi il tuo fallo.—
Io vi rispondo che comprendo assai,
or che di mente ho lucido intervallo;
et ho gran cura (e spero farlo ormai)
di riposarmi e d'uscir fuor di ballo:
ma tosto far, come vorrei, nol posso;
che 'l male è penetrato infin all'osso.[2]

(4)   Signor, ne l'altro canto io vi dicea
che 'l forsennato e furïoso Orlando
trattesi l'arme e sparse al campo avea,
squarciati i panni, via gittato il brando,
svelte le piante, e risonar facea
i cavi sassi e l'alte selve; quando
alcun' pastori al suon trasse in quel lato
lor stella, o qualche lor grave peccato.

(5)   Viste del pazzo l'incredibil prove
poi piú d'appresso e la possanza estrema,
si voltan per fuggir, ma non sanno ove,
sí come avviene in subitana tema.
Il pazzo dietro lor ratto si muove:
uno ne piglia, e del capo lo scema

con la facilità che torria alcuno
da l'arbor pome, o vago fior dal pruno.

(6)   Per una gamba il grave tronco prese,
e quello usò per mazza adosso al resto:
in terra un paio addormentato stese,
ch'al novissimo dí forse fia desto.[3]
Gli altri sgombraro subito il paese,
ch'ebbono il piede e il buono aviso presto.
Non saria stato il pazzo al seguir lento,
se non ch'era già volto al loro armento.

(7)   Gli agricultori, accorti agli altru' esempli
lascian nei campo aratri e marre e falci·
chi monta su le case e chi sui templi
(poi che non son sicuri olmi né salci),
onde l'orrenda furia si contempli,
ch'a pugni, ad urti, a morsi, a graffi, a calci,
cavalli e buoi rompe, fraccassa e strugge;
e ben è corridor chi da lui fugge.

(8)   Già potreste sentir come ribombe
l'alto rumor ne le propinque ville
d'urli, e di corni, rusticane trombe,
e piú spesso che d'altro, il suon di squille;
e con spuntoni et archi e spiedi e frombe
veder dai monti sdrucciolarne mille,
et altritanti andar da basso ad alto,
per fare al pazzo un villanesco assalto.

(9)   Qual venir suol nel salso lito l'onda
mossa da l'austro ch'a principio scherza,
che maggior de la prima è la seconda,
e con piú forza poi segue la terza;
et ogni volta piú l'umore abonda,
e ne l'arena piú stende la sferza:
tal contra Orlando l'empia turba cresce,
che giú da balze scende e di valli esce.

(10)   Fece morir diece persone e diece,
che senza ordine alcun gli andaro in mano:
e questo chiaro esperimento fece,
ch'era assai piú sicur starne lontano.
Trar sangue da quel corpo a nessun lece,[4]

che lo fere e percuote il ferro invano.
Al conte il re del ciel tal grazia diede,
per porlo a guardia di sua santa fede.

(11)   Era a periglio di morire Orlando,
se fosse di morir stato capace.
Potea imparar ch'era a gittare il brando,
e poi voler senz'arme essere audace.[5]
La turba già s'andava ritirando,
vedendo ogni suo colpo uscir fallace.
Orlando, poi che piú nessun l'attende,
verso un borgo di case il camin prende.

(12)   Dentro non vi trovò piccol né grande;
che 'l borgo ognun per tema avea lasciato.
V'erano in copia povere vivande,
convenïenti a un pastorale stato.
Senza il pane discerner da le giande,[6]
dal digiuno e da l'impeto cacciato,
le mani e il dente lasciò andar di botto
in quel che trovò prima, o crudo o cotto.

(13)   E quindi errando per tutto il paese,
dava la caccia e agli uomini e alle fere;
e scorrendo pei boschi, talor prese
i capri isnelli e le damme leggiere.
Spesso con orsi e con cingiai contese,
e con man nude li pose a giacere:
e di lor carne con tutta la spoglia[7]
piú volte il ventre empí con fiera voglia.

Canto   XXIX

(50)   Pazzia sarà, se le pazzie d'Orlando
prometto raccontarvi ad una ad una;
che tante e tante fur, ch'io non so quando
finir: ma ve n'andrò scegliendo alcuna
solenne et atta da narrar cantando,
e ch'all'istoria mi parrà oportuna;
né quella tacerò miraculosa,
che fu nei Pirenei sopra Tolosa.

(51)   Trascorso avea molto paese il conte,

come dal grave suo furor fu spinto;
et al fin capitò sopra quel monte
per cui dal Franco è il Tarracon distinto;
tenendo tuttavia volta la fronte
verso là dove il sol ne viene estinto:[1]
e quivi giunse in uno angusto calle,
che pendea sopra una profonda valle.

(52)   Si vennero a incontrar con esso al varco
duo boscherecci giovani, ch'inante
avean di legna un loro asino carco;
e perché ben s'accorsero al sembiante,
ch'avea di cervel sano il capo scarco,
gli gridano con voce minacciante,
o ch'a dietro o da parte se ne vada,
e che si levi di mezzo la strada.

(53)   Orlando non risponde altro a quel detto,
se non che con furor tira d'un piede,[2]
e giunge a punto l'asino nel petto
con quella forza che tutte altre eccede;
et alto il leva sí, ch'uno augelletto
che voli in aria, sembra a chi lo vede.
Quel va a cadere alla cima d'un colle,
ch'un miglio oltre la valle il giogo estolle.

(54)   Indi verso i duo giovani s'aventa,
dei quali un, piú che senno, ebbe aventura,
che da la balza, che due volte trenta
braccia cadea, si gittò per paura.
A mezzo il tratto trovò molle e lenta[3]
una macchia di rubi e di verzura,
a cui bastò graffiargli un poco il volto:
del resto lo mandò libero e sciolto.

(55)   L'altro s'attacca ad un scheggion ch'usciva
fuor de la roccia, per salirvi sopra;
perché si spera, s'alla cima arriva,
di trovar via che dal pazzo lo cuopra.
Ma quel nei piedi (che non vuol che viva)
lo piglia, mentre di salir s'adopra:
e quanto piú sbarrar puote le braccia,
le sbarra sí, ch'in duo pezzi lo straccia;

(56)   a quella guisa che veggiàn talora
             farsi d'uno aeron, farsi d'un pollo,
             quando si vuol de le calde interiora[4]
             che falcone o ch'astor resti satollo.
             Quanto è bene accaduto che non muora
             quel che fu a risco di fiaccarsi il collo!
             ch'ad altri poi questo miracol disse,
             sí che l'udí Turpino,[5] e a noi lo scrisse.

(57)   E queste et altre assai cose stupende
             fece nel traversar de la montagna.
             Dopo molto cercare, al fin discende
             verso meriggie alla terra di Spagna;
             e lungo la marina il camin prende,
             ch'intorno a Taracona il lito bagna:
             e come vuol la furia che lo mena,
             pensa farsi uno albergo in quella arena,

(58)   dove dal sole alquanto si ricuopra;
             e nel sabbion si caccia àrrido e trito.
             Stando cosí, gli venne a caso sopra
             Angelica la bella e il suo marito,
             ch'eran (sí come io vi narrai di sopra)
             scesi dai monti in su l'ispano lito.
             A men d'un braccio ella gli giunse appresso,
             perché non s'era accorta ancora d'esso.

(59)   Che fosse Orlando, nulla le soviene:
             troppo è diverso da quel ch'esser suole.
             Da indi in qua che quel furor lo tiene,
             è sempre andato nudo all'ombra e al sole:
             se fosse nato all'aprica Sïene,
             o dove Ammone il Garamante cole,
             o presso ai monti onde il gran Nilo spiccia,
             non dovrebbe la carne aver piú arsiccia.

(60)   Quasi ascosi avea gli occhi ne la testa,
             la faccia macra, e come un osso asciutta,
             la chioma rabuffata, orrida e mesta,
             la barba folta, spaventosa e brutta.
             Non piú a vederlo Angelica fu presta,
             che fosse a ritornar, tremando tutta:
             tutta tremando, e empiendo il ciel di grida,
             si volse per aiuto alla sua guida.

(61)   Come di lei s'accorse Orlando stolto,
         per ritenerla si levò di botto:
         cosí gli piacque il delicato volto,
         cosí ne venne immantinente giotto.
         D'averla amata e riverita mòlto
         ogni ricordo era in lui guasto e rotto.
         Gli corre dietro, e tien quella maniera
         che terria il cane a seguitar la fera.

(62)   Il giovine che 'l pazzo seguir vede
         la donna sua, gli urta il cavallo adosso,
         e tutto a un tempo lo percuote e fiede,
         come lo trova che gli volta il dosso.
         Spiccar dal busto il capo se gli crede:
         ma la pelle trovò dura come osso,
         anzi via piú ch'acciar; ch'Orlando nato
         impenetrabile era et affatato.

(63)   Come Orlando sentí battersi dietro,
         girossi, e nel girare il pugno strinse,
         e con la forza che passa ogni metro,
         ferí il destrier che 'l Saracino spinse.
         Feril sul capo, e come fosse vetro,
         lo spezzò sí, che quel cavallo estinse:
         e rivoltosse in un medesmo instante
         dietro a colei che gli fuggiva inante.

(64)   Caccia Angelica in fretta la giumenta,
         e con sferza e con spron tocca e ritocca;
         che le parrebbe a quel bisogno lenta,
         se ben volasse piú che stral da cocca.[6]
         De l'annel c'ha nel dito si ramenta,
         che può salvarla, e se lo getta in bocca:
         e l'annel, che non perde il suo costume,
         la fa sparir come ad un soffio il lume.

(65)   O fosse la paura, o che pigliasse[7]
         tanto disconcio nel mutar l'annello,
         o pur, che la giumenta traboccasse,
         che non posso affermar questo né quello;
         nel medesmo momento che si trasse
         l'annello in bocca e celò il viso bello,
         levò le gambe et uscí de l'arcione,
         e si trovò riversa in sul sabbione.

(66) Piú corto che quel salto era dua dita,
aviluppata rimanea col matto,
che con l'urto le avria tolta la vita;
ma gran ventura l'aiutò a quel tratto.
Cerchi pur, ch'altro furto le dia aita
d'un'altra bestia, come prima[8] ha fatto;
che piú non è per rïaver mai questa
ch'inanzi al paladin l'arena pesta.

(67) Non dubitate già ch'ella non s'abbia
a provedere; e seguitiamo Orlando,
in cui non cessa l'impeto e la rabbia
perché si vada Angelica celando.
Segue la bestia per la nuda sabbia,
e se le vien piú sempre approssimando:
già già la tocca, et ecco l'ha nel crine,
indi nel freno, e la ritiene al fine.

(68) Con quella festa il paladin la piglia,
ch'un altro avrebbe fatto una donzella:
le rassetta le redine e la briglia,
e spicca un salto et entra ne la sella;
e correndo la caccia molte miglia,
senza riposo, in questa parte e in quella:
mai non le leva né sella né freno,
né le lascia gustare erba né fieno.

(69) Volendosi cacciare oltre una fossa,
sozzopra se ne va con la cavalla.
Non nocque a lui, né sentí la percossa;
ma nel fondo la misera si spalla.
Non vede Orlando come trar la possa;
e finalmente se l'arreca in spalla,
e su ritorna, e va con tutto il carco,
quanto in tre volte non trarrebbe un arco.

(70) Sentendo poi che gli gravava troppo,
la pose in terra, e volea trarla a mano.
Ella il seguia con passo lento e zoppo;
dicea Orlando:—Camina! —e dicea invano.
Se l'avesse seguito di galoppo,
assai non era al desiderio insano.
Al fin dal capo le levò il capestro,
e dietro la legò sopra il piè destro;

(71)   e cosí la strascina, e la conforta
          che lo potrà seguir con maggior agio.
          Qual leva il pelo, e quale il cuoio porta, [9]
          dei sassi ch'eran nel camin malvagio.
          La mal condotta bestia restò morta
          finalmente di strazio e di disagio.
          Orlando non le pensa e non la guarda,
          e via correndo il suo camin non tarda.

(72)   Di trarla, anco che morta, non rimase,
          continuando il corso ad occidente;
          e tuttavia saccheggia ville e case,
          se bisogno di cibo aver si sente;
          e frutte e carne e pan, pur ch'egli invase,
          rapisce; et usa forza ad ogni gente:
          qual lascia morto, e qual storpiato lassa;
          poco si ferma, e sempre inanzi passa.

(73)   Avrebbe cosí fatto, o poco manco,
          alla sua donna, se non s'ascondea;
          perché non discernea il nero dal bianco,
          e di giovar, nocendo, si credea.
          Deh maledetto sia l'annello et anco
          il cavallier che dato le l'avea!
          che se non era, avrebbe Orlando fatto
          di sé vendetta e di mill'altri a un tratto. [10]

(74)   Né questa sola, ma fosser pur state
          in man d'Orlando quante oggi ne sono;
          ch'ad ogni modo tutte sono ingrate,
          né si trova tra loro oncia di buono.
          Ma prima che le corde rallentate
          al canto disugual rendano il suono,
          fia meglio differirlo a un'altra volta,
          acciò men sia noioso a chi l'ascolta.

Canto   XXX

(1)   Quando vincer da l'impeto e da l'ira
          si lascia la ragion, né si difende,
          e che 'l cieco furor sí inanzi tira
          o mano o lingua, che gli amici offende;
          se ben dipoi si piange e si sospira,

non è per questo che l'error s'emende.
Lasso! io mi doglio e affligo invan di quanto
dissi per ira al fin de l'altro canto.

(2)   Ma simile son fatto ad uno infermo,
che dopo molta pazïenzia e molta,
quando contra il dolor non ha più schermo,
cede alla rabbia e a bestemmiar si volta.
Manca il dolor, né l'impeto sta fermo,[1]
che la lingua al dir mal facea sí sciolta;
e si ravvede e pente e n'ha dispetto:
ma quel c'ha detto, non può far non detto.

(3)   Ben spero, donne, in vostra cortesia
aver da voi perdon, poi ch'io vel chieggio.
Voi scusarete, che per frenesia,
vinto da l'aspra passïon, vaneggio.
Date la colpa alla nimica mia,[2]
che mi fa star, ch'io non potrei star peggio,
e mi fa dir quel di ch'io son poi gramo:
sallo Idio, s'ella ha il torto; essa, s'io l'amo.

(4)   Non men son fuor di me, che fosse Orlando;
e non son men di lui di scusa degno,
ch'or per li monti, or per le piagge errando,
scórse in gran parte di Marsilio il regno,
molti dí la cavalla strascinando
morta, come era, senza alcun ritegno;
ma giunto ove un gran fiume entra nel mare,
gli fu forza il cadavero lasciare.

(5)   E perché sa nuotar come una lontra,
entra nel fiume, e surge all'altra riva.
Ecco un pastor sopra un cavallo incontra,
che per abeverarlo al fiume arriva.
Colui, ben che gli vada Orlando incontra,
perché egli è solo e nudo, non lo schiva.
—Vorrei del tuo ronzin (gli disse il matto)
con la giumenta mia far un baratto.

(6)   Io te la mostrerò di qui, se vuoi;
che morta là su l'altra ripa giace:
la potrai far tu medicar dipoi;
altro diffetto in lei non mi dispiace.

Con qualche aggiunta il ronzin dar mi puoi:
smontane in cortesia, perché mi piace.—
Il pastor ride, e senz'altra risposta
va verso il guado, e dal pazzo si scosta.

(7)   —Io voglio il tuo cavallo: olà, non odi?—
suggiunse Orlando, e con furor si mosse.
Avea un baston con nodi spessi e sodi
quel pastor seco, e il paladin percosse.
La rabbia e l'ira passò tutti i modi
del conte; e parve fier piú che mai fosse.
Sul capo del pastore un pugno serra,
che spezza l'osso, e morto il caccia in terra.

(8)   Salta a cavallo, e per diversa strada
va discorrendo, e molti pone a sacco.
Non gusta il ronzin mai fieno né biada,
tanto ch'in pochi dí ne riman fiacco:
ma non però ch'Orlando a piedi vada,
che di vetture vuol vivere a macco;
e quante ne trovò, tante ne mise
in uso, poi che i lor patroni uccise.

(9)   Capitò al fin a Malega, e piú danno
vi fece, ch'egli avesse altrove fatto:
che oltre che ponesse a saccomanno
il popul sí, che ne restò disfatto,
né si poté rifar quel né l'altr'anno;
tanti n'uccise il periglioso matto,
vi spianò tante case e tante accese,
che disfe' piú che 'l terzo del paese.

(10)   Quindi partito, venne ad una terra,
Zizera detta, che siede allo stretto
di Zibeltarro, o vuoi di Zibelterra,
che l'uno e l'altro nome le vien detto;
ove una barca che sciogliea da terra
vide piena di gente da diletto,
che solazzando all'aura matutina,
gía per la transquillissima marina.

(11)   Cominciò il pazzo a gridar forte:—Aspetta!—
che gli venne disio d'andare in barca.
Ma bene invano e i gridi e gli urli getta;

che volentier tal merce non si carca.
Per l'acqua il legno va con quella fretta
che va per l'aria irondine che varca.
Orlando urta il cavallo e batte e stringe,
e con un mazzafrusto all'acqua spinge.

(12) Forza è ch'al fin nell'acqua il cavallo entre,
ch'invan contrasta, e spende invano ogni opra:
bagna i genocchi, e poi la groppa e 'l ventre,
indi la testa, e a pena appar di sopra.
Tornare a dietro non si speri, mentre
la verga tra l'orecchie se gli adopra.
Misero! o si convien tra via affogare,
o nel lito african passare il mare.

(13) Non vede Orlando piú poppe né sponde
che tratto in mar l'avean dal lito asciutto;
che son troppo lontane, e le nasconde
agli occhi bassi l'alto e mobil flutto:
e tuttavia il destrier caccia tra l'onde,
ch'andar di là dal mar dispone in tutto.
Il destrier, d'acqua pieno e d'alma vòto,
finalmente finí la vita e il nuoto.

(14) Andò nel fondo, e vi traea la salma,
se non si tenea Orlando in su le braccia.
Mena le gambe e l'una e l'altra palma,
e soffia, e l'onda spinge da la faccia.
Era l'aria soave e il mare in calma:
e ben vi bisognò piú che bonaccia;
ch'ogni poco ch'l mar fosse piú sorto,[3]
restava il paladin ne l'acqua morto.

(15) Ma la Fortuna, che dei pazzi ha cura,
del mar lo trasse nel lito di Setta,
in una spiaggia, lungi da le mura
quanto sarian duo tratti di saetta.
Lungo il mar molti giorni alla ventura
verso levante andò correndo in fretta;
fin che trovò, dove tendea sul lito,
di nera gente esercito infinito.

(16) Lasciamo il paladin ch'errando vada:
ben di parlar di lui tornerà tempo.

Quanto, Signore, ad Angelica accada
dopo ch'uscí di man del pazzo a tempo;
e come a ritornare in sua contrada
trovasse e buon navilio e miglior tempo,
e de l'India a Medor desse lo scettro,
forse altri canterà con miglior plettro.[4]

Canto XXXIII

(96)   Voglio Astolfo seguir, ch'a sella e a morso,
a uso facea andar di palafreno
l'ippogrifo per l'aria a sí gran corso,
che l'aquila e il falcon vola assai meno.
Poi che de' Galli ebbe il paese scorso
da un mare a l'altro e da Pirene al Reno,
tornò verso ponente alla montagna
che separa la Francia da la Spagna.

(97)   Passò in Navarra, et indi in Aragona,
lasciando a chi 'l vedea gran maraviglia.
Restò lungi a sinistra Taracona,
Biscaglia a destra, et arrivò in Castiglia.
Vide Gallizia e 'l regno d'Ulisbona,
poi volse il corso a Cordova e Siviglia;
né lasciò presso al mar né fra campagna
città, che non vedesse tutta Spagna.

(101)   Indi giunse ad un'altra Tremisenne,
che di Maumetto pur segue lo stilo.
Poi volse agli altri Etïopi le penne,
che contra questi son di là dal Nilo.
Alla città di Nubia il camin tenne
tra Dobada e Coalle in aria a filo.[1]
Questi cristiani son, quei saracini;
e stan con l'arme in man sempre a' confini.

(102)   Senapo imperator de la Etïopia,
ch'in loco tien di scettro in man la croce,
di gente, di cittadi e d'oro ha copia
quindi fin là dove il mar Rosso ha foce;
e serva quasi nostra fede propia,
che può salvarlo da l'esilio atroce.[2]
Gli è, s'io non piglio errore, in questo loco

ove al battesmo loro usano il fuoco.

(103)   Dismontò il duca Astolfo alla gran corte
dentro di Nubia, e visitò il Senapo.
Il castello è piú ricco assai che forte,
ove dimora d'Etïopia il capo.
Le catene dei ponti e de le porte,
gangheri e chiavistei da piedi a capo,
e finalmente tutto quel lavoro
che noi di ferro usiamo, ivi usan d'oro.

(107)   Di quanti re mai d'Etïopia fôro,
il piú ricco fu questi e il piú possente;[3]
ma con tutta sua possa e suo tesoro,
gli occhi perduti avea miseramente.
E questo era il minor d'ogni martoro:
molto era piú noioso e piú spiacente,
che, quantunque ricchissimo si chiame,
cruciäto era da perpetua fame.

(108)   Se per mangiare o ber quello infelice
venia cacciato dal bisogno grande,
tosto apparia l'infernal schiera ultrìce,
le monstruose arpie[4] brutte e nefande,
che col griffo e con l'ugna predatrice
spargeano i vasi, e rapian le vivande;
e quel che non capia lor ventre ingordo,
vi rimanea contaminato e lordo.

(109)   E questo, perch'essendo d'anni acerbo,
e vistosi levato in tanto onore,
che, oltre alle ricchezze, di piú nerbo
era di tutti gli altri e di piú core;
divenne, come Lucifer, superbo,
e pensò muover guerra al suo Fattore.
Con la sua gente la via prese al dritto
al monte onde esce il gran fiume d'Egitto.

(110)   Inteso avea che su quel monte alpestre,
ch'oltre alle nubi e presso al ciel si leva,
era quel paradiso che terrestre
si dice, ove abitò già Adamo et Eva.
Con camelli, elefanti, e con pedestre
esercito, orgoglioso si moveva

con gran desir, se v'abitava gente,
di farla alle sue leggi ubbidïente.

(111)   Dio gli ripresse il temerario ardire,
e mandò l'angel suo tra quelle frotte,
che cento mila ne fece morire,
e condannò lui di perpetua notte.
Alla sua mensa poi fece venire
l'orrendo mostro da l'infernal grotte,
che gli rapisce e contamina i cibi,
né lascia che ne gusti o ne delibi.

(112)   Et in desperazion continua il messe
uno che già gli avea profetizzato
che le sue mense non sarian oppresse
da la rapina e da l'odore ingrato,
quando venir per l'aria si vedesse
un cavallier sopra un cavallo alato.
Perché dunque impossibil parea questo,
privo d'ogni speranza vivea mesto.

(113)   Or che con gran stupor vede la gente
sopra ogni muro e sopra ogn'alta torre
entrare il cavalliero, immantinente
è chi a narrarlo al re di Nubia corre,
a cui la profezia ritorna a mente;
et oblïando per letizia tôrre
la fedel verga, con le mani inante
vien brancolando al cavallier volante.

(114)   Astolfo ne la piazza del castello
con spazïose ruote in terra scese.
Poi che fu il re condotto inanzi a quello,
inginochiossi, e le man giunte stese,
e disse:—Angel di Dio, Messia novello,
s'io non merto perdono a tante offese,
mira che proprio è a noi peccar sovente,
a voi perdonar sempre a chi si pente.

(115)   Del mio error consapevole, non chieggio
né chiederti ardirei gli antiqui lumi.
Che tu lo possa far, ben creder deggio,
che sei de' cari a Dio beati numi.
Ti basti il gran martír ch'io non ci veggio,

senza ch'ognior la fame mi consumi:
almen discaccia le fetide arpie,
che non rapiscan le vivande mie.

(116)   E di marmore un tempio ti prometto
edificar de l'alta regia mia,
che tutte d'oro abbia le porte e 'l tetto,
e dentro e fuor di gemme ornato sia;
e dal tuo santo nome sarà detto,
e del miracol tuo scolpito fia.—
Cosí dicea quel re che nulla vede,
cercando invan baciare al duca il piede.

(117)   Rispose Astolfo:—Né l'angel di Dio,
né son Messia novel, né dal ciel vegno;
ma son mortale e peccatore anch'io,
di tanta grazia a me concessa indegno.
Io farò ogn'opra acciò che 'l mostro rio,
per morte o fuga, io ti levi del regno.
S'io il fo, me non, ma Dio ne loda solo,
che per tuo aiuto qui mi drizzò il volo.

(118)   Fa questi voti a Dio, debiti a lui;
a lui le chiese edifica e gli altari.—
Cosí parlando, andavano ambidui
verso il castello fra i baron preclari.
Il re commanda ai servitori sui
che subito il convito si prepari,
sperando che non debba essergli tolta
la vivanda di mano a questa volta.

(119)   Dentro una ricca sala immantinente
apparecchiossi il convito solenne.
Col Senapo s'assise solamente
il duca Astolfo, e la vivanda venne.
Ecco per l'aria lo stridor si sente,
percossa intorno da l'orribil penne;
ecco venir l'arpie brutte e nefande,
tratte dal cielo a odor de le vivande.

(120)   Erano sette in una schiera, e tutte
volti di donne avean, pallide e smorte,
per lunga fame attentuate e asciutte,
orribili a veder piú che la morte.

L'alaccie grandi avean, deformi e brutte;
le man rapaci, e l'ugne incurve e torte;
grande e fetido il ventre, e lunga coda,
come di serpe che s'aggira e snoda.

(121) Si sentono venir per l'aria, e quasi
si veggon tutte a un tempo in su la mensa
rapire i cibi e riversare i vasi:
e molta feccia il ventre lor dispensa,
tal che gli è forza d'atturare i nasi;
che non si può patir la puzza immensa.
Astolfo, come l'ira lo sospinge,
contra gli ingordi augelli il ferro stringe.

(122) Uno sul collo, un altro su la groppa
percuote, e chi nel petto, e chi ne l'ala;
ma come fera in su 'n sacco di stoppa,
poi langue il colpo, e senza effetto cala:
e quei non vi lasciâr piatto né coppa
che fosse intatta, né sgombrâr la sala,
prima che le rapine e il fiero pasto
contaminato il tutto avesse e guasto.

(123) Avuto avea quel re ferma speranza
nel duca, che l'arpie gli discacciassi;
et or che nulla ove sperar gli avanza,
sospira e geme, e disperato stassi.
Viene al duca del corno rimembranza,
che suole aitarlo ai perigliosi passi;
e conchiude tra sé, che questa via
per discacciare i mostri ottima sia.

(124) E prima fa che 'l re con suoi baroni
di calda cera l'orecchia si serra,
acciò che tutti, come il corno suoni,
non abbiano a fuggir fuor de la terra.
Prende la briglia, e salta sugli arcioni
de l'ippogrifo, et il bel corno afferra;
e con cenni allo scalco poi commanda
che riponga la mensa e la vivanda.

(125) E così in una loggia s'apparecchia
con altra mensa altra vivanda nuova.
Ecco l'arpie che fan l'usanza vecchia:

Astolfo il corno subito ritrova.
Gli augelli, che non han chiusa l'orecchia,
udito il suon, non puon stare alla prova;
ma vanno in fuga pieni di paura,
né di cibo né d'altro hanno piú cura.

(126) Subito il paladin dietro lor sprona:
volando esce il destrier fuor de la loggia,
e col castel la gran città abandona,
e per l'aria, cacciando i mostri, poggia.
Astolfo il corno tuttavolta suona:
fuggon l'arpie verso la zona roggia,
tanto che sono all'altissimo monte
ove il Nilo ha, se in alcun luogo ha, fonte.

(127) Quasi de la montagna alla radice
entra sotterra una profonda grotta,
che certissima porta esser si dice
di ch'allo 'nferno vuol scender talotta.
Quivi s'è quella turba predatrice,
come in sicuro albergo, ricondotta,
e giú sin di Cocito in su la proda
scesa, e piú là, dove quel suon non oda.

(128) All'infernal caliginosa buca
ch'apre la strada a chi abandona il lume,[5]
finí l'orribil suon l'inclito duca,
e fe' raccorre al suo destrier le piume.
Ma prima che piú inanzi io lo conduca,
per non mi dipartir dal mio costume,
poi che da tutti i lati ho pieno il foglio,
finire il canto, e riposar mi voglio.

Canto   XXXIV

(48) Poi monta il volatore, e in aria s'alza[1]
per giunger di quel monte in su la cima,
che non lontan con la superna balza
dal cerchio de la luna esser si stima.
Tanto è il desir che di veder lo 'ncalza,
ch'al cielo aspira, e la terra non stima.
De l'aria piú e piú sempre guadagna,
tanto ch'al giogo va de la montagna.

(49)   Zafir, rubini, oro, topazi e perle,[2]
      e diamanti e crisoliti e iacinti
      potriano i fiori assimigliar, che per le
      liete piaggie v'avea l'aura dipinti:
      sí verdi l'erbe, che possendo averle
      qua giú, ne fôran gli smeraldi vinti;
      né men belle degli arbori le frondi,
      e di frutti e di fior sempre feconde.

(50)   Cantan fra i rami gli augelletti vaghi
      azzurri e bianchi e verdi e rossi e gialli.
      Murmuranti ruscelli e cheti laghi
      di limpidezza vincono i cristalli.
      Una dolce aura che ti par che vaghi
      a un modo sempre e dal suo stil non falli,
      facea sí l'aria tremolar d'intorno,
      che non potea noiar calor del giorno:

(51)   e quella ai fiori, ai pomi e alla verzura
      gli odor diversi depredando giva,
      e di tutti faceva una mistura
      che di soavità l'alma notriva.
      Surgea un palazzo in mezzo alla pianura
      ch'acceso esser parea di fiamma viva:
      tanto splendore intorno e tanto lume
      raggiava, fuor d'ogni mortal costume.

(52)   Astolfo il suo destrier verso il palagio
      che piú di trenta miglia intorno aggira,
      a passo lento fa muovere ad agio,
      e quinci e quindi il bel paese ammira;
      e giudica, appo quel, brutto e malvagio,
      e che sia al cielo et a natura in ira
      questo ch'abitian noi fetido mondo:
      tanto è soave quel, chiaro e giocondo.

(53)   Come egli è presso al luminoso tetto,
      attonito riman di maraviglia;
      che tutto d'una gemma è 'l muro schietto,
      piú che carbonchio lucida e vermiglia.
      O stupenda opra, o dedalo architetto![3]
      Qual fabrica tra noi le rassimiglia?
      Taccia qualunque le mirabil sette[4]
      moli del mondo in tanta gloria mette.

(54)   Nel lucente vestibulo di quella
         felice casa un vecchio al duca occorre,
         che 'l manto ha rosso, e bianca la gonnella,
         che l'un può al latte, e l'altro al minio opporre.
         I crini ha bianchi, e bianca la mascella
         di folta barba ch'al petto discorre;
         et è sí venerabile nel viso,
         ch'un degli eletti par del paradiso.

(55)   Costui con lieta faccia al paladino,
         che riverente era d'arcion disceso,
         disse:—O baron, che per voler divino
         sei nel terrestre paradiso asceso;
         come che né la causa del camino,
         né il fin del tuo desir da te sia inteso,
         pur credi che non senza alto misterio
         venuto sei da l'artico emisperio.

(56)   Per imparar come soccorrer déi
         Carlo, e la santa fé tor di periglio,
         venuto meco a consigliar ti sei
         per cosí lunga via, senza consiglio.
         Né a tuo saper, né a tua virtú vorrei
         ch'esser qui giunto attribuissi, o figlio;
         che né il tuo corno, né il cavallo alato
         ti valea, se da Dio non t'era dato.

(57)   Ragionerem piú ad agio insieme poi,
         e ti dirò come a procedere hai:
         ma prima vienti a ricrear con noi;
         che 'l digiun lungo de' noiarti ormai.—
         Continuando il vecchio i detti suoi,
         fece maravigliare il duca assai,
         quando, scoprendo il nome suo, gli disse
         esser colui che l'evangelio scrisse:

(58)   quel tanto al Redentor caro Giovanni, [5]
         per cui il sermone tra i fratelli uscío,
         che non dovea per morte finir gli anni;
         sí che fu causa che 'l figliuol di Dio
         a Pietro disse: —Perché pur t'affanni,
         s'io vo' che cosí aspetti il venir mio?—
         Ben che non disse: egli non de' morire,
         si vede pur che cosí vòlse dire.

(59) Quivi fu assunto, e trovò compagnia,
      che prima Enoch, il patriarca, v'era;
      eravi insieme il gran profeta Elia,[6]
      che non han vista anco l'ultima sera;
      e fuor de l'aria pestilente e ria
      si goderan l'eterna primavera,
      fin che dian segno l'angeliche tube,
      che torni Cristo in su la bianca nube.

(60) Con accoglienza grata il cavalliero
      fu dai santi alloggiato in una stanza;
      fu provisto in un'altra al suo destriero
      di buona biada, che gli fu a bastanza.
      De' frutti a lui del paradiso diero,
      di tal sapor, ch'a suo giudicio, sanza
      scusa non sono i duo primi parenti,
      se per quei fur sí poco ubbidïenti.

(61) Poi ch'a natura il duca aventuroso
      satisfece di quel che se le debbe,
      come col cibo, cosí col riposo,
      che tutti e tutti i commodi quivi ebbe;
      lasciando già l'Aurora il vecchio sposo,
      ch'ancor per lunga età mai non l'increbbe,
      si vide incontra ne l'uscir del letto
      il discipul da Dio tanto diletto;

(62) che lo prese per mano, e seco scórse
      di molte cose di silenzio degne:
      e poi disse:—Figliuol, tu non sai forse
      che in Francia accada, ancor che tu ne vegne.
      Sappi che 'l vostro Orlando, perché torse
      dal camin dritto le commesse insegne,[7]
      è punito da Dio, che piú s'accende
      contra chi egli ama piú, quando s'offende.

(63) Il vostro Orlando, a cui nascendo diede
      somma possanza Dio con sommo ardire,
      e fuor de l'uman uso gli concede
      che ferro alcun non lo può mai ferire;
      perché a difesa di sua santa fede
      cosí voluto l'ha constituire,
      come Sansone incontra a' Filistei
      constituí a difesa degli Ebrei:

(64)   renduto ha il vostro Orlando al suo Signore
di tanti benefici iniquo merto;
che quanto aver piú lo dovea in favore,
n'è stato il fedel popul piú deserto.
Sí accecato l'avea l'incesto amore[8]
d'una pagana, ch'avea già sofferto
due volte e piú venire empio e crudele,
per dar la morte al suo cugin fedele.

(65)   E Dio per questo fa ch'egli va folle,
e mostra nudo il ventre, il petto e il fianco;
e l'intelletto sí gli offusca e tolle,
che non può altrui conoscere, e sé manco.
A questa guisa si legge che volle
Nabuccodonosor Dio punir anco,
che sette anni il mandò di furor pieno,
sí che, qual bue, pasceva l'erba e il fieno.[9]

(66)   Ma perch'assai minor del paladino,
che di Nabucco, è stato pur l'eccesso,
sol di tre mesi dal voler divino
a purgar questo error termine è messo.
Né ad altro effetto per tanto camino
salir qua su t'ha il Redentor concesso,
se non perché da noi modo tu apprenda,
come ad Orlando il suo senno si renda.

(67)   Gli è ver che ti bisogna altro vïaggio
far meco, e tutta abbandonar la terra.
Nel cerchio de la luna a menar t'aggio,
che dei pianeti a noi piú prossima erra,
perché la medicina che può saggio
rendere Orlando, là dentro si serra.
Come la luna questa notte sia
sopra noi giunta, ci porremo in via.—

(68)   Di questo e d'altre cose fu diffuso
il parlar de l'apostolo quel giorno.
Ma poi che 'l sol s'ebbe nel mar rinchiuso,
e sopra lor levò la luna il corno,
un carro apparecchiossi, ch'era ad uso
d'andar scorrendo per quei cieli intorno:
quel già ne le montagne di Giudea
da' mortali occhi Elia levato avea.

(69)   Quattro destrier via piú che fiamma rossi
             al giogo il santo evangelista aggiunse;
             e poi che con Astolfo rassettossi,
             e prese il freno, inverso il ciel li punse.
             Ruotando il carro, per l'aria levossi,
             e tosto in mezzo il fuoco eterno giunse; [10]
             che 'l vecchio fe' miracolosamente,
             che, mentre lo passâr, non era ardente.

(70)   Tutta la sfera varcano del fuoco,
             et indi vanno al regno de la luna.
             Veggon per la piú parte esser quel loco
             come un acciar che non ha macchia alcuna;
             e lo trovano uguale, o minor poco
             di ciò ch'in questo globo si raguna,
             in questo ultimo globo de la terra, [11]
             mettendo il mar che la circonda e serra.

(71)   Quivi ebbe Astolfo doppia maraviglia:
             che quel paese appresso era sí grande,
             il quale a un picciol tondo rassimiglia
             a noi che lo miriam da queste bande;
             e ch'aguzzar conviengli ambe le ciglia,
             s'indi la terra e 'l mar ch'intorno spande
             discerner vuol; che non avendo luce,
             l'imagin lor poco alta si conduce.

(72)   Altri fiumi, altri laghi, altre campagne
             sono là su, che non son qui tra noi;
             altri piani, altre valli, altre montagne,
             c'han le cittadi, hanno i castelli suoi,
             con case de le quai mai le piú magne
             non vide il paladin prima né poi:
             e vi sono ample e solitarie selve,
             ove le ninfe ognor cacciano belve. [12]

(73)   Non stette il duca a ricercare il tutto;
             che là non era asceso a quello effetto.
             Da l'aspostolo santo fu condutto
             in un vallon fra due montagne istretto,
             ove mirabilmente era ridutto
             ciò che si perde o per nostro diffetto,
             o per colpa di tempo o di Fortuna:
             ciò che si perde qui, là si raguna.

(74)   Non pur di regni o di ricchezze parlo,
         in che la ruota instabile[13] lavora;
         ma di quel ch'in poter di tor, di darlo
         non ha Fortuna, intender voglio ancora.
         Molta fame è là su, che, come tarlo,
         il tempo al lungo andar qua giú divora:
         là su infiniti prieghi e voti stanno,
         che da noi peccatori a Dio si fanno.

(75)   Le lacrime e i sospiri degli amanti,
         l'inutil tempo che si perde a giuoco,
         e l'ozio lungo d'uomini ignoranti,
         vani disegni che non han mai loco,
         i vani desidèri sono tanti,
         che la piú parte ingombran di quel loco:
         ciò che in somma qua giú perdesti mai,
         là su salendo ritrovar potrai.

(76)   Passando il paladin per quelle biche,
         or di questo or di quel chiede alla guida.
         Vide un monte di tumide vesiche,
         che dentro parea aver tumulti e grida;
         e seppe ch'eran le corone antiche
         e degli Assirii e de la terra lida,[14]
         e de' Persi e de' Greci, che già furo
         incliti, et or n'è quasi il nome oscuro.

(77)   Ami d'oro e d'argento appresso vede
         in una massa, ch'erano quei doni
         che si fan con speranza di mercede
         ai re, agli avari principi, ai patroni.
         Vede in ghirlande ascosi lacci; e chiede,
         et ode che son tutte adulazioni.
         Di cicale scoppiate imagine hanno
         versi ch'in laude dei signor si fanno.

(78)   Di nodi d'oro e di gemmati ceppi
         vede c'han forma i mal seguiti amori.[15]
         V'eran d'aquile artigli; e che fur, seppi,[16]
         l'autorità ch'ai suoi dànno i signori.
         I mantici ch'intorno han pieni i greppi,
         sono i fumi dei principi e i favori
         che dànno un tempo ai ganimedi suoi,[17]
         che se ne van col fior degli anni poi.

(79)   Ruine di cittadi e di castella
stavan con gran tesor quivi sozzopra.
Domanda, e sa che son trattati, e quella
congiura che sí mal par che si cuopra.
Vide serpi con faccia di donzella,
di monetieri e di ladroni l'opra:
poi vide boccie rotte di piú sorti,
ch'era il servir de le misere corti.

(80)   Di versate minestre una gran massa
vede, e domanda al suo dottor ch'importe.
—L'elemosina è (dice) che si lassa
alcun, che fatta sia dopo la morte.—
Di varii fiori ad un gran monte passa,
ch'ebbe già buono odore, or putia forte.
Questo era il dono (se però dir lece)
che Constantino al buon Silvestro fece.[18]

(81)   Vide gran copia di panie con visco,
ch'erano, o donne, le bellezze vostre.
Lungo sarà, se tutte in verso ordisco
le cose che gli fur quivi dimostre;
che dopo mille e mille io non finisco,
e vi son tutte l'occurrenzie nostre:
sol la pazzia non v'è poca né assai;
che sta qua giú, né se ne parte mai.

(82)   Quivi ad alcuni giorni e fatti sui,
ch'egli già avea perduti, si converse;
che se non era interprete con lui,
non discernea le forme lor diverse.
Poi giunse a quel che par sí averlo a nui,
che mai per esso a Dio voti non fêrse;
io dico il senno: e n'era quivi un monte,
solo assai piú che l'altre cose conte.

(83)   Era come un liquor suttile e molle,
atto a esalar, se non si tien ben chiuso;
e si vedea raccolto in varie ampolle,
qual piú, qual men capace, atte a quell'uso.
Quella è maggior di tutte, in che del folle
signor d'Anglante era il gran senno infuso;
e fu da l'altre conosciuta, quando
avea scritto di fuor: "Senno d'Orlando".

(84)   E cosí tutte l'altre avean scritto anco
il nome di color di chi fu il senno.
Del suo gran parte vide il duca franco;
ma molto piú maravigliar lo fenno
molti ch'egli credea che dramma manco
non dovessero averne,[19] e quivi dénno
chiara notizia che ne tenea poco;
che molta quantità n'era in quel loco.

(85)   Altri in amar lo perde, altri in onori,
altri in cercar, scorrendo il mar, ricchezze;
altri ne le speranze de' signori,
altri dietro alle magiche sciocchezze;
altri in gemme, altri in opre di pittori,
et altri in altro che piú d'altro aprezze.[20]
Di sofisti e d'astrologhi raccolto,
e di poeti ancor ve n'era molto.

(86)   Astolfo tolse il suo; che gliel concesse
lo scrittor de l'oscura Apocalisse.[21]
L'ampolla in ch'era al naso sol si messe,
e par che quello al luogo suo ne gisse:
e che Turpin da indi in qua confesse
ch'Astolfo lungo tempo saggio visse;
ma ch'uno error che fece poi, fu quello
ch'un'altra volta gli levò il cervello.[22]

(87)   La piú capace e piena ampolla, ov'era
il senno che solea far savio il conte,
Astolfo tolle; e non è sí leggiera,
come stimò, con l'altre essendo a monte.
Prima che 'l paladin da quella sfera
piena di luce alle piú basse smonte,
menato fu da l'apostolo santo
in un palagio ov'era un fiume a canto;

(88)   ch'ogni sua stanza avea piena di velli
di lin, di seta, di coton, di lana,
tinti in varii colori e brutti e belli.
Nel primo chiostro una femina cana
fila a un aspo traea da tutti quelli,
come veggiàn l'estate la villana
traer dai bachi le bagnate spoglie,
quando la nuova seta si raccoglie.

(89) V'è chi, finito un vello, rimettendo
ne viene un altro, e chi ne porta altronde:
un'altra de le filze va scegliendo
il bel dal brutto che quella confonde.
—Che lavor si fa qui, ch'io non l'intendo?—
dice a Giovanni Astolfo; e quel risponde:
—Le vecchie son le Parche, che con tali
stami filan vite a voi mortali.[23]

(90) Quanto dura un de' velli, tanto dura
l'umana vita, e non di piú un momento.
Qui tien l'occhio e la Morte e la Natura,
per saper l'ora ch'un debba esser spento.
Sceglier le belle fila ha l'altra cura,
perché si tesson poi per ornamento
del paradiso; e dei piú brutti stami
si fan per li dannati aspri legami.—

(91) Di tutti i velli ch'erano già messi
in aspo, e scelti a farne altro lavoro,
erano in brevi piastre i nomi impressi,
altri di ferro, altri d'argento o d'oro:
e poi fatti n'avean cumuli spessi,
de' quali, senza mai farvi ristoro,
portarne via non si vedea mai stanco
un vecchio, e ritornar sempre per anco.

(92) Era quel vecchio sí espedito e snello,[24]
che per correr parea che fosse nato;
e da quel monte il lembo del mantello
portava pien del nome altrui segnato.
Ove n'andava, e perché facea quello,
ne l'altro canto vi sarà narrato,
se d'averne piacer segno farete
con quella grata udienza che solete.

Canto XXXV

(1) Chi salirà per me, madonna, in cielo
a riportarne il mio perduto ingegno?
che, poi ch'uscí da' bei vostri occhi il telo
che 'l cor mi fisse, ognior perdendo vegno.
Né di tanta iattura mi querelo,

pur che non cresca, ma stia a questo segno;
ch'io dubito, se piú si va sciemando,
di venir tal, qual ho descritto Orlando.

(2)   Per rïaver l'ingegno mio m'è aviso
che non bisogna che per l'aria io poggi
nel cerchio de la luna o in paradiso;
che 'l mio non credo che tanto alto alloggi.
Ne' bei vostri occhi e nel sereno viso,
nel sen d'avorio e alabastrini poggi
se ne va errando; et io con queste labbia
lo corrò, se vi par ch'io la rïabbia.[1]

(11) Non so se vi sia a mente, io dico quello
ch'al fin de l'altro canto vi lasciai,
vecchio di faccia, e sí di membra snello,
che d'ogni cervio è piú veloce assai.
Degli altrui nomi egli si empía il mantello;
scemava il monte, e non finiva mai:
et in quel fiume che Lete si noma,
scarcava, anzi perdea la ricca soma.

(12) Dico che, come arriva in su la sponda
del fiume, quel prodigo vecchio scuote
il lembo pieno, e ne la turbida onda
tutte lascia cader l'impresse note.
Un numer senza fin se ne profonda,
ch'un minimo uso aver non se ne puote;[2]
e di cento migliaia che l'arena
sul fondo involve, un se ne serva a pena.

(13) Lungo e d'intorno quel fiume volando
girano corvi et avidi avoltori,
mulacchie e varii augelli, che gridando
facean discordi strepiti e romori;
et alla preda correan tutti, quando
sparger vedean gli amplissimi tesori:
e chi nel becco, e chi ne l'ugna torta
ne prende; ma lontan poco li porta.[3]

(14) Come vogliono alzar per l'aria i voli,
non han poi forza che 'l peso sostegna;
sí che convien che Lete pur involi
de' ricchi nomi la memoria degna.

Fra tanti augelli son duo cigni soli,
bianchi, Signor, come è la vostra insegna, [4]
che vengon lieti riportando in bocca
sicuramente il nome che lor tocca. [5]

(15)   Cosí contra i pensieri empi e maligni
del vecchio che donar li vorria al fiume,
alcun' ne salvan gli augelli benigni:
tutto l'avanzo oblivïon consume.
Or se ne van notando i sacri cigni,
et or per l'aria battendo le piume,
fin che presso alla ripa del fiume empio
trovano un colle, e sopra il colle un tempio.

(16)   All'Immortalitade il luogo è sacro,
ove una bella ninfa [6] giú del colle
viene alla ripa del leteo lavacro, [7]
e di bocca dei cigni i nomi tolle;
e quelli affige intorno al simulacro [8]
ch'in mezzo il tempio una colonna estolle:
quivi li sacra, e ne fa tal governo,
che vi si pôn veder tutti in eterno.

(17)   Chi sia quel vecchio, e perché tutti al rio
senza alcun frutto i bei nomi dispensi,
e degli augelli, e di quel luogo pio
onde la bella ninfa al fiume viensi,
aveva Astolfo di saper desio
i gran misteri e gl'incogniti sensi;
e domandò di tutte queste cose
l'uomo di Dio, che così gli rispose:

(18)   —Tu déi saper che non si muove fronda
là giú, che segno qui non se ne faccia.
Ogni effetto convien che corrisponda
in terra e in ciel, ma con diversa faccia.
Quel vecchio, la cui barba il petto inonda,
veloce sí che mai nulla l'impaccia,
gli effetti pari e la medesima opra
che 'l Tempo fa là giú, fa qui di sopra.

(19)   Volte che son le fila in su la ruota, [9]
là giú la vita umana arriva al fine.
La fama là, qui ne riman la nota;

ch'immortali sariano ambe e divine,
se non che qui quel da la irsuta gota,
e là giú il Tempo ognior ne fa rapine.
Questi le getta, come vedi, al rio;
e quel l'immerge ne l'eterno oblio.

(20)   E come qua su i corvi e gli avoltori[10]
e le mulacchie e gli altri varii augelli
s'affaticano tutti per trar fuori
de l'acqua i nomi che veggion piú belli:
cosí là giú ruffiani, adulatori,
buffon, cinedi, accusatori, e quelli
che viveno alle corti e che vi sono
piú grati assai che 'l virtuoso e 'l buono,

(21)   e son chiamati cortigian gentili,
perché sanno imitar l'asino e 'l ciacco;
de' lor signor, tratto che n'abbia i fili
la giusta Parca, anzi Venere e Bacco,[11]
questi di ch'io ti dico, inerti e vili,
nati solo ad empir di cibo il sacco,
portano in bocca qualche giorno il nome;
poi ne l'oblio lascian cader le some.

(22)   Ma come i cigni che cantando lieti
rendeno salve le medaglie al tempio,
cosí gli uomini degni da' poeti
son tolti da l'oblio, piú che morte empio.
Oh bene accorti principi e discreti,
che seguite di Cesare l'esempio,[12]
e gli scrittor vi fate amici, donde
non avete a temer di Lete l'onde!

(23)   Son, come i cigni, anco i poeti rari,
poeti che non sian del nome indegni;
sí perché il ciel degli uomini preclari
non pate mai che troppa copia regni,
sí per gran colpa dei signori avari
che lascian mendicare i sacri ingegni;
che le virtú premendo, et esaltando
i vizii, caccian le buone arti in bando.

(24)   Credi che Dio questi ignoranti ha privi
de lo 'ntelletto, e loro offusca i lumi;

che de la poesia gli ha fatto schivi,
acciò che morte il tutto ne consumi.
Oltre che del sepolcro uscirian vivi,
ancor ch'avesser tutti i rei costumi,
pur che sapesson farsi amica Cirra,[13]
piú grato odore avrian che nardo o mirra.

(25)   Non sí pietoso Enea, né forte Achille
fu, come è fama, né sí fiero Ettorre;
e ne son stati e mille e mille e mille
che lor si puon con verità anteporre:
ma i donati palazzi e le gran ville
dai descendenti lor, gli ha fatto porre
in questi senza fin sublimi onori
da l'onorate man degli scrittori.

(26)   Non fu sí santo né benigno Augusto
come la tuba di Virgilio suona.
L'aver avuto in poesia buon gusto
la proscrizion iniqua gli perdona.[14]
Nessun sapria se Neron fosse ingiusto,
né sua fama saria forse men buona,
avesse avuto e terra e ciel nimici,
se gli scrittor sapea tenersi amici.

(27)   Omero Agamennón vittorïoso,
e fe' i Troian parer vili et inerti;
e che Penelopea fida al suo sposo
dai Prochi mille oltraggi avea sofferti.
E se tu vuoi che 'l ver non ti sia ascoso,
tutta al contrario l'istoria converti:
che i Greci rotti, e che Troia vittrice,
e che Penelopea fu meretrice.

(28)   Da l'altra parte odi che fama lascia
Elissa, ch'ebbe il cor tanto pudico;
che riputata viene una bagascia,
solo perché Maron[15] non le fu amico.
Non ti maravigliar ch'io n'abbia ambascia,
e se di ciò diffusamente io dico.
Gli scrittori amo, e fo il debito mio;
ch'al vostro mondo fui scrittore anch'io.[16]

(29)   E sopra tutti gli altri io feci acquisto

che non mi può levar tempo né morte:
e ben convenne al mio lodato Cristo[17]
rendermi guidardon di sí gran sorte.
Duolmi di quei che sono al tempo tristo,
quando la cortesia chiuso ha le porte;
che con pallido viso e macro e asciutto
la notte e 'l dí vi picchian senza frutto.

(30)   Sí che continuando il primo detto,
sono i poeti e gli studiosi pochi;
che dove non han pasco né ricetto,
insin le fere abbandonano i lochi.—
Così dicendo, il vecchio benedetto
gli occhi infiammò, che parveno duo fuochi;
poi vòlto al duca con un saggio riso
tornò sereno il conturbato viso.

Canto   XXXVIII

(24)   Sceso era Astolfo dal giro lucente
alla maggiore altezza de la terra,[1]
con la felice ampolla che la mente
dovea sanare al gran mastro di guerra.
Un'erba quivi di virtú eccellente
mostra Giovanni al duca d'Inghilterra:
con essa vuol ch'al suo ritorno tocchi
al re di Nubia e gli risani gli occhi;

(25)   acciò per questi e per li primi merti
gente gli dia con che Biserta[2] assaglia.
E come poi quei populi inesperti
armi et acconci ad uso di battaglia,
e senza danno passi pei deserti
ove l'arena gli uomini abbarbaglia,
a punto a punto l'ordine che tegna,
tutto il vecchio santissimo gl'insegna.

(26)   Poi lo fe' rimontar su quello alato
che di Ruggiero, e fu prima d'Atlante.
Il paladin lasciò, licenzïato
da San Giovanni, le contrade sante;
e secondando il Nilo a lato a lato,
tosto i Nubi apparir si vide inante;

e ne la terra che del regno è capo
scese da l'aria, e ritrovò il Senapo.

(27)   Molto fu il gaudio e molta fu la gioia
che portò a quel signor nel suo ritorno;
che ben si raccordava de la noia
che gli avea tolta, de l'arpie, d'intorno.
Ma poi che la grossezza gli discuoia[3]
di quello umor che già gli tolse il giorno
e che gli rende la vista di prima,
l'adora e cole, e come un Dio sublima;

(28)   sí che non pur la gente che gli chiede
per muover guerra al regno di Biserta,
ma cento mila sopra gli ne diede,
e gli fe' ancor di sua persona offerta.
La gente a pena, ch'era tutta a piede,
potea capir ne la campagna aperta;
che di cavalli ha quel paese inopia,
ma d'elefanti e de camelli copia.

(32)   E giunto poi di qua dal giogo,[4] in parte
onde il pian si discuopre e la marina,
Astolfo elegge la più nobil parte
del campo,[5] e la meglio atta a disciplina;
e qua e là per ordine la parte[6]
a piè d'un colle, ove nel pian confina.
Quivi la lascia, e su la cima ascende
in visto d'uom ch'a gran pensieri intende.

(33)   Poi che, inchinando le ginocchia, fece
al santo suo maestro orazïone,
sicuro che sia udita la sua prece,
copia di sassi a far cader si pone.
Oh quanto a chi ben crede in Cristo, lece!
I sassi, fuor di natural ragione
crescendo, si vedean venire in giuso,
e formar ventre e gambe e collo e muso:

(34)   e con chiari anitrir giú per quei calli
venian saltando, e giunti poi nel piano
scuotean le groppe, e fatti eran cavalli,
chi baio e chi leardo e chi rovano.[7]
La turba ch'aspettando ne le valli

stava alla posta, lor dava di mano:
sí che in poche ore fur tutti montati;
che con sella e con freno erano nati.

(35)   Ottanta mila cento e dua in un giorno
fe', di pedoni, Astolfo cavallieri.
Con questi tutta scórse Africa intorno,
facendo prede, incendi e prigionieri.
Posto Agramante avea fin al ritorno
il re di Fersa e 'l re degli Algazeri,
col re Branzardo a guardia del paese:
e questi si fêr contra al duca inglese;

(36)   prima avendo spacciato un suttil legno
ch'a vele e a remi andò battendo l'ali,
ad Agramante aviso, come il regno
patia dal re de' Nubi oltraggi e mali.
Giorno e notte andò quel senza ritegno,
tanto che giunse ai liti provenzali;
e trovò in Arli il suo re mezzo oppresso,
che'l campo avea di Carlo un miglio appresso.[8]

Canto XXXIX

(19)   Ma differendo questa pugna alquanto,
io vo' passar senza navilio il mare.
Non ho con quei di Francia da far tanto,
ch'io non m'abbia d'Astolfo a ricordare.
La grazia che gli diè l'apostol santo
io v'ho già detto, e detto aver mi pare,
che 'l re Branzardo e il re de l'Algazera
per girli incontra armasse ogni sua schiera.

(20)   Furon di quei ch'aver poteano in fretta,
le schiere di tutta Africa raccolte,
non men d'inferma età che di perfetta;
quasi ch'ancor le femine fur tolte.
Agramante ostinato alla vendetta
avea già vòta l'Africa due volte.
Poche genti rimase erano, e quelle
esercito facean timido e imbelle.

(21)   Ben lo mostrâr: che gli nimici a pena

vider lontan, che se n'andaron rotti.
Astolfo, come pecore, li mena
dinanzi ai suoi di guerreggiar piú dotti,
e fa restarne la campagna piena:
pochi a Biserta se ne son ridotti.
Prigion rimase Bucifar gagliardo;
salvossi ne la terra il re Branzardo.

(25)   Avendo Astolfo esercito infinito
da non gli far sette Afriche difesa;
e rammentando come fu ammonito
dal santo vecchio che gli diè l'impresa
di tor Provenza e d'Acquamorta il lito
di man di Saracin che l'avean presa;
d'una gran turba fece nuova eletta,
quella ch'al mar gli parve manco inetta.

(26)   Et avendosi piene ambe le palme,
quanto potean capir, di varie fronde
a lauri, a cedri tolte, a olive, a palme,
venne sul mare, e le gittò ne l'onde.
Oh felici, e dal ciel ben dilette alme!
Grazia che Dio raro a' mortali infonde!
Oh stupendo miracolo che nacque
di quelle frondi, come fur ne l'acque!

(27)   Crebbero in quantità fuor d'ogni stima; [2]
si feron curve e grosse e lunghe e gravi;
le vene ch'attraverso aveano prima,
mutaro in dure spranghe e in grosse travi:
e rimanendo acute invêr la cima,
tutte in un tratto diventaro navi
di differenti qualitadi, e tante,
quante raccolte fu da varie piante.

(28)   Miracol fu veder le fronde sparte
produr fuste, galee, navi da gabbia. [3]
Fu mirabile ancor, che vele e sarte
e remi avean, quanto alcun legno n'abbia.
Non mancò al duca poi chi avesse l'arte
di governarsi alla ventosa rabbia;
che di Sardi e di Corsi non remoti, [4]
nocchier, padron, pennesi ebbe e piloti.

(29)   Quelli che entraro in mar, contati fôro
         ventisei mila, e gente d'ogni sorte.
         Dudon[5] andò per capitano loro,
         cavallier saggio, e in terra e in acqua forte.
         Stava l'armata ancora al lito moro,
         miglior vento aspettando, che la porte,
         quando un navilio giunse a quella riva,
         che di presi guerrier carco veniva.

(34)   Come io vi dico, dal figliuol d'Otone[6]
         i cavallier cristian furon ben visti,
         e di mensa onorati al padiglione,
         d'arme e di ciò che bisognò provisti.
         Per amor d'essi differí Dudone
         l'andata sua; che non minori acquisti
         di ragionar con tai baroni estima,
         che d'esser gito uno o duo giorni prima.

(35)   In che stato, in che termine si trove
         e Francia e Carlo, instruziön vera ebbe;
         e dove piú sicuramente, e dove,
         per far miglior effetto, calar debbe.
         Mentre da lor venia intendendo nuove,
         s'udí un rumor che tuttavia piú crebbe;
         e un dar all'arme ne seguí sí fiero,
         che fece a tutti far piú d'un pensiero.

(36)   Il duca Astolfo e la compagnia bella,
         che ragionando insieme si trovaro,
         in un momento armati furo e in sella,
         e verso il maggior grido in fretta andaro,
         di qua di là cercando pur novella
         di quel romore; e in loco capitaro,
         ove videro un uom tanto feroce,
         che nudo e solo a tutto 'l campo nuoce.

(37)   Menava un suo baston di legno in volta,
         che era sí duro e sí grave e sí fermo,
         che declinando quel, facea ogni volta
         cader in terra un uom peggio ch'infermo.
         Già a piú di cento avea la vita tolta;
         né piú se gli facea riparo o schermo,
         se non tirando di lontan saette:
         d'appresso non è alcun già che l'aspette.

(45) Astolfo tutto a un tempo, ch'era quivi,
  che questo Orlando fosse, ebbe palese
  per alcun segno che dai vecchi divi[7]
  su nel terrestre paradiso intese.
  Altrimente restavan tutti privi
  di cognizion di quel signor cortese;
  che per lungo sprezzarsi, come stolto,
  avea di fera, piú che d'uomo, il volto.

(46) Astolfo per pietà che gli traffisse
  il petto e il cor, si volse lacrimando;
  et a Dudon (che gli era appresso) disse,
  et indi ad Oliviero: — Eccovi Orlando! —
  Quei gli occhi alquanto e le palpèbre fisse
  tenendo in lui, l'andár raffigurando;
  e 'l ritrovarlo in tal calamitade,
  gli empí di maraviglia e di pietade.

(47) Piangeano quei signor per la piú parte:
  sí lor ne dolse, e lor ne 'ncrebbe tanto.
  —Tempo è (lor disse Astolfo) trovar arte
  di risanarlo, e non di fargli il pianto.—
  E saltò a piedi, e cosí Brandimarte,
  Sansonetto, Oliviero e Dudon santo;
  e s'aventaro al nipote di Carlo
  tutti in un tempo; che volean pigliarlo.

(48) Orlando che si vide fare il cerchio,
  menò il baston da disperato e folle;
  et a Dudon che si facea coperchio
  al capo de lo scudo et entrar volle,
  fe' sentir ch'era grave di soperchio:
  e se non che Olivier col brando tolle
  parte del colpo, avria il bastone ingiusto
  rotto lo scudo, l'elmo, il capo e il busto.

(52) Dudon con gran vigor dietro l'abbraccia,
  pur tentando col piè farlo cadere:
  Astolfo e gli altri gli han prese le braccia,
  né lo puon tutti insieme anco tenere.
  C'ha visto toro a cui si dia la caccia,
  e ch'alle orecchie abbia le zanne fiere,
  correr mugliando, e trarre ovunque corre
  i cani seco, e non potersi sciorre;

(53)   imagini ch'Orlando fosse tale,
che tutti quei guerrier seco traea.
In quel tempo Olivier di terra sale,
là dove steso il gran pugno l'avea;
e visto che cosí si potea male
far di lui quel ch'Astolfo far volea,
si pensò un modo, et ad effetto il messe,
di far cader Orlando, e gli successe.

(54)   Si fe' quivi arrecar piú d'una fune,
e con nodi correnti adattò presto;
et alle gambe et alle braccia alcune
fe' porre al conte, et a traverso il resto.
Di quelle i capi poi partí in commune,
e li diede a tenere a quello e a questo.
Per quella via che maniscalco atterra
cavallo o bue, fu tratto Orlando in terra.

(55)   Come egli è in terra, gli son tutti adosso,
e gli legan piú forte e piedi e mani,
Assai di qua di là s'è Orlando scosso,
ma sono i suoi risforzi tutti vani.
Commanda Astolfo che sia quindi mosso,
che dice voler far che si risani.
Dudon ch'è grande, il leva in su le schene,
e porta al mar sopra l'estreme arene.

(56)   Lo fa lavar Astolfo sette volte,
e sette volte sotto acqua l'attuffa;
sí che dal viso e da le membra stolte
leva la brutta rugine e la muffa:
poi con certe erbe, a questo effetto colte,
la bocca chiuder fa, che soffia e buffa;
che non volea ch'avesse altro meato
onde spirar, che per lo naso, il fiato.

(57)   Aveasi Astolfo apparecchiato il vaso
in che il senno d'Orlando era rinchiuso;
e quello in modo appropinquògli al naso,
che nel tirar che fece il fiato in suso,
tutto il votò: maraviglioso caso!
che ritornò la mente al primier uso;
e ne' suoi bei discorsi l'intelletto
rivenne, piú che mai lucido e netto.

(58)   Come chi da noioso e grave sonno,
ove o vedere abominevol forme
di mostri che non son, né ch'esser ponno,
o gli par cosa far strana et enorme,
ancor si maraviglia, poi che donno
è fatto de' suoi sensi, e che non dorme;
cosí, poi che fu Orlando d'error tratto,
restò maraviglioso e stupefatto.

(59)   E Brandimarte, e il fratel d'Aldabella,[8]
e quel che 'l senno in capo gli ridusse,
pur pensando riguarda, e non favella,
come egli quivi e quando si condusse.
Girava gli occhi in questa parte e in quella,
né sapea imaginar dove si fusse.
Si maraviglia che nudo si vede,
e tante funi ha da le spalle al piede.

(60)   Poi disse, come già disse Sileno[9]
a quei che lo legâr nel cavo speco:
—*Solvite me,*—con viso sí sereno,
con guardo sí men de l'usato bieco,
che fu slegato; e de' panni ch'avieno
fatti arrecar participaron seco,
consolandolo tutti del dolore,
che lo premea, di quel passato errore.

(61)   Poi che fu all'esser primo ritornato
Orlando piú che mai saggio e virile,
d'amor si trovò insieme liberato;
sí che colei,[10] che sí bella e gentile
gli parve dianzi, e ch'avea tanto amato,
non stima piú se non per cosa vile.
Ogni suo studio, ogni disio rivolse
a racquistar quanto già amor gli tolse.

(64)   Il dí seguente la sua armata spinse
verso Provenza il figlio del Danese.[11]
Indi Orlando col duca si ristrinse,
et in che stato era la guerra, intese:
tutta Biserta poi d'assedio cinse,
dando però l'onore al duca inglese
d'ogni vittoria; ma quel duca il tutto
facea, come dal conte venia instrutto.

(65)   Ch'ordine abbian tra lor, come s'assaglia
        la gran Biserta, e da che lato e quando,
        come fu presa alla prima battaglia,
        chi ne l'onor parte ebbe con Orlando,
        s'io non vi seguito ora, non vi caglia;[12]
        ch'io non me ne vo molto dilungando.
        In questo mezzo di saper vi piaccia,
        come dai Franchi i Mori hanno la caccia.

Canto XL

(43)   Il re Agramante[1] all'orïente avea
        volta la prora, e s'era spinto in alto,
        quando da terra una tempesta rea
        mosse da banda impetuoso assalto.
        Il nocchier ch'al governo vi sedea:
        —Io veggo (disse alzando gli occhi ad alto)
        una procella apparecchiar sí grave,
        che contrastar non le potrà la nave.

(44)   S'attendete, signori, al mio consiglio,
        qui da man manca ha un'isola vicina,
        a cui mi par ch'abbiamo a dar di piglio,
        fin che passi il furor de la marina.—
        Consentí il re Agramante; e di periglio
        uscí, pigliando la spiaggia mancina,
        che per salute de' nocchieri giace
        tra gli Afri e di Vulcan l'alta fornace.[2]

(45)   D'abitazioni è l'isoletta vòta,
        piena d'umil mortelle e di ginepri,
        ioconda solitudine e remota
        a cervi, a daini, a capriuoli, a lepri;
        e fuor ch'a piscatori, è poco nota,
        ove sovente a rimondati vepri
        sospendon, per seccar, l'umide reti:
        dormeno intanto i pesci in mar quïeti.

(46)   Quivi trovâr che s'era un altro legno,
        cacciato da fortuna, già ridutto:
        il gran guerrier ch'in Sericana ha regno,
        levato d'Arli, avea quivi condutto.
        Con modo riverente e di sé degno

l'un re con l'altro s'abbracciò all'asciutto;
ch'erano amici, e poco inanzi furo
compagni d'arme al parigino muro.

(47)   Con molto dispiacer Gradasso intese
del re Agramànte le fortune avverse:
poi confortollo, e, come re cortese,
con la propria persona se gli offerse:
ma che egli andasse all'infedel paese
d'Egitto, per aiuto, non sofferse.
—Che vi sia (disse) periglioso gire,
dovria Pompeio i profugi ammonire.[3]

(48)   E perché detto m'hai che con l'aiuto
degli Etïopi, sudditi al Senapo,
Astolfo a tôrti l'Africa è venuto,
e ch'arsa ha la città che n'era capo;
e ch'Orlando è con lui, che diminuto
poco inanzi di senno aveva il capo;
mi pare al tutto un ottimo rimedio
aver pensato a farti uscir di tedio.

(49)   Io piglierò per amor tuo l'impresa
d'entrar col conte a singular certame.
Contra me so che non avrà difesa,
se tutto fosse di ferro o di rame.[4]
Morto lui, stimo la cristiana Chiesa,
quel che l'agnelle il lupo ch'abbia fame.
Ho poi pensato (e fia cosa lieve)
di fare i Nubi uscir d'Africa in breve.—

(51)   Al re Agramante assai parve oportuna
del re Gradasso la seconda offerta;
e si chiamò obligato alla Fortuna,
che l'avea tratto all'isola deserta:
ma non vuol tôrre a condizione alcuna,
se racquistar credesse indi Biserta,
che battaglia per lui Gradasso prenda;
che 'n ciò gli par che l'onor troppo offenda.

(52)   —S'a disfidar s'ha Orlando, son quell'io
(rispose) a cui la pugna piú conviene:
e pronto vi sarò; poi faccia Dio
di me, come gli pare, o male o bene.—

—Facciàn (disse Gradasso) al modo mio,
a un nuovo modo ch'in pensier mi viene:
questa battaglia pigliamo ambedui
incontra Orlando, e un altro sia con lui.—

(53)   —Pur ch'io non resti fuor, non me ne lagno
(disse Agramante), o sia primo o secondo:
ben so ch'in arme ritrovar compagno
di te miglior non si può in tutto 'l mondo.—
—Et io (disse Sobrin) aove rimagno?
E se vecchio vi paio, vi rispondo
ch'io debbo esser piú esperto; e nel periglio
presso alla forza è buono aver consiglio.—

(54)   D'una vecchiezza valida e robusta
era Sobrino, e di famosa prova;
e dice ch'in vigor l'età vetusta
si sente pari alla già verde e nuova.
Stimata fu la sua domanda giusta;
e senza indugio un messo si ritrova,
il qual si mandi agli africani lidi,
e da lor parte il conte Orlando sfidi;

(55)   che s'abbia a ritrovar con numer pare
di cavallieri armati in Lipadusa.
Una isoletta è questa, che dal mare
medesmo che li cinge, è circonfusa.
Non cessa il messo a vela e a remi andare,
come quel che prestezza al bisogno usa,
che fu a Biserta; e trovò Orlando quivi,
ch'a' suoi le spoglie dividea e i captivi.

(56)   Lo 'nvito di Gradasso e d'Agramante
e di Sobrino in publico fu espresso,
tanto giocondo al principe d'Anglante,
che d'ampli doni onorar fece il messo.
Avea dai suoi compagni udito inante,
che Durindana al fianco s'avea messo
il re Gradasso: onde egli, per desire
di racquistarla, in India volea gire,

(57)   stimando non aver Gradasso altrove,
poi ch'udí che di Francia era partito.
Or piú vicin gli è offerto luogo, dove

spera che 'l suo gli fia restituito.
Il bel corno d'Almonte[5] anco lo muove
ad accettar sí volentier lo 'nvito,
e Brigliador[6] non men; che sapea in mano
esser venuti al figlio di Troiano.

(58) Per compagno s'elegge alla battaglia
il fedel Brandimarte e 'l suo cognato.
Provato ha quanto l'uno e l'altro vaglia;
sa che da trambi è sommamente amato.
Buon destrier, buona piastra e buona maglia,
e spade cerca e lancie in ogni lato
a sé e a' compagni: che sappiate parme,
che nessun d'essi avea le solite arme.

(60) Ciò che di ruginoso e di brunito
aver si può, fa ragunare Orlando;
e coi compagni intanto va pel lito
de la futura pugna ragionando.
Gli avvien ch'essendo fuor del campo uscito
piú di tre miglia, e gli occhi al mare alzando,
vide calar con le vele alte un legno
verso il lito african senza ritegno.

(61) Senza nocchieri e senza naviganti,
sol come il vento e sua fortuna il mena,
venía con le vele alte il legno avanti,
tanto che se ritenne in su l'arena.
Ma prima che di questo piú vi canti,
l'amor ch'a Ruggier porto mi rimena
alla sua istoria, e vuol ch'io vi racconte
di lui e del guerrier di Chiaramonte.[7]

(65) Ode da tutto 'l mondo, che la parte
del re Agramante fu, che roppe prima.
Ruggiero ama Agramante, e se si parte
da lui per questo, error non lieve stima.
Fur le genti africane e rotte e sparte
(questo ho già detto inanzi), e da la cima
de la volubil ruota tratte al fondo,
come piacque a colei ch'aggira il mondo.[8]

(69) Torna verso Arli; che trovarvi spera
l'armata ancor, ch'in Africa il transporti:

né legno in mar né dentro alla rivera,[9]
né Saracini vede, se non morti.
Seco al partire ogni legno che v'era
trasse Agramante, e 'l resto arse nei porti.
Fallitogli il pensier, prese il camino
verso Marsilia pel lito marino.

Canto XLI

(8)   Il legno sciolse, e fe' sciòglier la vela,[1]
e se diè al vento perfido in possanza,
che da principio la gonfiata tela
drizzò a camino, e diè al nocchier baldanza.
Il lito fugge, e in tal modo si cela,
che par che ne sia il mar rimaso sanza.
Ne l'oscurar del giorno fece il vento
chiara la sua perfidia e 'l tradimento.[2]

(9)   Mutossi da la poppa ne le sponde,
indi alla prora, e qui non rimase anco:
ruota la nave, et i nocchier confonde;
ch'or di dietro, or dinanzi, or loro è al fianco.
Surgono altiere e minacciose l'onde:
mugliando sopra il mar va il gregge bianco.[3]
Di tante morti in dubbio e in pena stanno,
quanto son l'acque ch'a ferir li vanno.

(10)   Or da fronte, or da tergo il vento spira;
e questo inanzi, e quello a dietro caccia:
un altro da traverso il legno aggira;
e ciascun pur naufragio gli minaccia.
Quel che siede al governo, alto sospira
pallido e sbigottito ne la faccia;
e grida invano, e invan con mano accenna
or di voltare, or di calar l'antenna.

(11)   Ma poco il cenno, e 'l gridar poco vale:
tolto è 'l veder da la piovosa notte.
La voce, senza udirsi, in aria sale,
in aria che fería con maggior botte
de' naviganti il grido universale,
e 'l fremito de l'onde insieme rotte:
e in prora e in poppa e in amendue le bande

non si può cosa udir, che si commande.

(12)   Da la rabbia del vento che si fende
         ne le ritorte, escono orribil suoni:
         di spessi lampi l'aria si raccende,
         risuona 'l ciel di spaventosi tuoni.
         V'è chi corre al timon, chi i remi prende;
         van per uso agli uffici a che son buoni:
         chi s'affatica a sciorre e chi a legare;
         vòta altri l'acqua, e torna il mar nel mare.

(13)   Ecco stridendo l'orribil procella
         che 'l repentin furor di borea spinge,
         la vela contra l'arbore flagella:
         il mar si leva, e quasi il cielo attinge.
         Frangonsi i remi; e di fortuna fella
         tanto la rabbia impetuosa stringe,
         che la prora si volta, e verso l'onda
         fa rimaner la disarmata sponda.

(14)   Tutta sotto acqua va la destra banda,
         e sta per riversar di sopra il fondo.
         Ognun, gridando, a Dio si raccomanda;
         che piú che certi son gire al profondo.
         D'uno in un altro mal fortuna manda:
         il primo scorre, e vien dietro il secondo.
         Il legno vinto in piú parti si lassa,
         e dentro l'inimica onda vi passa.

(15)   Muove crudele e spaventoso assalto
         da tutti i lati il tempestoso verno.
         Veggon talvolta il mar venir tant'alto,
         che par ch'arrivi insin al ciel superno.
         Talor fan sopra l'onde in su tal salto,
         ch'a mirar giú par lor veder lo 'nferno.
         O nulla o poca speme è che conforte;
         e sta presente inevitabil morte.

(16)   Tutta la notte per diverso mare
         scórsero errando ove cacciolli il vento;
         il fiero vento che dovea cessare
         nascendo il giorno, e ripigliò augumento.
         Ecco dinanzi un nudo scoglio appare:
         voglion schivarlo, e non v'hanno argumento.[4]

Li porta, lor mal grado, a quella via
il crudo vento e la tempesta ria.

(17)   Tre volte e quattro il pallido nocchiero
mette vigor perché 'l timon sia volto
e trovi piú sicuro altro sentiero;
ma quel si rompe, e poi dal mar gli è tolto.
Ha sí la vela piena il vento fiero,
che non si può calar poco né molto:
né tempo han di riparo o di consiglio;
che troppo appresso è quel mortal periglio.

(18)   Poi che senza rimedio si comprende
la irreparabil rotta de la nave,
ciascuno al suo privato utile attende,
ciascun salvar la vita sua cura have.
Chi può piú presto al palischermo scende;
ma quello è fatto subito sí grave
per tanta gente che sopra v'abbonda,
che poco avanza a gir sotto la sponda.[5]

(19)   Ruggier che vide il comite e 'l padrone
e gli altri abbandonar con fretta il legno,
come senz'arme si trovò in giubbone,
campar su quel battel fece disegno:
ma lo trovò sì carco di persone,
e tante venner poi, che l'acque il segno
passaro in guisa, che per troppo pondo
con tutto il carco andò il legnetto al fondo:

(20)   del mare al fondo; e seco trasse quanti
lasciaro a sua speranza il maggior legno.
Allor s'udí con dolorosi pianti
chiamar soccorso dal celeste regno:
ma quelle voci andaro poco inanti,
che venne il mar pien d'ira e di disdegno,
e subito occupò tutta la via
onde il lamento e il flebil grido uscia.

(21)   Altri là giú, senza apparir piú, resta;
altri risorge e sopra l'onde sbalza;
chi vien nuotando e mostra fuor la testa,
chi mostra un braccio, e chi una gamba scalza.
Ruggier che 'l minacciar de la tempesta

temer non vuol, dal fondo al sommo s'alza,
e vede il nudo scoglio non lontano,
ch'egli e i compagni avean fuggito invano.

(22)   Spera, per forza di piedi e di braccia
nuotando, di salir sul lito asciutto.
Soffiando viene, e lungi da la faccia
l'onda respinge e l'importuno flutto.
Il vento intanto e la tempesta caccia
il legno vòto, e abbandonato in tutto
da quelli che per lor pessima sorte
il disio di campar trasse alla morte.

(23)   Oh fallace degli uomini credenza!
Campò la nave che dovea perire,
quando il padrone e i galleotti senza
governo alcun l'avean lasciata gire.
Parve che si mutasse di sentenza
il vento, poi che ogni uom vide fuggire:
fece che 'l legno a miglior via si torse,
né toccò terra, e in sicura onda corse.

(24)   E dove col nocchier tenne via incerta,
poi che non l'ebbe, andò in Africa al dritto,
e venne a capitar presso a Biserta
tre miglia o due, dal lato verso Egitto;
e ne l'arena sterile e deserta
restò, mancando il vento e l'acqua, fitto.
Or quivi sopravenne, a spasso andando,
come di sopra io vi narrava, Orlando.

(25)   E disïoso di saper se fusse
la nave sola, e fusse o vòta o carca,
con Brandimarte a quella si condusse
e col cognato, in su una lieve barca.
Poi che sotto coverta s'introdusse,
tutta la ritrovò d'uomini scarca:
vi trovò sol Frontino il buon destriero,
l'armatura e la spada di Ruggiero.

(29)   E perché gli facean poco mestiero
l'arme (ch'era inviolabile e affatato),
contento fu che l'avesse Oliviero;
il brando no, che sel pose egli a lato:

a Brandimarte consegnò il destriero.
Cosí diviso et ugualmente dato
vòlse che fosse a ciaschedun compagno
ch'insieme si trovâr, di quel guadagno.

(30)   Pel dí de la battaglia ogni guerriero
studia aver ricco e nuovo abito indosso.
Orlando riccamar fa nel quartiero
l'alto Babel[6] dal fulmine percosso.
Un can d'argento aver vuole Oliviero,
che giaccia, e che la lassa abbia sul dosso,
con un motto che dica: Fin che vegna:
e vuol d'oro la vesta e di sé degna.

(31)   Fece disegno Brandimarte, il giorno
de la battaglia, per amor del padre,[7]
e per suo onor, di non andare adorno
se non di sopraveste oscure et adre.
Fiordiligi le fe' con fregio intorno,
quanto piú seppe far, belle e leggiadre.
Di ricche gemme il fregio era contesto;
d'un schietto drappo e tutto nero il resto.

(32)   Fece la donna di sua man le sopra-
vesti a cui l'arme converrian piú fine,
de' quai l'osbergo il cavallier si cuopra,
e la groppa al cavallo e 'l petto e 'l crine.
Ma da quel dí che cominciò quest'opra,
continuando a quel che le diè fine,
e dopo ancora, mai segno di riso
far non poté, né d'allegrezza in viso.

(33)   Sempre ha timor nel cor, sempre tormento
che Brandimarte suo non le sia tolto.
Già l'ha veduto in cento lochi e cento
in gran battaglie e perigliose avvolto;
né mai, come ora, simile spavento
le agghiacciò il sangue e impallidille il volto:
e questa novità d'aver timore
le fa tremar di doppia tema il core.

(34)   Poi che son d'arme e d'ogni arnese in punto,
alzano al vento i cavallier le vele.
Astolfo e Sansonetto con l'assunto

riman del grande esercito fedele.
Fiordiligi col cor di timor punto,
empiendo il ciel di voti e di querele,
quanto con vista seguitar le puote,
segue le vele in alto mar remote.

(35) Astolfo a gran fatica e Sansonetto
poté levarla da mirar ne l'onda,
e ritrarla al palagio, ove sul letto
la lasciaro affannata e tremebonda.
Portava intanto il bel numero eletto
dei tre buon cavallier l'aura seconda.
Andò il legno a trovar l'isola al dritto,
ove far si dovea tanto conflitto.

(36) Sceso nel lito il cavallier d'Anglante,
il cognato Oliviero e Brandimarte,
col padiglione il lato di levante
primi occupâr; né forse il fêr senz'arte.[8]
Giunse quel dí medesimo Agramante,
e s'accampò da la contraria parte;
ma perché molto era inchinata l'ora,[9]
differîr la battaglia ne l'aurora.

(68) In questo tempo Orlando e Brandimarte
e 'l marchese Olivier col ferro basso[10]
vanno a trovare il saracino Marte
(che cosí nominar si può Gradasso)
e gli altri duo che da contraria parte
han mosso i buon destrier piú che di passo;[11]
io dico il re Agramante e 'l re Sobrino:
rimbomba al corso il lito e 'l mar vicino.

(69) Quando allo scontro vengono a trovarsi,
e in tronchi vola al ciel rotta ogni lancia,
del gran rumor fu visto il mar gonfiarsi,
del gran rumor che s'udí sino in Francia.
Venne Orlando e Gradasso a riscontrarsi;
e potea stare ugual questa bilancia,
se non era il vantaggio di Baiardo,
che fe' parer Gradasso piú gagliardo.

(70) Percosse egli il destrier di minor forza,
ch'Orlando avea, d'un urto cosí strano,

che lo fece piegare a poggia e ad orza,[12]
e poi cader, quanto era lungo, al piano.
Orlando di levarlo si risforza
tre volte e quattro, e con sproni e con mano;
e quando al fin nol può levar, ne scende,
lo scudo imbraccia, e Balisarda prende.

(71)　Scontrossi col re d'Africa Oliviero;
e fur di quello incontro a paro a paro.
Brandimarte restar senza destriero
fece Sobrin: ma non si seppe chiaro
se v'ebbe il destrier colpa o il cavalliero;
ch'avezzo era cader Sobrin di raro.
O del destriero o suo pur fosse il fallo,
Sobrin si ritrovò giú del cavallo.

(72)　Or Brandimarte che vide per terra
il re Sobrin, non l'assalí altrimente,
ma contra il re Gradasso si disserra,
ch'avea abbattuto Orlando parimente.
Tra il marchese e Agramante andò la guerra
come fu cominciata primamente:
poi che si roppon[13] l'aste negli scudi,
s'eran tornati incontra a stocchi ignudi.

(73)　Orlando, che Gradasso in atto vede,
che par ch'a lui tornar poco gli caglia;
né tornar Brandimarte gli concede,
tanto lo stringe e tanto lo travaglia;
si volge intorno, e similmente a piede
vede Sobrin che sta senza battaglia.
Vêr lui s'aventa; e al muover de le piante
fa il ciel tremar del suo fiero sembiante.

(75)　Di tal finezza è quella Balisarda,
che l'arme le puon far poco riparo;
in man poi di persona sí gagliarda,
in man d'Orlando, unico al mondo o raro,
taglia lo scudo; e nulla la ritarda,
perché cerchiato sia tutto d'acciaro:[14]
taglia lo scudo e sino al fondo fende,
e sotto a quello in su la spalla scende.

(78)　Cadde Sobrin del fiero colpo in terra,

onde a gran pezzo poi non è risorto.
Crede finita aver con lui la guerra
il paladino, e che si giaccia morto;
e verso il re Gradasso si disserra,
che Brandimarte non meni a mal porto:
che 'l pagan d'arme e di spada l'avanza
e di destriero, e forse di possanza.

(79)   L'ardito Brandimarte in su Frontino,
quel buon destrier che di Ruggier fu dianzi,
si porta così ben col Saracino,
che non par già che quel troppo l'avanzi:
e s'egli avesse osbergo così fino
come il pagan, gli staria meglio inanzi;
ma gli convien (che mal si sente armato)
spesso dar luogo or d'uno or d'altro lato.

(81)   Avea lasciato, come io dissi, Orlando
Sobrino in terra; e contra il re Gradasso,
soccorrer Brandimarte disïando,
come si trovò a piè, venía a gran passo.
Era vicin per assalirlo, quando
vide in mezzo del campo andare a spasso
il buon cavallo onde Sobrin fu spinto;
e per averlo, presto si fu accinto.

(82)   Ebbe il destrier, che non trovò contesa,
e levò un salto, et entrò ne la sella.
Ne l'una man la spada tien sospesa,
mette l'altra alla briglia ricca e bella.
Gradasso vede Orlando, e non gli pesa,
ch'a lui ne viene, e per nome l'appella.
Ad esso e a Brandimarte e all'altro spera
far parer notte, e che non sia ancor sera.[15]

(86)   Essendo la battaglia in tale istato,
Sobrin, ch'era giaciuto in terra molto,
si levò, poi ch'in sé fu ritornato;
e molto gli dolea la spalla e 'l volto:
alzò la vista e mirò in ogni lato;
poi dove vide il suo signor, rivolto,
per dargli aiuto i lunghi passi torse
tacito sí, ch'alcun non se n'accorse.

(87)   Vien dietro ad Olivier, che tenea gli occhi
         al re Agramante e poco altro attendea;
         e gli ferí nei deretan ginocchi
         il destrier di percossa in modo rea,
         che senza indugio è forza che trabocchi.
         Cade Olivier, né 'l piede aver potea,
         il manco piè, ch'al non pensato caso
         sotto il cavallo in staffa era rimaso.

(88)   Sobrin radoppia il colpo, e di riverso
         gli mena, e se gli crede il capo tôrre;
         ma lo vieta l'acciar lucido e terso,
         che temprò già Vulcan, portò già Ettorre.
         Vede il periglio Brandimarte, e verso
         il re Sobrino a tutta briglia corre;
         e lo fere in sul capo, e gli dà d'urto:
         ma il fiero vecchio è tosto in piè risurto;

(89)   e torna ad Olivier per dargli spaccio,
         sí ch'espedito all'altra vita vada;
         o non lasciare almen ch'esca d'impaccio,
         ma che si stia sotto 'l cavallo a bada.
         Olivier c'ha di sopra il miglior braccio,
         sí che si può difender con la spada,
         di qua di là tanto percuote e punge,
         che, quanta è lunga, fa Sobrin star lunge.

(90)   Spera, s'alquanto il tien da sé rispinto,
         in poco spazio uscir di quella pena.
         Tutto di sangue il vede molle e tinto,
         e che ne versa tanto in su l'arena,
         che gli par ch'abbia tosto a restar vinto:
         debole è sí, che si sostiene a pena.
         Fa per levarsi Olivier molte prove,
         né da dosso il destrier però si muove.

(91)   Trovato ha Brandimarte il re Agramante,
         e cominciato a tempestargli intorno:
         or con Frontin gli è al fianco, or gli è davante,
         con quel Frontin che gira come un torno.
         Buon cavallo ha il figiuol di Monodante;
         non l'ha peggiore il re di Mezzogiorno:
         ha Brigliador, che gli donò Ruggiero
         poi che lo tolse a Mandricardo altiero.[16]

(92)   Vantaggio ha bene assai de l'armatura;
        a tutta prova l'ha buona e perfetta.
        Brandimarte la sua tolse a ventura,
        qual poté avere a tal bisogno in fretta:
        ma sua animosità sí l'assicura,
        ch'in miglior tosto di cangiarla aspetta;
        come che 'l re african d'aspra percossa[17]
        la spalla destra gli avea fatta rossa;

(93)   e serbi da Gradasso anco nel fianco
        piaga da non pigliar però da giuoco.
        Tanto l'attese al varco il guerrier franco,
        che di cacciar la spada trovò loco.
        Spezzò lo scudo, e ferí il braccio manco,
        e poi ne la man destra il toccò un poco.
        Ma questo un scherzo si può dire e un spasso
        verso quel che fa Orlando e 'l re Gradasso.

(94)   Gradasso ha mezzo Orlando disarmato;
        l'elmo gli ha in cima e da dui lati rotto,
        e fattogli cader lo scudo al prato,
        osbergo e maglia apertagli di sotto:
        non l'ha ferito già, ch'era affatato.
        Ma il paladino ha lui peggio condotto:
        in faccia, ne la gola, in mezzo il petto
        l'ha ferito, oltre a quel che già v'ho detto.

(95)   Gradasso disperato, che si vede
        del proprio sangue tutto molle e brutto,
        e ch'Orlando del suo dal capo al piede
        sta dopo tanti colpi ancora asciutto;
        leva il brando a due mani, e ben si crede
        partirgli il capo, il petto, il ventre e 'l tutto:
        e a punto, come vuol, sopra la fronte
        percuote a mezza spada il fiero conte.

(96)   E s'era altro ch'Orlando, l'avria fatto,
        l'avria sparato[18] fin sopra la sella:
        ma, come colto l'avesse di piatto,
        la spada ritornò lucida e bella.
        De la percossa Orlando stupefatto,
        vide, mirando in terra, alcuna stella:
        lasciò la briglia, e 'l brando avria lasciato;
        ma di catena al braccio era legato.

(97)   Del suon del colpo fu tanto smarrito
il corridor ch'Orlando avea sul dorso,
che discorrendo il polveroso lito,
mostrando già quanto era buono al corso.
De la percossa il conte tramortito,
non ha valor di ritenergli il morso.
Segue Gradasso, e l'avria tosto giunto,
poco piú che Baiardo avesse punto.[19]

(98)   Ma nel voltar degli occhi, il re Agramante
vide condotto all'ultimo periglio:
che ne l'elmo il figliuol di Monodante
col braccio manco gli ha dato di piglio;
e glie l'ha dislacciato già davante,
e tenta col pugnal nuovo consiglio:
né gli può far quel re difesa molta,
perché di man gli ha ancor la spada tolta.

(99)   Volta Gradasso, e piú non segue Orlando,
ma, dove vede il re Agramante, accorre.
L'incauto Brandimarte, non pensando
ch'Orlando costui lasci da sé tôrre,
non gli ha né gli occhi né 'l pensiero, instando
il coltel ne la gola al pagan porre.
Giunge Gradasso, e a tutto suo potere
con la spada a due man l'elmo gli fere.

(100)   Padre del ciel, dà fra gli eletti tuoi
spiriti luogo al martir tuo fedele,
che giunto al fin de' tempestosi suoi
vïaggi, in porto ormai lega le vele.
Ah Durindana, dunque esser tu puoi
al tuo signore Orlando sì crudele,[20]
che la piú grata compagnia e piú fida
ch'egli abbia al mondo, inanzi tu gli uccida?

(101)   Di ferro un cerchio grosso era duo dita
intorno all'elmo, e fu tagliato e rotto
dal gravissimo colpo, e fu partita
la cuffia de l'acciar ch'era di sotto.
Brandimarte con faccia sbigottita
giú del destrier si riversciò di botto;
e fuor del capo fe' con larga vena
correr di sangue un fiume in su l'arena.

(102)   Il conte si risente,[21] e gli occhi gira,
et ha il suo Brandimarte in terra scorto;
e sopra in atto il Serican gli mira,
che ben conoscer può che glie l'ha morto.
Non so se in lui poté piú il duolo o l'ira;
ma da piangere il tempo avea sí corto,
che restò il duolo, e l'ira uscí piú in fretta.
Ma tempo è omai che fine al canto io metta.

Canto XLII

(1)   Qual duro freno o qual ferrigno nodo,
qual, s'esser può, catena di dïamante[1]
farà che l'ira servi ordine e modo,
che non trascorra oltre al prescritto inante,
quando persona che con saldo chiodo
t'abbia già fissa Amor nel cor constante,
tu vegga o per violenzia o per inganno
patire o disonore o mortal danno?

(2)   E s'a crudel, s'ad inumano effetto
quell'impeto talor l'animo svia,
merita escusa, perché allor del petto
non ha ragione imperio né balía.
Achille, poi che sotto il falso elmetto
vide Patròclo insanguinar la via,[2]
d'uccider chi l'uccise non fu sazio,
se nol traea, se non ne facea strazio.

(6)   Ma perch'io vo' concludere, vi dico
che nessun'altra quell'ira pareggia,
quando signor, parente, o sozio antico
dinanzi agli occhi ingiurïar ti veggia.
Dunque è ben dritto per sí caro amico,
che subit'ira il cor d'Orlando feggia;[3]
che de l'orribil colpo che gli diede
il re Gradasso, morto in terra il vede.

(7)   Qual nomade pastor[4] che vedut'abbia
fuggir strisciando l'orrido serpente
che il figiuol che giocava ne la sabbia
ucciso gli ha col venenoso dente,
stringe il baston con còlera e con rabbia;

tal la spada, d'ogni altra piú tagliente,
stringe con ira il cavallier d'Anglante:
il primo che trovò, fu 'l re Agramante;

(8)   che sanguinoso e de la spada privo,
con mezzo scudo e con l'elmo disciolto,
e ferito in piú parti ch'io non scrivo,
s'era di man di Brandimarte tolto,
come di piè all'astor sparvier mal vivo,
a cui lasciò alla coda invido o stolto.[5]
Orlando giunse, e messe il colpo giusto
ove il capo si termina col busto.

(9)   Sciolto era l'elmo e disarmato il collo,
sí che lo tagliò netto come un giunco.
Cadde, e diè nel sabbion l'ultimo crollo
del regnator di Libia il grave trunco.
Corse lo spirto all'acque, onde tirollo
Caron nel legno suo col graffio adunco.[6]
Orlando sopra lui non si ritarda,
ma trova il Serican con Balisarda.

(10)   Come vide Gradasso d'Agramante
cadere il busto dal capo diviso;
quel ch'accaduto mai non gli era inante,
tremò nel core e si smarrí nel viso;
e all'arrivar del cavallier d'Anglante,
presago del suo mal, parve conquiso.
Per schermo suo partito alcun non prese,
quando il colpo mortal sopra gli scese.

(11)   Orlando lo ferí nel destro fianco
sotto l'ultima costa; e il ferro, immerso
nel ventre, un palmo uscí dal lato manco,
di sangue sin all'elsa tutto asperso.
Mostrò ben che di man fu del piú franco
e del meglior guerrier de l'universo
il colpo ch'un signor condusse a morte,
di cui non era in Pagania il piú forte.

(12)   Di tal vittoria non troppo gioioso,
presto di sella il paladin si getta;
e col viso turbato e lacrimoso
a Brandimarte suo corre a gran fretta.

Gli vede intorno il campo sanguinoso:
l'elmo che par ch'aperto abbia una accetta,
se fosse stato fral più che di scorza,
difeso non l'avria con minor forza.

(13)   Orlando l'elmo gli levò dal viso,
e ritrovò che 'l capo sino al naso
fra l'uno e l'altro ciglio era diviso:
ma pur gli è tanto spirto anco rimaso,
che de' suoi falli al Re del paradiso
può domandar perdono anzi l'occaso;[7]
e confortare il conte, che le gote
sparge di pianto, a pazïenzia puote;

(14)   e dirgli: —Orlando, fa che ti raccordi
di me ne l'orazion tue grate a Dio;
né men ti raccomando la mia Fiordi...—
ma dir non poté; —...ligi—, e qui finio.
E voci e suoni d'angeli concordi
tosto in aria s'udìr, che l'alma uscío;
la qual disciolta dal corporeo velo
fra dolce melodia salí nel cielo.

(15)   Orlando, ancor che far dovea allegrezza
di sí devoto fine, e sapea certo
che Brandimarte alla suprema altezza
salito era (che 'l ciel gli vide aperto),
pur da la umana volontade, avezza
coi fragil sensi, male era sofferto
ch'un tal piú che fratel gli fosse tolto,
e non aver di pianto umido il volto.

(16)   Sobrin, che molto sangue avea perduto,
che gli piovea sul fianco e su le gote,
riverso già gran pezzo era caduto,
e aver ne dovea ormai le vene vòte.
Ancor giacea Olivier, né rïavuto
il piede avea, né rïaver lo puote
se non ismosso, e de lo star che tanto
gli fece il destrier sopra, mezzo infranto:

(17)   e se 'l cognato non venía ad aitarlo
(sí come lacrimoso era e dolente),
per se medesmo non potea ritrarlo;

e tanta doglia e tal martír ne sente,
che ritratto che l'ebbe, né a mutarlo
né a fermarvisi sopra era possente;
e n'ha insieme la gamba sí stordita,
che muover non si può, se non si aita.

(18)   De la vittoria poco rallegrosse
Orlando; e troppo gli era acerbo e duro
veder che morto Brandimarte fosse,
né del cognato molto esser sicuro.
Sobrin, che vivea ancora, ritrovosse,
ma poco chiaro avea con molto oscuro; [8]
che la sua vita per l'uscito sangue
era vicina a rimanere esangue.

(19)   Lo fece tor, che tutto era sanguigno,
il conte, e medicar discretamente;
e confortollo con parlar benigno,
come se stato gli fosse parente;
che dopo il fatto nulla di maligno
in sé tenea, ma tutto era clemente.
Fece dei morti arme e cavalli tôrre;
del resto a' servi lor lasciò disporre.

Canto   XLIII

(152)   Tener non poté il conte asciutto il viso,
quando abbracciò Rinaldo, [1] e che narrolli
che gli era stato Brandimarte ucciso,
che tanta fede e tanto amor portolli.
Né men Rinaldo, quando sí diviso
vide il capo all'amico, ebbe occhi molli:
poi quindi ad abbracciar si fu condotto
Olivier che sedea col piede rotto.

(153)   La consolazïon che seppe, tutta
diè lor, ben che per sé tor non la possa;
che giunto si vedea quivi alle frutta,
anzi poi che la mensa era rimossa.
Andaro i servi alla città distrutta,
e di Gradasso e d'Agramante l'ossa
ne le ruine ascoser di Biserta,
e quivi divulgâr la cosa certa.

(154) De la vittoria ch'avea avuto Orlando,
 s'allegrò Astolfo e Sansonetto molto;
 non sí però, come avrian fatto, quando
 non fosse a Brandimarte il lume tolto.
 Sentir lui morto il gaudio va scemando
 sí, che non ponno asserenare il volto.
 Or chi sarà di lor, ch'annunzio voglia
 a Fiordiligi dar di sí gran doglia?

(155) La notte che precesse[2] a questo giorno,
 Fiordiligi sognò che quella vesta
 che, per mandarne Brandimarte adorno,
 avea trapunta e di sua man contesta,
 vedea per mezzo sparsa c d'ogn'intorno
 di goccie rosse, a guisa di tempesta:
 parea che di sua man cosí l'avesse
 riccamata ella, e poi se ne dogliesse.

(156) E parea dir: —Pur hammi il signor mio
 commesso ch'io la faccia tutta nera:
 or perché dunque riccamata holl'io
 contra sua voglia in sí strana maniera?—
 Di questo sogno fe' giudicio rio;
 poi la novella giunse quella sera:
 ma tanto Astolfo ascosa le la tenne,
 ch'a lei con Sansonetto se ne venne.

(157) Tosto ch'entraro, e ch'ella loro il viso
 vide di gaudio in tal vittoria privo;
 senz'altro annunzio sa, senz'altro avviso,
 che Brandimarte suo non è più vivo.
 Di ciò le resta il cor cosí conquiso,
 e cosí gli occhi hanno la luce a schivo,
 e cosí ogn'altro senso se le serra,
 che come morta andar si lascia in terra.

(158) Al tornar de lo spirto, ella alle chiome
 caccia le mani; et alle belle gote,
 indarno ripetendo il caro nome,
 fa danno et onta piú che far lor puote:
 straccia i capelli e sparge; e grida, come
 donna talor che 'l demon rio percuote,
 o come s'ode che già a suon di corno[3]
 Menade corse, et aggirossi intorno.

(159)   Or questo or quel pregando va, che porto
le sia un coltel, sí che nel cor si fera:
or correr vuol là dove il legno in porto
dei duo signor defunti⁴ arrivato era,
e de l'uno e de l'altro cosí morto
far crudo strazio e vendetta acra e fiera:
or vuol passare il mare, e cercar tanto,
che possa al suo signor morire a canto.

(160)   — Deh perché, Brandimarte, ti lasciai
senza me andare a tanta impresa? (disse).
Vedendoti partir, non fu piú mai
che Fiordiligi tua non ti seguisse.
T'avrei giovato, s'io veniva, assai,
ch'avrei tenute in te le luci fisse;
e se Gradasso avessi dietro avuto,⁵
con un sol grido io t'avrei dato aiuto;

(161)   o forse esser potrei stata sí presta,
ch'entrando in mezzo, il colpo t'avrei tolto:
fatto scudo t'avrei con la mia testa;
che morendo io, non era il danno molto.
Ogni modo io morrò; né fia di questa
dolente morte alcun profitto colto;
che, quando io fossi morta in tua difesa,
non potrei meglio aver la vita spesa.

(162)   Se pur ad aiutarti i duri fati
avessi avuti e tutto il cielo avverso,
gli ultimi baci almeno io t'avrei dati,
almen t'avrei di pianto il viso asperso;
e prima che con gli angeli beati
fossi lo spirto al suo Fattor converso,
detto gli avrei: Va in pace, e là m'aspetta;
ch'ovunque sei, son per seguirti in fretta.

(163)   È questo, Brandimarte, è questo il regno
di che pigliar lo scettro ora dovevi?
Or cosí teco a Dammogire io vegno?
cosí nel real seggio mi ricevi?
Ah Fortuna crudel, quanto disegno
mi rompi! oh che speranze oggi mi levi!
Deh, che cesso io,⁶ poi ch'ho perduto questo
tanto mio ben, ch'io non perdo anco il resto?—

(164)   Questo et altro dicendo, in lei risorse
il furor con tanto impeto e la rabbia,
ch'a stracciare il bel crin di nuovo corse,
come il bel crin tutta la colpa n'abbia.
Le mani insieme si percosse e morse,
nel sen si cacciò l'ugne e ne le labbia.
Ma torno a Orlando et a' compagni, intanto
ch'ella si strugge e si consuma in pianto.

(165)   Orlando, col cognato che non poco
bisogno avea di medico e di cura,
et altretanto, perché in degno loco
avesse Brandimarte sepultura,
verso il monte ne va che fa col fuoco
chiara la notte, e il dí di fumo oscura.[7]
Hanno propizio il vento, e a destra mano
non è quel lito lor molto lontano.

(166)   Con fresco vento ch'in favor veniva,
sciolser la fune al declinar del giorno,
mostrando lor la taciturna diva[8]
la dritta via col luminoso corno;
e sorser l'altro dí sopra la riva
ch'amena giace ad Agrigento intorno.
Quivi Orlando ordinò per l'altra sera
ciò ch'a funeral pompa bisogno era.

(167)   Poi che l'ordine suo vide esequito,
essendo omai del sole il lume spento,
fra molta nobiltà ch'era allo 'nvito
de' luoghi intorno corsa in Agringento,
d'accesi torchi tutto ardendo 'l lito,
e di grida sonando e di lamento,
tornò Orlando ove il corpo fu lasciato,
che vivo e morto avea con fede amato.

(170)   —O forte, o caro, o mio fedel compagno,
che qui sei morto, e so che vivi in cielo,
e d'una vita v'hai fatto guadagno,
che non ti può mai tor caldo né gielo,
perdonami, se ben vedi ch'io piagno;
perché d'esser rimaso mi querelo,
e ch'a tanta letizia io non son teco;
non già perché qua giú tu non sia meco.

(173)   Oh quanto si torrà per la tua morte
          di terrore a' nimici e di spavento!
          Oh quanto Pagania sarà piú forte!
          quanto animo n'avrà, quanto ardimento!
          Oh come star ne dee la tua consorte!
          Sin qui ne veggo il pianto, e 'l grido sento.
          So che m'accusa, e forse odio mi porta,
          che per me teco ogni sua speme è morta.—

(175)   Queste parole et altre dicea Orlando.
          Intanto i bigi, i bianchi, i neri frati,[9]
          e tutti gli altri chierci, seguitando
          andavan con lungo ordine accoppiati,
          per l'alma del defunto Dio pregando,
          che gli donasse requie tra' beati.
          Lumi inanzi e per mezzo, e d'ogn'intorno,
          mutata aver parean la notte in giorno.

(180)   Lungo sarà s'io vi vo' dire in versi
          le cerimonie, e raccontarvi tutti
          i dispensati manti oscuri e persi,[10]
          gli accesi torchi che vi furon strutti.
          Quindi alla chiesa cattedral conversi,
          dovunque andâr, non lasciaro occhi asciutti:
          sí bel, sí buon, sí giovene, a pietade
          mosse ogni sesso, ogni ordine, ogni etade.

Canto XLIV

(27)   Carlo avea di Sicilia avuto avviso
          dei duo re morti e di Sobrino preso,
          e ch'era stato Brandimarte ucciso;
          poi di Ruggiero avea non meno inteso:
          e ne stava col cor lieto e col viso
          d'aver gittato intolerabil peso,
          che gli fu sopra gli omeri sí greve,
          che starà un pezzo pria che si rileve.

(28)   Per onorar costor ch'eran sostegno
          del santo Imperio e la maggior colonna,
          Carlo mandò la nobiltà del regno
          ad incontrarli fin sopra la Sonna.
          Egli uscí poi col suo drappel piú degno

di re e di duci, e con la propria donna,
fuor de le mura, in compagnia di belle
e ben ornate e nobili donzelle.

(29)   L' imperator con chiara e lieta fronte,
i paladini e gli amici e i parenti,
la nobiltà, la plebe fanno al conte
et agli altri d'amor segni evidenti:
gridar s'ode Mongrana e Chiaramonte.
Sí tosto non finîr gli abbracciamenti,
Rinaldo e Orlando insieme et Oliviero
al signor lor appresentâr Ruggiero.

(31)   L' imperator Ruggier fa risalire,
ch'era per riverenzia sceso a piede,
e lo fa a par a par seco venire,
e di ciò ch'a onorarlo si richiede,
un punto sol non lassa preterire.
Ben sapea che tornato era alla fede;
che tosto che i guerrier furo all'asciutto,
certificato avean Carlo del tutto.

(32)   Con pompa trionfal, con festa grande
tornaro insieme dentro alla cittade,
che di frondi verdeggia e di ghirlande:
coperte a panni son tutte le strade:
nembo d'erbe e di fior d'alto si spande,
e sopra e intorno ai vincitori cade,
che da verroni e da finestre amene
donne e donzelle gittano a man piene.

(33)   Al volgersi dei canti[1] in varii lochi
trovano archi e trofei subito fatti,
che di Biserta le ruine e i fochi[2]
mostran dipinti, et altri degni fatti;
altrove palchi con diversi giuochi
e spettacoli e mimmi e scenici atti:[3]
et è per tutti i canti il titol vero
scritto: — Ai liberatori de l'Impero.—

(34)   Fra il suon d'argute trombe e di canore
pifare e d'ogni musica armonia,
fra riso e plauso, iubilo e favore
del populo ch'a pena vi capia,

smontò al palazzo il magno imperatore,
ove piú giorni quella compagnia
con torniamenti, personaggi e farse,
danze e conviti attese a dilettarse.

(35)   Rinaldo un giorno al padre fe' sapere
che la sorella a Ruggier dar volea;
ch'in presenzia d'Orlando per mogliere,
e d'Olivier, promessa glie l'avea;
li quali erano seco d'un parere,
che parentado far non si potea
per nobiltà di sangue e per valore,
che fosse a questo par, non che migliore.

(36)   Ode Amone il figliuol con qualche sdegno,
che, senza conferirlo seco, gli osa
la figlia maritar, ch'esso ha disegno
che del figliuol di Costantin sia sposa,[4]
non di Ruggier, il qual non ch'abbi regno,
ma non può al mondo dir: questa è mia cosa;
né sa che nobiltà poco si prezza,
e men virtú, se non v'è ancor ricchezza.

(37)   Ma piú d'Amon la moglie Beatrice
biasma il figliuolo e chiamalo arrogante;
e in segreto e in palese contradice
che di Ruggier sia moglie Bradamante:
a tutta sua possanza imperatrice
ha disegnato farla di Levante.
Sta Rinaldo ostinato, che non vuole
che manchi un iota de le sue parole.

(38)   La madre, ch'aver crede alle sue voglie
la magnanima figlia, la conforta
che dica che, più tosto ch'esser moglie
d'un pover cavallier, vuole esser morta;
né mai piú per figliuola la raccoglie,
se questa ingiuria dal fratel sopporta:
nieghi pur con audacia, e tenga saldo;
che per sforzar non la sarà Rinaldo.

(39)   Sta Bradamante tacita, né al detto
de la madre s'arrisca a contradire;
che l'ha in tal riverenzia e in tal rispetto,

che non potria pensar non l'ubbidire.
Da l'altra parte terria gran difetto,
se quel che non vuol far, volesse dire.
Non vuol, perché non può; che 'l poco e 'l molto
poter di sé disporre Amor le ha tolto.

(48)   Se la donna s'affligge e si tormenta,
né di Ruggier la mente è piú quïeta;
ch'ancor che di ciò nuova non si senta
per la città, pur non è a lui segreta.
Seco di sua fortuna si lamenta,
la qual fruir tanto suo ben gli vieta,
poi che ricchezze non gli ha date e regni,
di che è stata sí larga a mille indegni.

(49)   Di tutti gli altri beni, o che concede
Natura al mondo, o proprio studio acquista,
aver tanta e tal parte egli si vede,
qual e quanta altri aver mai s'abbia vista;
ch'a sua bellezza ogni bellezza cede,
ch'a sua possanza è raro chi resista:
di magnanimità, di splendor regio
a nessun, piú ch'a lui, si debbe il pregio.

Canto XLVI

(69)   Gli imbasciatori bulgari che in corte
di Carlo eran venuti, come ho detto,
con speme di trovare il guerrier forte
del lïocorno, al regno loro eletto;[1]
sentendol quivi, chiamâr buona sorte
la lor, che dato avea alla speme effetto;
e riverenti ai piè se gli gittaro,
e che tornassi in Bulgheria il pregaro.

(71)   Ruggiero accettò il regno, e non contese
ai preghi loro, e in Bulgheria promesse
di ritrovarsi dopo il terzo mese,
quando Fortuna altro di lui non fêsse.
Leone Augusto[2] che la cosa intese,
disse a Ruggier, ch'alla sua fede stesse,
che, poi ch'egli de' Bulgari ha il domíno,
la pace è tra lor fatta e Costantino:

(72)   né da partir di Francia s'avrà in fretta,
         per esser capitan de le sue squadre;
         che d'ogni terra ch'abbiano suggetta,
         far la rinunzia gli farà dal padre.
         Non è virtú che di Ruggier sia detta,
         ch'a muover sí l'ambizïosa madre
         di Bradamante, e far che 'l genero ami,
         vaglia, come ora udir, che re si chiami.[3]

(73)   Fansi le nozze splendide e reali,
         convenïenti a chi cura ne piglia:
         Carlo ne piglia cura, e le fa quali
         farebbe, maritando una sua figlia.
         I merti de la donna erano tali,
         oltre a quelli di tutta sua famiglia,
         ch'a quel signor non parria uscir del segno,
         se spendesse per lei mezzo il suo regno.

(74)   Libera corte fa bandire intorno,
         ove sicuro ognun possa venire;
         e campo franco sin al nono giorno
         concede a chi contese ha da partire.[4]
         Fe' alla campagna l'apparato adorno
         di rami intesti e di bei fiori ordire,
         d'oro e di seta poi, tanto giocondo,
         che 'l piú bel luogo mai non fu nel mondo.

(75)   Dentro a Parigi non sariano state
         l'innumerabil genti peregrine,
         povare e ricche e d'ogni qualitate,
         che v'eran, greche, barbare e latine.
         Tanti signori, e imbascierie mandate
         di tutto 'l mondo, non aveano fine:
         erano in padiglion, tende e frascati
         con gran commodità tutti alloggiati.

(76)   Con eccellente e singulare ornato
         la notte inanzi avea Melissa maga
         il maritale albergo apparecchiato,
         di ch'era stata già gran tempo vaga.
         Già molto tempo inanzi desïato
         questa copula avea quella presaga:
         de l'avvenir presaga, sapea quanta
         bontade uscir dovea da la lor pianta.

CANTO III (18)

> I capitani e i cavallier robusti
> quindi usciran, che col ferro e col senno
> ricuperar tutti gli onor vetusti
> de l'arme invitte alla sua Italia denno.
> Quindi terran lo scettro i signor giusti,
> che, come il savio Augusto e Numa fenno,
> sotto il benigno e buon governo loro
> ritorneran la prima età de l'oro.[5]

Abbreviations

used in the notes and vocabulary

adj.	adjective
cf.	compare
Eng.	English
f.	feminine
fig.	figurative
Fr.	French
Gk.	Greek
ff.	following
m.	masculine
n.	noun
obs.	obsolete
O.I.	*Orlando Innamorato*
O.F.	*Orlando Furioso*
p. p.	past participle
pl.	plural
poet.	poetical

Notes

Proper names not included in these notes will be found in the 'Index of proper names' p. 242.

CANTO I

Stanzas 1-23, 32-43, 48-56

Ariosto's subjects are love, courtesy and feats of arms, and Ippolito will hear about his ancestor, Ruggiero. Orlando has returned with Angelica from the Far East, where he had performed great feats, and has rejoined Charlemagne, who is fighting the forces of Marsilio and Agramante near the Pyrenees. Jealousy between Orlando and Rinaldo over Angelica led them to exchange blows, and Charlemagne has removed the cause of dissension by putting Angelica into the keeping of Duke Namo, to be the reward of which-ever of the two should do most valiant work against the Saracens in the coming battle. Angelica escapes during the fighting, but in a wood she meets Rinaldo, who pursues her. Her screams are heard by a Saracen knight, Ferraú, who fights Rinaldo. Angelica flees again, and both pursue her on Ferraú's horse until the path divides, and they separate. Rinaldo sees his lost horse and tries to recapture it, Ferraú finds himself back where he started, and Angelica continues through the wood until she feels safe, and rests in a bower of roses. She is disturbed by the arrival of another knight, the Saracen Sacripante, and overhears him lamenting his vain love for her. Thinking that he will be useful as an escort, she reveals her presence.

1   In accordance with classical precedents, the poem opens with a statement of the theme, indicating both the Arthurian ('amori') and Carolingian ('arme') elements. In *Orlando Innamorato* Boiardo explains that Agramante has invaded France to avenge the death of his father Troiano and to destroy Charlemagne and his dominion. Charlemagne, besides being king of the Franks, is the ruler of the Holy Roman Empire.

2   **Colei....** Alessandra Benucci (see pp. 2, 5-6). Aristo met her in 1513, several years after beginning the poem, so this is a later interpolation.

3   **generosa Erculea prole...** This stanza and the following one serve as a dedication to Cardinal Ippolito d'Este, son of Ercole I ('Erculea prole'), in whose service Ariosto wrote the poem. There is much praise of the Este family throughout *Orlando Furioso* and its predecessor, and its secondary hero, Ruggiero, and heroine, Bradamante, had already been named as ancestors of the family by Boiardo.

4   This and the following four stanzas summarise very briefly the
      action of *Orlando Innamorato* so far as it concerns Orlando and
      Angelica, bringing them to the situation in which Boiardo left
      them in II, xxi, 21, and xxiii, 15-16, and re-states the situation
      in France, where Marsilio, king of Spain, and Agramante, king
      of Africa, are attacking Charlemagne's armies north of the
      Pyrenees.

5   **battersi... la guancia** repent, regret.

6   **dagli esperii ai liti eoi** from the western shores (Hesperus,
      the evening star, appears in the west) to the eastern (Eos, dawn,
      appears in the east).

7   **la gente battezzata** The Christian army, i.e. the forces of
      Charlemagne opposed to the Infidel, had received a defeat in
      battle, as described by Boiardo in *Orlando Innamorato*
      III, iv, 33.

8   **il pallio rosso** The prize, a piece of velvet, silk or a banner,
      for the winner of a foot race, such as is depicted in frescoes in
      the Palazzo Schifanoia, Ferrara. This is concealed hyperbole:
      Rinaldo in full armour, carrying sword and shield, is running
      faster than a man stripped to run in a race.

9   In *Orlando Innamorato* Rinaldo is left horseless when he dis-
      mounts to fight on equal terms with Ruggiero and Baiardo runs
      away.

10   **a tutta briglia** letting her horse have free rein. She flees from
      Rinaldo as fast as her horse can take her, but Rinaldo is
      equally fast. In *Orlando Innamorato* she drank water from an
      enchanted spring which made her hate him, and he drank from
      another which made him love her.

11   **piastre... maglia** the steel plates and chain mail of their
      armour.

12   **me sol creduto avrai** An example of zeugma: 'offeso' should be
      understood in the first clause, 'you probably thought that you
      were only harming me, but you have harmed yourself as well',
      because Angelica has fled again.

13   **Signore** Ariosto addresses Ippolito directly from time to time,
      in the tradition of the *cantastorie* who address the audience
      before them.

14   **in scena** Mythological scenes were often staged as court enter-
      tainment in the fifteenth and early sixteenth centuries, and
      Ariosto had plenty of experience of such amateur dramatics.

15   In *Orlando Innamorato* Sacripante is sent by Angelica to ask
      Gradasso for reinforcements.

16   **'l miser suole... vuole** A quotation from Seneca's *Hercules
      Furens* (probably the source of the title of *Orlando Furioso*):
      'Quod nimis miseri volunt, hoc facile credunt'.

CANTO II

Stanzas 31-6, 58, 67-76

Bradamante, the beloved of Ruggiero, meets Pinabello and asks the reason for his sadness; he explains that his lady has been carried off by a knight on a winged horse, but then realises that Bradamante is a member of a family traditionally hostile to his own, and he determines to get rid of her. On the pretext of finding out where they are, he rides to the top of a hill and finds there a deep hole in the rock. He lures Bradamante towards it with a lying story of having seen a damsel in distress, persuades her to let him lower her into the hole with the branch of a tree, then lets go so that she falls into the depths.

1   The chief protagonist of this and the following canto is the warrior heroine Bradamante, who is the pretext for a number of eulogistic episodes in both poems. In the previous canto she has left Sacripante pinned beneath his dead horse, the result of a fierce encounter; her departure was followed by the arrival of her brother, Rinaldo ('questo signore'), who, finding Sacripante in the company of Angelica, prepares to fight him in his turn.

2   Ariosto here reminds his readers of the antecedents of Ruggiero as related by Boiardo in *Orlando Innamorato* III, v, 18-38. See 'Index of proper names'.

3   Ladies unwilling to receive or encourage the advances of their admirers are frequently compared to one or another kind of wild animal for their cruelty. Bradamante, however, reacts favourably to Ruggiero.

4   **antiqua madre** The earth; a periphrasis echoing line 2 and referring to the fall of Sacripante and his horse.

5   **le difende il calor** in the Latin sense of 'to keep away', 'to fend off'.

6   **fatta...la cagion palese** Pinabello explains to Bradamante, unaware of her identity or sex, that he is unhappy because his lady has been snatched away from him by an armed man on a winged horse, and he has seen two valiant warriors, Gradasso and Ruggiero, attempt in vain to defeat the magician, who keeps her and others captive in his fortress of steel. He says that he believes the two knights have also been captured, and Bradamante is naturally anxious to be shown the way to the fortress and to rescue Ruggiero.

7   In the *Chanson de Roland* and subsequent stories of the Carolingian cycle the family of Gano (Guènes, Ganelon) of Maganza (Mayence) is traditionally treacherous, and hostile to the family of Amone. Later in this canto a messenger arrives

to ask Bradamante for help, and Pinabello thus learns that she
is a member of the rival family.
8   **nativo odio** hereditary hatred.
9   **torsi... spallest** *togliersi di dosso,* to get rid of her.
10   **raccomanda** entrusts.

CANTO III

Stanzas 5-9, 63-77

Pinabello rides off with Bradamante's horse, while she, momentarily
stunned but unhurt by her fall, explores the cavern in which she finds
herself. An enchantress, Melissa reveals to her what the future has
in store and tells her how to release Ruggiero from his present
captivity. She explains the powers of Angelica's ring, which makes
the wearer immune to magic and, when put in the mouth, invisible.
The ring is at present in the hands of Brunello, the master thief, who
is also seeking Ruggiero on behalf of King Agramante, who cannot
be victorious without him. Melissa tells Bradamante that she must
kill Brunello and take the ring fom him. Bradamante meets Brunello
in an inn, and each answers the other's questions with lies.

1   **lasciàn** *lasciamo.*
2   **discinta... le chiome** The sorceress Melissa is an invention of
      Ariosto, the 'good fairy' of Ruggiero and Bradamante. Her
      appearance 'discinta, scalza, le chiome sciolte' is typical of
      classical enchantresses such as Medea (Ovid, *Metamorphoses*
      VII). The cavern contains the enchanted tomb of the Arthurian
      magician Merlin, in which he was imprisoned by the Lady of the
      Lake until he died, his spirit remaining encarcerated there even
      after his death. Here Bradamante is shown the shades of her
      future descendants, the occasion for a eulogistic account of the
      Este family up to the time when Ariosto was writing.
3   **la spirtal femina** Melissa, who had power over spirits.
4   **riusciro** *ri-uscirono,* they came out again.
5   **conducessi gente... paga** 'if you had troops in your pay'. The
      condottiere, or captain of a band of mercenary soldiers, derives
      his name from this use of the verb *condurre,* Latin *conducere.*
6   **tolle** toglie.
7   **contra il mal... medicina** is protected from magic and un-
      affected by spells.
8   Some amusing examples of Brunello's skill are described in
      Orlando Innamorato II, v, 30-43. See 'Index of proper names'.

CANTO IV

Stanzas 1-49

They see an armed knight flying past on a winged horse, and the innkeeper explains that this is a wizard who has a castle high in the Pyrenees in which he keeps a number of knights and ladies imprisoned. Brunello and Bradamante set off together for the castle, and when they are within sight of it Bradamante seizes Brunello and ties him to a tree, takes the ring, but cannot kill a defenceless opponent. The wizard, Atlante, appears on his winged horse, and Bradamante causes him to dismount by pretending to be overcome by his spells, from which she is really protected by Angelica's ring. She overpowers Atlante, but when she is about to cut off his head she sees that he is a sad old man; and he tells her that his only object is to protect Ruggiero from the fate predicted for him by keeping him safe in the company of knights and ladies and suitable entertainments. Now his plan has failed, and he begs Bradamante to kill him. She points out that he cannot prevent what is predetermined by the stars, she cannot bring herself to kill him, and she leads him, in his own chains, to undo the spell which holds them all captive. He then escapes; and the released knights all try to catch the winged horse, the Ippogrifo. Ruggiero alone succeeds in mounting it, and it at once flies away with him, leaving Bradamante gazing up at her rapidly disappearing beloved.

1   **due diverse arene... Camaldoli** The fortress is on a high point in the Pyrenees whence both the Atlantic and the Mediterranean shores can be seen, in the same way as the Adriatic ('mar schiavo') and the Tyrrhenian ('mar tosco') seas can be seen from the ridge of the Appenines near Monte Falterona, above Camaldoli in the Casentino, east of Florence.

2   **non faccia... stima** no one can expect to be able to get there unless he can fly.

3   **sinopia** Red clay, called after its principal source, Sinope in Asia Minor, and used by carpenters and masons for drawing plumb straight guide-lines: hence the cliffs were perfectly perpendicular, as though cut along a straight line. It will be seen later that there is in fact a stairway; but Brunello is known to be a liar, and Ariosto wants to dramatise the difficulty.

4   In *Orlando Innamorato* III, v, Ruggiero tells Bradamante that when he was young 'mi ricorda già che io presi in caccia/ Grifoni e pegasei, benché abbiano ali'. An early commentary on Virgil's eighth Eclogue described the Hyperborean or Rhiphaean mountains in the extreme north as home of the griffins (or gryphons). There is a magic flying horse in *Orlando Innamorato,* hence Ariosto's insistence that his hippogriff is 'naturale', the

result of what Virgil implies in his eclogue as an impossible thing, the mating of a griffin with a mare.

5   **non fu di momento** 'had no power'.

6   **giunto alla stretta** 'with his back against the wall', brought to dire straits.

7   **tommi** *toglimi*.

8   **chero** *chiedo*.

9   **tu...gracchia e ciancia** 'you are talking nonsense'.

10   **O che...di lui prescrisse** 'either you cannot know what heaven has decided for his destiny, or, if you do, you cannot save him from it'.

11   The castle has been described in *Orlando Innamorato* as having a stairway on one side, but up to this point Ariosto has emphasised its difficulty of access.

12   **periglio instante** 'the danger hanging over him'. The prophecy that Ruggiero will die young, a Christian, and by treachery is made in *Orlando Innamorato* II, xvi, and referred to again elsewhere in *Orlando Furioso*.

CANTO VI

Stanzas 17-43, 46, 50-52, 54-57, 59-62, 67-75

The Ippogrifo, with Atlante's shield still fastened to its saddle, carries Ruggiero to a beautiful island. The voice of Astolfo informs him, from within a tree, that this is the kingdom of the enchantress Alcina. He narrates how he was carried away from his friends on the back of a whale and for a while enjoyed Alcina's love; but when she grew tired of him she turned him into a tree, as she had done to those of her former lovers she did not turn into animals. He warns Ruggiero that the same fate awaits him, and advises him to go instead to the realm of Alcina's sister Logistilla. On his way there, however, Ruggiero is attacked by a crowd of monsters, from which he is rescued by two of Alcina's ladies, who take him to her.

1   **il segno...Ercole invitto** The Pillars of Hercules, Calpe and Abyla, on either side of the straits of Gibraltar, tradition holding them to be a warning to Mediterranean sailors to go no farther. See Dante *Inferno XXVI*, 106ff.

2   **ministro del fulmineo strale** In classical mythology the eagle bore to Jupiter the thunderbolts ('fulmineo strale') which he flung at the earth during storms.

3   **quella ove...cieco e strano** According to classical mythology, the river god Alpheus pursued a nymph, Arethusa, who was changed by Diana into a spring; this did not save her, for the god continued to pursue her, mingling his waters with hers, even

when Diana carried the spring by an underground passage to the
island of Ortygia, off Syracuse. The story is told by Ovid,
Metamorphoses V.

4 **ove le penne stese** wherever he had flown. *lit.* spread his wings.
5 **Come ceppo talor...la buccia** Ariosto had distinguished precedents for his description of speaking branches, in Virgil
(*Aeneid* III), Dante (*Inferno* XIII) and Boccaccio (*Filocolo* IV and
V).
6 **boschereccia dea** 'sylvan goddess'. Classical mythology provided nymphs—dryads and hamadryads—who inhabited trees.
7 The stanzas which follow relate the action of *Orlando
Innamorato* II, xii, and, especially, xiii, 54-66.
8 **una sua sorella** Logistilla, who symbolises Reason as virtue,
accompanied by personifications of the four cardinal virtues—
Fortitude, Temperance, Justice and Prudence—and the 'altre due'
are Alcina and Morgana. The references to *'l padre* and *incesto*
are obscure.
9 The difficult and ascending path of virtue.
10 It has been suggested that the animals represent vices against
which Ruggiero must fight in order to reach the realm of virtue
ruled by Reason: monkeys are flatterers, cats dissemblers,
goats the lustful, centaurs the violent; and in the following
stanza *chi senza freno...col bue* are sinners by excess or
defect, *altri in groppa* the agents of violence, *struzzoli*
cowards, *aquile e grue* the proud, *altri...il corno* braggarts,
altri la coppa gluttons, *chi porta...sorda* thieves and fraudulent
dealers. The episode is reminiscent of Circe's island as described by Ovid in *Metamorphoses* XIV and Homer in *Odyssey*
X.
11 The unicorn and the ermine both symbolise purity, here obviously deceptive, the former because according to legend it would
yield only to a virgin, the latter for its whiteness, the colour of
purity.
12 **corno...Copia** The cornucopia, horn of plenty, representing
abundance and usually depicted overflowing with flowers and
fruit.

CANTO VII

Stanzas 9, 11, 16-19, 23-6, 31-3, 41-56, 64, 68, 71-3, 75-80

When Ruggiero sees Alcina he cannot believe what Astolfo had told
him, and falls in love with her. They live together a life of luxury
and pleasure. Melissa, aware that what is happening is another plot
by Atlante to keep him out of harm's way, determines to rescue him,

and borrows Angelica's ring from Bradamante to enable him to escape the effects of magic. She then disguises herself as Atlante, goes to Alcina's island and reproaches Ruggiero, giving him the ring. With this he is able to see Alcina's real appearance, and he soon takes an opportunity to escape, taking Atlante's shield but leaving the Ippogrifo in the stables, as Melissa had instructed him.

1 **finia con giusta meta** whose outlines made a perfect shape.
2 **non gli è aviso** 'it does not seem to him'.
3 **i profumati lini...usciti** *Lino,* synecdoche, for sheets made from linen, so fine that they might have been woven by Arachne. In classical mythology she was an excellent weaver who challenged Athene to compete with her, and the goddess, outraged at finding herself equalled, changed Arachne into a spider. The story is told in Ovid, *Metamorphoses* VI. The concealed hyperbole implies that the sheets were superlatively fine.
4 **escellente** eccellente.
5 **prima ora** According to the ancient system, the first hour after nightfall was the first of the following day.
6 **arti...ignote** An ironic reference to the very fashionable use of cosmetics.
7 **cavalliero...gioco** Rabicano is the horse of Astolfo, now transformed into a tree, *cf.* p. 58.
8 **a mano a mano** in a sudden dash.

CANTO VIII

Stanzas 12-21, 51-73, 76-8, 86-90

Alcina pursues Ruggiero by land and sea, leaving her palace unguarded, so that Melissa is able to undo her spells and release her prisoners; Ruggiero makes for Logistilla's island. Meanwhile Angelica is about to be sacrificed to the Orca, a sea monster which plagues the Hebrides and has to be fed with beautiful damsels to prevent it from completely destroying those islands. Orlando, in besieged Paris, cannot sleep because he is troubled by thoughts of Angelica and of what may have become of her. Secretly one night he goes off in search of her, to the great anger of Charlemagne. Orlando's friend, Brandimarte, leaves Paris in search of Orlando; expecting to be back within a day, he does not tell his wife, Fiordiligi, and after waiting a month for his return she too leaves Paris in search of him.

1 **imagini...disciorre** These are all objects used for making spells: *suggelli* are special signs of seals, especially of zodiacal subjects stamped on stone or metal; *imagini* symbolical figures,

nodi, rombi, turbini, hanks of thread of various kinds, to bind the hearts of lovers.

disciorre disciogliere.

tôrre togliere.

2   **obligo di mai non esser sciolto** an unrepayable bond of grati-- tude.

3   **duca degli Inglesi** Astolfo.

4   **lancia d'oro** An invention of Boiardo, it was used by Argalia, Angelica's brother, and was an enchanted weapon which un- horsed whomever it struck. The intention was to defeat in com- bat as many of Charlemagne's knights as wished to try to win Angelica by defeating Argalia. Astolfo found it leaning against a tree while Argalia and Ferraú were fighting.

5   Ruggiero is still pursuing the hard road to virtue.

6   **la fervida nona** Nones are the hours between 12 noon and 3 p.m., when the sun is highest in the sky.

7   **far liquido il vetro** A hyperbolic description of the heat endured by Ruggiero: glass melts at a temperature of about 800°Celsius.

8   **a ritrovar Rinaldo** Rinaldo has been sent to England and Scotland to seek help for Charlemagne. The story then passes to Angelica, still in flight from Rinaldo. She has fallen into the power of a hermit, who, moved by desire, has put a spell on her to make her sleep.

9   **orca** Ordinarily a marine mammal of the whale family, but here a monster suggested by the one slain by Perseus when rescuing Andromeda in similar circumstances, as related by Ovid, *Metamorphoses* IV, a story closely followed by Ariosto here and in a later episode when Orlando finally kills the Orca. See also 'Index of proper names'.

10   **rompe ordine e legge** breaks the natural order of things by pasturing his sea herds on land, perhaps because the king acted unnaturally towards his daughter.

11   **non sta** he doesn't stop.

12   **fuste e grippi** Small, swift boats for inshore waters.

13   **il santo padre** The unsaintly hermit.

14   **le caucasee porte** The pass of Darbend in the Caucasus, closed with chains and forts to keep back the Tartars. Agricane and his Tartars (Scythia = Tartary) had come to India to beseige Albracca in *Orlando Innamorato*.

15   **al gran signor macchiò la fama** She had caused Orlando to desert his duty and his sovereign to go in search of her.

16   **de l'Atlante ai liti rubri** The Libyan desert, stretching from the Atlantic to the Red Sea, reputed to be full of venomous and deadly beasts.

17   **li dui. . . quel vecchio astuto** The lustful hermit had sent two demons to mislead Rinaldo and Ferraú, who were fighting over

Angelica, by telling them that Orlando was taking her back to
Paris. The *luoghi stigi* are Hell, watered by the river Styx.

18   The siege of Paris after the defeat near the Pyrenees had
     already been planned by Boiardo, who also provided the provi-
     dential fall of rain to extinguish the fires set alight by the
     Saracens (*Orlando Innamorato* III, viii).

19   **il fior...fra i dèi** The flower of Angelica's virginity, which is
     an obsession with Orlando.

20   **ricco albergo di Titone** Periphrasis for the east, rich because
     of its fabled wealth of natural treasures, the dwelling of Tithonus
     because he was the beloved of Aurora, the dawn, who appears in
     the east.

21   **dicide** *dichiara.*

CANTO IX

Stanzas 1-7

Orlando seeks Angelica all winter without finding her.

1   **Francia e suo distretto** The Ile de France.
2   **insembre** *insieme.*
3   **inchiesta** Fr. *enqueste,* Eng. *quest,* a technical term in Arthurian
    literature for a search for a particular person or thing, e.g. the
    Grail quest.

CANTO X

Stanzas 35-68, 72, 92, 94-114

Ruggiero, still pursued by Alcina, is struggling across a tropical
desert, tempted by her ladies. A boatman comes to ferry him over
to the island of Logistilla, but the ships of Alcina are close behind
them. The boatman tells him to uncover Atlante's shield, which
dazzles into unconsciousness those who see it, and the artillery and
ships of Logistilla destroy Alcina's forces. Astolfo and Melissa join
Ruggiero at the court of Logistilla, who puts a bridle on the Ippogrifo
and teaches Ruggiero how to control it. He flies away, intending to
return to Bradamante, but seeing much of the world first. As he
flies from Iceland to Brittany he sees Angelica below, naked and tied
to a rock, waiting to become the victim of the Orca. Ruggiero
attacks the monster but is at first unable to make any impression on
it: he remembers the magic shield of Atlante, but before unveiling it
he takes the precaution of putting the magic ring on Angelica's
finger so that she will not be affected by it. The Orca is duly render-

ed unconscious, and Ruggiero releases Angelica and carries her off on the Ippogrifo. He lands in Brittany, in a meadow surrounded by a wood, and starts tearing off his armour.

1   **lasciànlo** With apologies to Ariosto, who has *lasciàmla,* referring to the story of Olimpia, omitted here, which is told at the end of Canto IX and the beginnning of Canto X.
2   His armour was nearly as hot as it had been when it was forged.
3   **tapeti allessandrini** Carpets woven in Alexandria (Egypt): particularly valuable and of fine workmanship.
4   **sculta...le labbia** A conceit to convey that his lips were parched and cracked through thirst and heat.
5   The ladies may be taken to symbolise the temptations of voluptuous pleasure to be resisted by the man intent on following the path of virtue. **entrare in ballo:** become involved.
6   The rational love of virtue is its own reward and satisfies all desire.
7   The speed of the vessels is such that their wakes strike the shore on either side of the strait which Ruggiero is crossing from the realm of Alcina to that of Logistilla, and it fills the air with sound, echo here being personified as the nymph Echo.
8   Sofrosina, the personification of Temperance, is most concerned in Ruggiero's struggle with lascivious love (Alcina).
9   Ruggiero has used the magic shield, but Ariosto does not want to make his escape too easy.
10   **il ciel...stilo** until the immutable heavens move in some other way.
11   Clotho, one of the Fates concerned with the thread of life. The verb *inaspare* should imply putting a wad of raw material on the distaff to be spun, but the meaning here is rather to remove it so that no more thread will be spun.
12   Cleopatra, Queen of Egypt, who died from the self-administered bite of an asp.
13   **variar del cielo** change of season.
14   **moti superni** The movements of the heavens which cause the change of season.
15   Logistilla, representing Reason, devises a way of controlling the hippogriff, symbolising the imagination; perhaps also intelligence taming nature.
16   **il santo vecchiarel...** St Patrick's Purgatory, a cave on an island in Lough Derg, Ireland, a resort of pilgrims in the Middle Ages, which was believed to be the entrance to Purgatory; whoever spent a day and a night in it would behold the horrors of Hell and Purgatory. It was blocked up by order of the Pope in 1497, but interest in it continued and pilgrimages are still made there every year.

17   **le crudette pome**   *Pome* is a very frequent metaphor for breasts
      in poetic contexts, and *acerbe, crude,* etc, imply 'small', 'firm'.
18   **importuno livor**   The dark marks made on her white flesh by
      the cords which bind her.
19   **signozzi**   *singhiozzi*, sobs.
20   **sopra mano**   with his hand held above his shoulder.
21   The monster neglects the sure prey, Angelica, bound on the
      shore, for the shadow of Ruggiero and the hippogriff moving
      over the sea. A close echo of the Perseus—Andromeda story
      as related by Ovid, *Metamorphoses* IV.
22   **lo scoglio duro**   The scaly skin of the monster, hard and im-
      penetrable as rock.
23   **con calcina. . . turbato**   A method of catching fish by dropping
      lime into the water and so forcing the fish to the surface.
24   **la minor Bretagna**   Brittany.
25   **Filomena**   The nightingale. The story of how Philomela was
      transformed into a nightingale is told by Ovid, *Metamorphoses*
      VI.

CANTO XI

Stanzas 1-3, 6-16, 18-21

Angelica realises that she is wearing her magic ring again, and puts
it in her mouth, thus becoming invisible to Ruggiero, who gropes
around for her, accusing her of ingratitude. She makes her escape,
choosing a mare from a herd pasturing nearby, and finds some
rustic clothes to wear. Ruggiero gives up his fruitless search, and
then finds that the Ippogrifo has freed itself and flown away. In the
wood he sees a giant fighting and overcoming a knight, and when the
unconscious knight's helmet is removed Ruggiero sees the face of
Bradamante. The giant flings her over his shoulder and runs off
with Ruggiero in pursuit.

1   The ring which Bradamante took from Brunello and then gave
     to Melissa to help Ruggiero's escape was originally Angelica's
     (*Innamorato* I, i, 37ff).
2   Fillide (Phyllis), Neera, etc. Names of nymphs and shepherds
     in Virgil's *Eclogues*, whence they descend to the pastoral
     poetry in vogue during the fifteenth and sixteenth centuries.
     Ariosto introduces a pastoral episode here which is continued
     later.
3   This refers to an episode in Canto IX when Orlando fights and
     kills Cimosco, king of Frisia, who has invaded Holland with what

Ariosto considers the treacherous weapons which make use of gunpowder. Orlando shares his opinion and hurls the weapons into the sea with a curse. In stanzas following this episode Ariosto regrets that this action was not conclusive and that the 'machina infernal' is now in universal use.

> Come trovasti, o scelerata e brutta
> invenzïon, mai loco in uman core?
> Per te la militar gloria è distrutta,
> per te il mestier de l'arme è senza onore;
> per te è il valore e la virtú ridutta,
> che spesso par del buono il rio migliore:
> non piú la gagliardia, non piú l'ardire
> per te può in campo al paragon venire.
>
> Per te son giti et anderan sotterra
> tanti signori e cavallieri tanti,
> prima che sia finita questa guerra,
> che 'l mondo, ma piú Italia, ha messo in pianti;
> che s'io v'ho detto, il detto mio non erra,
> che ben fu il piú crudele, e il piú di quanti
> mai furo al mondo ingegni empii e maligni,
> ch'imaginò sí abominosi ordigni.

> [Canto XI, st. 26-7]

CANTO XII

Stanzas 1-29, 33-7

Orlando continues to seek Angelica, and one day sees a knight carrying off a weeping damsel who appears to be her. Orlando follows them into a splendid palace in the middle of a wood, but although he is close behind them, as soon as he enters the palace they are no longer to be seen. When he goes outside again, the damsel calls to him by name from a window, and he returns to look again. Ruggiero, in pursuit of the giant, enters the same palace and suffers the same experience. This is another trick of Atlante—to every knight he shows what he most wants, and by this means has enticed many into his palace. Meanwhile Angelica, protected by her ring, also comes upon the palace and sees how the knights are being deceived. She looks for an escort, again decides on Sacripante, and reveals herself to him by taking the ring out of her mouth. Just at that moment Orlando and Ferraú arrive, and they all chase after her, freed from the spell by the effect of her ring, whereupon she makes herself invisible again and decides to do without an escort.

1   The search of Ceres for her daughter Proserpina is narrated
    by Ovid (*Metamorphoses* V) and Claudianus (*De raptu*

Proserpinae). Ceres had visited her mother, Cybele, (*madre Idea,* because the principal centre of her cult was Mount Ida, in Phrygia) and returned to the valley beside Mount Etna, beneath which lay the giant Enceladus, struck down by a thunderbolt by Jove when the giants attacked the gods of Olympus. There she found her daughter had been carried off by Pluto, God of the Underworld, and she set off in search of her, according to Ovid, with the pine trees kindled in the fires of Etna—the forge of Vulcan—and the dragon-drawn chariot described by Ariosto. Ceres is *l'Eleusina dea* because her mysteries were celebrated at Eleusis.

2   New Castile is in central Spain, and its chief cities are Madrid and Toledo; Old Castile is to the north, and its chief city is Burgos.

3   The veil of invisibility conferred by the ring in her mouth.

CANTO XV

Stanzas 10-11, 13-16

Logistilla gives Astolfo a book of remedies for spells, and a magic horn which puts to flight whoever hears it, and he sets sail to return to Europe.

1   Not that he was exiled, but absent from home.
2   **colei** Logistilla: Alcina is the object of *vinse*.
3   Astolfo's route home from Logistilla's island in the Indian Ocean includes the coastal waters of Cathay, Cambodia, Malay, the East Indies, the mouths of the Ganges, the coasts of India and Ceylon and the Persian Gulf. He asks Andronica, who accompanies him, whether he can go further by sea and she prophesies the discoveries of Vasco da Gama, Columbus, Vespucci and Cortés. Astolfo, however, continues by land across Arabia to Suez, the Nile, Cairo, Jerusalem, Damascus, Cyprus, Alexandria.
4   **la terra di Tomaso** The apostle St Thomas was thought to have been martyred at Maliapur, near Madras.

CANTO XVIII

Stanzas 146-7, 151-4, 163-73, 178-9, 181-92

In the fighting round Paris Rinaldo kills Dardinello. Two of Dardinello's soldiers, Cloridano and Medoro, go at night to find the body of their lord and to bury him, but they are pursued by a part of Christian soldiers led by Zerbino and become separated.

1   The scene is now Paris where Charlemagne's forces are on the offensive.
2   The quarterings of the shield of Dardinello were those of his father, Almonte, which Orlando had also adopted when he killed Almonte. Rinaldo obviously regards the coincidence as an impertinence; in *Orlando Innamorato* II, xxix, is a hint that it will be dangerous either to Orlando or to Dardinello.
3   un torel *torello,* a young bull *(toro).*
4   Rinaldo killed Mambrino in *Orlando Innamorato*, and took his helmet. It plays a prominent part in the chivalric yearnings of Cervantes' Don Quixote.
5   **terra** In the sense of a walled town or city, here Paris. This is a sign that his forces have at present the upper hand and that he is besieging the camp of his enemies.
6   **Tolomitta** Tolmeta, on the coast of Cyrenaica. The story of Cloridano and Medoro follows closely that of Eurialus and Nisus in Virgil, *Aeneid* IX, and that of Opheus and Dimante in Statius' *Thebaid* X.
7   **fra distanzie pari** half-way between dusk and dawn.
8   **tiraro in volta** 'clustered around'.
    diero volta 'turned back'.
9   **triforme** As Cynthia, the moon, in the sky, Diana, the huntress, on earth, and Hecate, the Goddess of the Underworld.
10 **il quartier bianco e vermiglio** The arms on his shield.
11 **dare opra ai calcagni** to take to one's heels.

CANTO XIX

Stanzas 1-42

Cloridano returns to look for Medoro and finds him surrounded by the enemy. He kills several of them before he himself is killed, and Medoro is also left for dead. Angelica finds him and takes him to the home of a shepherd, where she heals his wounds and falls in love with him. When he is cured they marry and set off for Cathay, leaving a gold bracelet to reward the hospitable shepherd, making for the Spanish coast across the Pyrenees.

1   **in su la ruota** at the top of the revolving wheel of Fortune, at the height of good fortune.
2   **i partiti scarsi** The weight of Dardinello's body made all his attempts to escape in vain. *lit,* few choices; poor chances.
3   **sopra mano** held above his shoulder.
4   **Gran Can del Catai** The Great Khan of Cathay, Galafrone, whose daughter is Angelica.

5   Marco Polo was impressed by the skill of physicians in the Far
      East, whereas doctors in Europe were butts of literary humour.
6   **dittamo. . .panacea** The herb dittany was used by Venus to heal
      Aeneas in *Aeneid* XII; panacea is another herb, considered by
      the ancients to be able to cure all wounds.
7   **stanza. . .piatta** The shepherd's home was hidden away in the
      wooded valley between two hills.
8   **l'Arcier c'ha l'ale** Cupid, Eros, usually represented as winged
      and carrying the bow with which he shoots arrows of lead, for
      unrequited love, and of gold, for love returned.
9   **auspice. . .pronuba** Roman equivalents of the best man and
      bridesmaid.
10   A reference to the episode in *Aeneid* IV in which Dido and
      Aeneas are caught in a storm while hunting and take refuge
      together in a cavern.
11   India is here used for the East in general: to return to that
      part of the East which is known as Cathay.
12   A reference to an episode in *Orlando Innamorato* II, xiii, in
      which Ziliante is imprisoned by the enamoured Morgana until
      he is released by Orlando. The bracelet is an invention of
      Ariosto.
13   **Isola del pianto** The island of Ebuda, when Angelica was
      exposed to be devoured by the Orca.
14   **Astolfo. . .torno** Ariosto breaks off here to relate some
      adventures of Marfisa, the sister of Ruggiero and a girl warrior
      like Bradamante. I have taken the liberty of changing 'Marfisa'
      to 'Astolfo', with apologies to Ariosto.

CANTO XXII

Stanzas 7-28, 31-8, 41-8, 55-9, 65, 67, 71-5, 97-8

Returning briefly to England, Astolfo sets off for France, but is
driven off course by a storm. His horse is stolen from him in a
forest, and pursuing it he arrives at Atlante's palace, realises that
it is enchanted and takes out his book of remedies. But Atlante
realises that his plans may be thwarted and casts a spell by which
each of the knights trapped in the palace thinks that Astolfo has stolen
what he is looking for, and they are about to attack him when Astolfo
blows his horn and all the knights rush away. Astolfo destroys the
spell which created the palace, and he also finds the Ippogrifo, which
had returned to Atlante when it flew away from Ruggiero (Canto XI).
Meanwhile Ruggiero and Bradamante, freed from the spell, recognise
each other. She says she will marry him when he has been baptised,
and they set off towards the nearest abbey for this purpose. They

are diverted, however, by a lady who asks their help, and as they travel along with her they are attacked by some knights led by Pina-bello, who is riding Bradamante's horse (Canto III). She pursues and kills him, recovers her horse but then cannot find her way back to Ruggiero.

1 We left Astolfo making his way home by land and sea from Logistilla's island to England (p. 106). This is the last stage of the journey; in the previous stanza he travels from Anatolia and Bithynia, across the Dardanelles and through Greece, Hungary, Bohemia, Franconia and the Rhineland.

2 The wind is so strong that the ship has to change course down the English Channel instead of going straight across to Calais, and Astolfo lands in Normandy.

3 **sazio senza bere** forgetting his thirst.

4 **quel destrier** Astolfo's horse is Rabicano, which formerly belonged to Argalia, and is particularly swift because it was sired by the wind. It has brought him all the way home from the Indies.

5 **all'indice ricorse** The book provided by Logistilla (p. 106) to help Astolfo against enchantments has a convenient subject index which refers Astolfo to the relevant page.

6 **dàlli, dàlli** *dàgli, dài,* a common encouragement to speed.

7 **il lavoro/del freno** Logistilla had trained the hippogriff to bridle and rein.

8 Ruggiero had been lured here by the appearance of Bradamante (p. 98); Bradamante had fallen into a similar trap (in Canto XIII, 75), seeing two giants pursuing Ruggiero, who called to her for help, whereupon she followed them into the palace.

9 **errabondi tetti** the palace of deceits devised by Atlante.

10 **Vallombrosa** Not the twelfth-century abbey in Tuscany, but one geographically nearer, presumably, though Ariosto may well have taken the name of the famous Tuscan abbey.

11 **si paga il fio** 'the toll must be paid here'.

12 **nativo** rough, in their natural state, with the bark still on them.

13 **Quel di Ruggiero** This presumably refers to the enchanted shield which had been Atlante's.

14 **senza mai far testa** never stopping to face her, to give fight.

CANTO XXIII

Stanzas 1-2, 5-22, 24, 101-136

Bradamante meets Astolfo (her cousin), who entrusts his horse and lance to her so that he can go off on the Ippogrifo. She finds herself near her home, Montalbano, and, meeting one of her brothers, unwillingly returns with him. Orlando, resting in a wood, notices that the trees around him are carved with the names of Angelica and Medoro, and it gradually dawns upon him that his lady is now another's. He meets the shepherd who sheltered them, who tells Orlando their story, showing him the bracelet they had given him— which had been a present from Orlando to Angelica. His grief at this discovery drives him mad, and he embarks on an orgy of destruction, first tearing up the trees which bear the names of the lovers, then throwing away his armour.

1   **cade** *gli cade,* it falls to him.
2   The proverb is apparently *I monti stanno fermi e le persone camminano.*
3   The planets, which take their names from mythological divinities.
4   **contra il giorno** eastwards.
5   **pennati** *pennuti,* birds.
6   **manuca** *mangia.*
7   **quel...a Vallombrosa** The baptism of Ruggiero.
8   From being an intrepid warrior Bradamante temporarily reverts to being a submissive daughter. Ruggiero meanwhile rescues the young man (p. 127), who turns out to be Ricciardetto, Bradamante's twin brother, from being burned to death.
     Orlando is searching for Mandricardo, who has accused him of killing his father by treachery, and after two days he comes to a flowery meadow.
9   **queste note** this handwriting.
10   **Che fosse culta...penso** Orlando is able to read Arabic (*cf.* p. 83), Medoro's native language, but Ariosto can only suppose that it was written in an elegant style.
11   **dando...loco** : The sun, Apollo, was giving way to the moon, Diana.
12   **senza rispetto** without considering the effect of his words on his hearer.
13   **pòllo** *lo può.*
14   **soccorre** it comes to mind.
15   This and the following stanza are full of rather commonplace poetical love conceits, just possibly ironical on Ariosto's part, since Orlando is verging on madness.
16   **diurna fiamma** the sun.

CANTO XXIV

Stanzas 1-13

Orlando attacks the peasants who try to restrain him, killing many of them. He wanders round the countryside, eating what he can catch or find.

1   **pania...l'ale** The metaphor of the bird caught on the limed branch and the lover caught in the toils of love occurs several times in *Orlando Furioso*.

2   Another of Ariosto's autobiographical asides implying his devotion to Alessandra Benucci.

3   **al novissimo dí** Hyperbole: it is not certain that they will recover even on the Day of Judgment.

4   It is explained in *Orlando Innamorato* that Orlando is invulnerable except for the soles of his feet, like Achilles, who could be wounded only in his heel.

5   **Potea imparar...audace** He might have found to his cost how dangerous it was to throw away his sword and to attempt daring feats unarmed. The loss of his sword will prove unfortunate later (p. 196).

6   **giande** *ghiande,* acorns.

7   **con tutta la spoglia** unskinned, unplucked.

CANTO XXIX

Stanzas 50-74

Orlando continues to perform feats of prodigious strength in his madness as he makes his way into Spain. On the shore at Tarragona he sees, without recognising her, Angelica, and struck by her beauty he pursues her, knocking Medoro from his horse. Angelica makes herself invisible in the nick of time, falling from her horse as she does so, and Orlando continues in pursuit of the horse, rides until it is lame, then pulls it along behind him.

1   **verso là...estinto** towards the west, where the sun sets.

2   **tira d'un piede** kicks out at him.

3   **molle e lenta** soft and pliant, presumably by contrast with what his fate would have been otherwise.

4   **calde interiora** The still warm entrails of the prey, fed as reward to the trained bird used in hawking.

5   **Turpino** The legendary author of a life of Charlemagne, frequently cited as an authority by Boiardo and Ariosto, especially for improbable details and episodes.

6   **stral da cocca** 'the arrow from a bow'. The *cocca* is really the notch in the back end of an arrow, but here it is used rather to indicate the arrow leaving the bow-string.

7   **pigliasse...disconcio** she lost balance.

8   **un'altra... come prima** *cf.* p. 97.
9   **porta** *asporta,* removes.
10   Ariosto expresses very strong feelings against Angelica, and
     then against women in general, for which he apologises in the
     following canto.

CANTO XXX

Stanzas 1-16

Orlando kills a shepherd who refuses to exchange horses with him,
and rides southwards, to Gibraltar. He tries to ride the horse
across the sea, but it sinks beneath him, and he reaches the coast of
Africa by swimming. Angelica and Medoro depart for India, and
leave the story.

1   When the pain is past, the anger does not remain.
2   The poet's beloved Alessandra Benucci, his 'enemy' in the
     Petrarchan sense, because she causes him pain.
3   Had the sea grown a very little rougher Orlando would have
     drowned.
4   Quite a number of writers attempted to continue her adventures
     (but not with a 'miglior plettro'), including Ludovico Dolce,
     Sacripante, P. Aretino, *Le lagrime d'Angelica,* and Lope de Vega,
     La hermosura de Angelica,

CANTO XXXIII

Stanzas 96-7, 101-3, 107-28

Astolfo flies south, then east, and arriving in Nubia frees its blind
king, Senapo, from a plague of Harpies which have afflicted him in
punishment for his presumption in attempting to climb to the
Earthly Paradise, which lies at the top of one of the mountains in
his kingdom. Astolfo drives the Harpies back to Hell by the sound
of his magic horn.

1   **tra Dobada... a filo** in a line between Dobaya and Cnoad, two
     places marked on a fifteenth-century Spanish atlas in the
     Biblioteca Estense, Ferrara, probably known to Ariosto. The
     Christian part of Nubia, on the right bank of the Nile and extend-
     ing to the Red Sea, corresponds to Ethiopia. The Mohammedan
     Nubia is on the left bank of the Nile and includes the 'altra
     Tremisenne', the more famous being Tlemcen in Algeria,
     mentioned elsewhere in *Orlando Furioso* and in *Orlando
     Innamorato.*

2   **l'esilio atroce** Hell. According to Marco Polo, African
      Christians practised baptism by branding with a hot iron, on the
      basis of Luke III, 16— 'He will baptise you with the Holy Spirit
      and with fire'—as well as with water.
3   Ariosto associat Senapo with the legendary Prester John, who
      had converted the Ethiopians to Christianity (prester = priest).
4   **le monstruose arpie** Mythical monsters, described by Homer
      and Virgil, who are here inflicted upon Senapo as divine punish-
      ment for his attempt to ascend to the Earthly Paradise by
      following upwards the stream of the Nile, which flows through
      his kingdom from the Mountains of the Moon. Aeneas suffers
      a similar plague of Harpies in *Aeneid* III.
5   **buca...abandona il lume** The entrance to Hell, open to him
      who leaves life, in general, or to him who leaves the light of
      divine grace.

CANTO XXXIV

Stanzas 48-92

Astolfo then flies up to the Earthly Paradise on the Ippogrifo. There
he is welcomed by St John the Evangelist, who explains that Orlando
has become mad for three months because he deserted his duty as
champion of Christendom through his love for a pagan. It is divinely
ordained that Astolfo should restore his lost senses, and to do this
he must go with St John to the moon, where all things lost on the
earth are to be found. Astolfo sees the Fates spinning the threads of
life.

1   Before his ascent to the Earthly Paradise Astolfo, like Dante,
      has visited the *Inferno,* in the first part of this canto.
2   Ariosto's description of the Earthly Paradise is inspired by
      Dante, *Purgatorio* VII and XXVIII, Ovid, *Metamorphoses* II, and
      Poliziano, *Stanze per la Giostra* I, 95ff.
3   **dedalo architetto** Daedalus—an ingenious architect and inventor
      in classical mythology, whose name means 'cunning craftsman'
      and whose work included the Cretan labyrinth and the wings
      with which he and his son Icarus attempted to escape from
      Crete—provides the adjective *dedalo.*
4   **le mirabil sette/moli** The seven wonders of the ancient world
      were the pyramids of Egypt, the hanging gardens of Babylon, the
      tomb of Mausolus, the temple of Diana at Ephesus, the Colossus
      of Rhodes, Phidias' statue of Jupiter and the Pharos at
      Alexandria.
5   This stanza identifies the old man as St John the Evangelist and
      author of the Apocalypse, paraphrasing a passage in his gospel

(XXI, 23): 'If it should be my will that he wait until I come, what is it to you?' The final couplet of the stanza explains why St John is in the Earthly Paradise and is appropriate to act as Astolfo's guide.

6   Enoch and Elijah, like St John, did not die, according to Genesis V, 24, II Kings II, 11, and Hebrews XI, 5, but were 'taken up into heaven'.

7   **le commesse insegne** The banner of Defender of the Faith which had been entrusted to him.

8   **incesto amore** Impure rather than incestuous, and because Angelica was a pagan.

9   **qual bue...fieno** A reference to the punishment inflicted on Nebuchadnezzar in Daniel IV, 33.

10   The circle of fire between the earth and the moon.

11   According to the Ptolemaic system the earth was the sphere farthest removed from God.

12   A charming mingling of classical elements—the nymphs, presumably, of Diana—and biblical ones—prophet, patriarch and evangelist.

13   **la ruota instabile** the moving wheel of Fortune.

14   **la terra lida** Lydia was once the centre of a flourishing empire, as the Assyrians, Persians and Greeks also once had widespread dominions.

15   **mal seguiti amori** unhappy or tragic love.

16   **seppi** *seppe*; Astolfo learnt these things from St John.

17   **ganimedi** young favourites. Ganymede was a youth of extreme beauty, whom Jupiter made cup-bearer to the gods. The story is told by Ovid in *Metamorphoses* X.

18   **il dono...Silvestro fece** The Donation of Constantine, the gift of temporal possessions to the papacy made by the emperor Constantine during the pontificate of Sylvester I (A.D. 314-35), which Dante also condemns in his Earthly Paradise (*Purgatorio* XXXII, 124-6). By Ariosto's time Lorenzo Valla had shown that this 'gift' had no basis in fact.

19   **dramma manco/non dovessero averne** Astolfo had thought that they did not lack sense, but here was proof that they had very little, since most of it was among these lost things.

20   **altri in altro...aprezze** Other people lose their senses through some other obsession.

21   **l'oscura Apocalisse** The Book of Revelation, the last book of the New Testament.

22   **un error...il cervello** The story of how Astolfo falls from grace is related by Ariosto in the *Cinque Canti* IV, 54-74.

23   **le Parche** According to ancient mythology there were three Fates: Clotho, the spinning Fate, Lachesis, who assigned to man his destiny ('chi va scegliendo') and Atropos, who took away the

finished thread ('chi, finito il vello, ...'). There have been attempts to count four people at work here and to identify the fourth, but there is no difficulty if the 'chi ne porta altronde' is the same as 'chi...ne viene un altro'.

24 **un vecchio...snello** Time, as it will be explained in the next canto.

CANTO XXXV

Stanzas 1-2, 11-30

An old man, Time, throws the threads of life into the river of forgetfulness, from which some are rescued and carried to the temple of Immortality by white swans, representing poets, who should be cherished because of their ability to save distinguished names for posterity to admire.

1 A charming *esordio*, addressed, no doubt, to Alessandra Benucci.
2 **un minimo uso...** nothing could be more useless.
3 The allegorical significance of these birds is explained later (stanza 20).
4 The Estensi arms were a white eagle on an azure ground.
5 The two swans are, of course, true poets who can ensure immortality for those whom they celebrate. The association of the swans with the Este family offers an obvious hint to Ippolito from the poet in his service. Perhaps Ariosto has Boiardo in mind for the second swan.
6 **la bella ninfa** Probably Fame.
7 **leteo lavacro** The lake formed by the waters of Lethe, the river of forgetfulness.
8 **simulacro** Perhaps a statue representing Immortality.
9 **ruota** the spinning-wheel of Clotho.
10 In this and the following stanza Ariosto explains the significance of the birds mentioned earlier: flattering courtiers who have not the real power of poets to immortalise their lords and patrons.
11 **Venere e Bacco** Venus and Bacchus are here used in metonymy for love and wine respectively, or, as vices, lust and gluttony.
12 A reminder to rulers that like the Emperor Augustus they should patronise and cultivate the friendship of poets if they wish their good deeds to be remembered and their bad ones forgotten.
13 **Cirra** A town near Mount Parnassus, home of Apollo and the Muses, and hence used in metonymy for poetry, the poetry which will ensure the sweetness of their memory—greater than the

fragrance of spikenard and myrrh—even if their lives were in fact wicked.

14   Virgil's praise of Augustus in his poems outweighs the ill fame which his cruelties during the triumvirate might have procured him.

15   **Maron**   Virgil (Publius Vergilius Maro). Ariosto suggests that Virgil had hostile feelings towards Elissa (Dido) and made her Aeneas' mistress in the *Aeneid* when really she was entirely virtuous.

16   This line of argument, from p. 171, is put into the mouth of St John, author of a gospel and the Book of Revelation.

17   **mio lodato Cristo**   There is just a slight suggestion that part of Christ's fame is due to St John.

CANTO XXXVIII

Stanzas 24-8, 32-6

Astolfo returns to earth, and first restores sight to Senapo, who gives him soldiers with which to attack Agramante's capital of Bizerta. Astolfo, following St John's instructions, turns stones into horses for them by prayer. A message is sent to Agramante, who is at Arles, warning him of the expected attack. The Christian forces encamp outside Bizerta.

1   **Sceso era... della terra**   from the moon ('giro lucente') to the summit of the Earthly Paradise, not Mount Everest.

2   Bizerta was the capital of the kingdom of Agramante.

3   **la grossezza... discuoia**   Astolfo removes the film which was obstructing Senapo's sight.

4   **il giogo**   The Atlas mountains, in Morocco, Algeria and Tunisia, which were believed to extend as far east as Cyrenaica, the north-eastern part of Libya.

5   **del campo**   of the army.

6   **per ordine la parte**   he divides them up in an ordered manner.

7   The stones which are turned into horses are reminiscent of those which become men in Ovid, *Metamorphoses* I, and the dragon's teeth which become armed warriors in *Metamorphoses* III.

8   After raising the siege of Paris by a night sally led by Rinaldo against the Saracen invaders, Charlemagne's forces drive the enemy south as far as Arles, where Agramante reforms his army and prepares to make a stand.

CANTO XXXIX

Stanzas 19-21, 25-9, 34-7, 45-8, 52-61, 64-5

Astolfo has also been told by St John to attack Provence by sea, and he turns leaves into ships, also by prayer. Before the fleet sails, however, a Saracen ship arrives bringing Christian captives, who are at once released. The mad Orlando appears in the Christian camp and in spite of his great strength is eventually overcome, his senses are restored to him and he immediately recovers his former wisdom, forgetting all that has happened during his madness, and his passion for Angelica. The fleet sets sail under the command of Dudone, and Orlando and Astolfo attack and take Bizerta.

1   **come fu ammonito** This is the first mention of this command of St John.

2   Ariosto again remembers Ovid, who describes ships becoming sea nymphs in *Metamorphoses* XIV, an elaboration of an episode in *Aeneid* IX.

3   **navi da gabbia** A *gabbia* is a crow's-nest, the lookout post high up the main mast of a large ship, and a 'nave da gabbia' will thus be a large sailing vessel.

4   **Sardi...Corsi** Sardinians and Corsicans, well known as sailors, were close at hand to man the ships.

5   Dudone was one of Charlemagne's knights who in *Orlando Innamorato* had been taken prisoner. He was freed by Astolfo in an exchange of prisoners. He is nicknamed 'il Santo' and described by Boiardo as almost a giant. *Cf*. p, 60.

6   **figliuol d'Otone** Astolfo. The new arrivals are a shipload of Christian prisoners sent off to captivity in Bizerta before it was known that Agramante's capital is besieged by the Christian forces. They include Oliviero, Brandimarte and Sansonetto, and are of course at once freed.

7   **i vecchi divi** Enoch, Elijah and St John.

8   **il fratel d'Aldabella** Oliviero, the brother of Orlando's betrothed, Aldabella ('la belle Aude' in the *Chanson de Roland*).

9   Virgil describes in his sixth Eclogue how some shepherds and a nymph found Silenus sleeping one day and tied him up, releasing him only when he had promised to sing them a song. He says to them 'Solvite me pueri: satis est potuisse videri'.

10   **colei...ch'avea tanto amato** Angelica.

11   **figlio del Danese** Dudone, son of Uggieri il Danese.

12   **s'io non vi seguito...** don't mind if I don't continue this story now.

CANTO XL

Stanzas 43-58, 60-1, 65, 69

Agramante is at sea, bound for Egypt. A storm arises, and his ship
takes shelter in the lee of an island, where he finds Gradasso also
sheltering. Confident of victory, they decide to challenge Orlando
and two others to a decisive triple combat on the neighbouring
island of Lipadusa. A messenger is sent with a challenge to Orlando
at Biserta, and he accepts, choosing Brandimarte and Oliviero to
accompany him. But they are short of armour and weapons, Orlando
having flung his away during his madness—Gradasso now has his
sword, Agramante his horse. As they walk along the shore dis-
cussing the coming fight a deserted ship runs on to the shore. Meanwhile Ruggiero has been trying to rejoin Agramante's army but
arrives in Arles after he has left. He finds another ship to take him
to Africa.

1   Agramante's army again suffered defeat, at Arles, and he
     decided to retreat to Africa. He embarked with his forces
     from Arles, and Marsilio led his army back into Spain. At sea
     Agramante's ships encounter those commanded by Dudone and
     his forces are totally destroyed, while he survives, accompanied
     by Sobrino, only to watch from the sea the destruction of his
     capital, Bizerta, by the forces led by Orlando and Astolfo.
     Sobrino dissuades him from suicide and encourages him to
     seek help from the Sultan of Egypt. As they sail east, however,
     they run into a storm.

2   **tra gli Afri...fornace** between the African coast and Sicily.
     The furnace of Vulcan is Mount Etna (*cf.* p. 99).

3   Pompey the Great, defeated by Julius Caesar in the civil war
     of 49-45 B.C., sought refuge in Egypt but was murdered on his
     arrival there by order of King Ptolemy.

4   Gradasso is full of confidence because he has acquired
     Orlando's sword, Durindana (XXX, 74), and Rinaldo's horse,
     Baiardo (XXXIII, 93). See Index of proper names.

5   **il corno d'Almonte** This refers to an episode in *Orlando
     Innamorato,* the horn, made from an elephant's tusk, having been
     taken as spoils of battle by Orlando from the body of Almonte,
     whom he had killed. It was then stolen by Brunello, who gave it
     to Agramante, and Orlando now hopes to win it back.

6   Brigliadoro, Orlando's horse, which he had abandoned during
     his madness, was found by Mandricardo, taken by Ruggiero on
     Mandricardo's death, and given by him to Agramante.

7   Ruggiero and Rinaldo had been chosen by their respective
     sovereigns to represent the opposing armies in single combat
     to decide the war. Both kings swore to abide by the result and

to observe truce meanwhile, but Agramante broke the pact and attacked the imperial forces. The 'guerrier di Chiaramonte' is Rinaldo, but the stanzas which follow here refer to Ruggiero.

8   **colei ch'aggira il mondo** Fortune.
9   Ruggiero attempts to join Agramante's army after the breakdown of the truce, but finds that all the ships have sailed, following the defeat of the Saracen army. The river is the Rhône.

CANTO XLI

Stanzas 8-25, 29-36, 68-73, 75, 78-82, 86-102

The ship carrying Ruggiero runs into a storm, the crew take to the boats but are drowned. Ruggiero plunges into the sea, but the ship instead of striking an imminent rock sails on until it runs aground on the African coast—this is the ship which Orlando and his friends see. They find in it Ruggiero's armour and sword and his horse Frontino, and share these between them. They prepare for battle, but Fiordiligi is full of misgivings as she embroiders Brandimarte's surcoat. The champions sail to Lipadusa and the combat takes place, in which Brandimarte is fatally wounded and Oliviero is trapped beneath his horse. On the Saracen side, Sobrino is wounded.

1   At Marseilles Ruggiero finds that all the ships belong to Dudone's fleet. After an exchange of blows followed by an exchange of courtesies—another example of the 'gran bontà de' cavallieri antiqui'—Dudone agrees to let Ruggiero return to Africa in one of his vessels.
2   The account of the storm has much in common with those of Virgil in *Aeneid* I and of Ovid in *Metamorphoses* XI.
3   **il gregge bianco** 'white horses'. The sheep image is used also by Boiardo.
4   **non v'hanno argumento** 'they have no means of doing so'.
5   **poco avanza a gir sotto la sponda** The gunwales of the boat are nearly submerged beneath the waves.
6   **l'alto Babel** The lofty tower of Babel (*cf.* Genesis XI, 9) perhaps represents the pride of the Saracens, which Orlando hopes to strike like the lightning. Oliviero's hound perhaps signifies loyalty and readiness for the fight.
7   **per amor del padre** Brandimarte has recently heard of the death of his father, Monodante, king of the Isola Lontana, and is in mourning for him.
8   **non senza arte** So that the morning sun would not be in their eyes as they fought.

9   The hour was too late, the sun too low in the sky. A night
     elapses between this and the following stanza.
10   **col ferro basso** with lance in rest—that is, in an attacking
     position.
11   **piú che di passo** at a canter or trot.
12   **a poggia e ad orza** A nautical metaphor: to leeward and to
     windward, swaying from side to side.
13   **roppon** *ruppero*.
14   *perché* with subjunctive here = *benché*.
15   **far parer notte** to kill them; to make it night for them, although
     it is not yet evening.
16   See note 6, p. 236.
17   **come che. . .** = *benché*; although Agramante had wounded his
     right shoulder.
18   **sparato** 'split open'.
19   **l'avria tosto giunto. . .** he would soon have caught him up if he
     had spurred on Baiardo a little more.
20   **Durindana** Orlando's sword, found by Zerbino after he had
     thrown it away in his madness and now in Gradasso's hands, is
     about to slay his own best friend. *Cf.* p. 146.
21   **Il conte si risente** 'the Count [Orlando] recovers consciousness'.

CANTO XLII

Stanzas 1-2, 6-19

Orlando kills Agramante and Gradasso; Brandimarte dies. Sobrino
and Oliviero have their wounds attended to.

1   **catena di diamante** The chain with which Hercules bound
     Cerberus when he visited Hades (Ovid, *Metamorphoses* VII) was
     made of diamond, and so superlatively hard and strong.
2   Patroclus, friend of Achilles, borrowed his armour ('falso
     elmetto') and was killed by Hector. Not content to avenge his
     death merely by killing Hector, Achilles dragged Hector's body
     round the walls of Troy behind his chariot (*Iliad* XXII).
3   **feggia** Present subjunctive of *fiedere* (obs.), to strike, wound.
4   **nomade pastor** According to some commentators, perhaps
     'Numidian shepherd'.
5   **come di piè. . . stolto** The sense of this simile is not entirely
     clear. Agramante, himself injured, releases himself from the
     dead Brandimarte like a sparrow hawk, flown by a stupid or
     ambitious falconer, from the talons of a goshawk, a more power-
     ful bird.
6   Charon, the ferryman who conducts the spirits of the dead
     across the rivers of the underworld, fishes the spirit of

Agramante out of the water, presumably because it left his body
in such a rush ('corse') that the impetus carried it beyond the
bank of the river.

7   **anzi l'occaso** before his setting, i.e. before death (*cf.* 'far parer
notte', p. 193). To have time to ask forgiveness for his sins
before death was a desirable contingency in a Christian
champion, and it prepares the way for the rapid ascent of his
soul to heaven in the next stanza, and for Orlando's certainty of
his beautitude in the stanzas which follow.

8   Sobrino is also near death from loss of blood; the conceit 'poco
chiaro... molto oscuro' expresses the loss of the light of life
and the approach of the shadow of death.

CANTO XLIII

Stanzas 152-67, 170, 173, 175, 180

Orlando and the other knights sail to Agrigento, where Brandimarte,
universally mourned, is given a solemn funeral.

1   Rinaldo, hearing of the triple combat that was to take place, had
hurried to volunteer to take part, but arrives too late.

2   **precesse** *precedette,* preceded.

3   **a suon di corno... intorno** in a Bacchic frenzy, like a Maenad.

4   **due signori defunti** Agramante and Gradasso.

5   Fiordiligi does not know that it was Gradasso who killed
Brandimarte, and from behind. Perhaps she assumes that it
could only have happened thus, or guesses by intuition.

6   **che cesso io** 'why do I delay?', from Latin *cessare.*

7   **il monte... fumo oscura** The volcano of Etna, Sicily.

8   **la taciturna diva** The moon. They set sail by moonlight.

9   **i bigi... frati** Friars of various orders, Franciscans,
Carmelites, Dominicans. Ariosto here echoes a line of Petrarch,
'e i neri fraticelli e i bigi e i bianchi'. See Petrarch, *Selected
Poems* (in this series) 10 (LIII) p. 80.

10   **i dispensati manti** dark cloaks distributed to the mourners.

CANTO XLIV

Stanzas 27-9, 31-9, 48-9

Charlemagne gives the heroes a triumphant welcome in Paris, and
Ruggiero, who had swum to safety in the storm and has since been
baptised, is also honourably received by the emperor. Rinaldo has

promised Ruggiero that he may marry his sister Bradamante, but her parents do not agree, as they have other plans for her. Leone, son of the Emperor of the East, has asked for her hand in marriage, whereas Ruggiero is a penniless orphan. Bradamante does not dare oppose her mother.

1 **Al volgersi dei canti** 'at street corners'.
2 **i fochi/mostran dipinti** Victories were often celebrated during the Renaissance by the erection of temporary triumphal arches with paintings attached, in imitation of Roman triumphal arches such as the Arch of Constantine.
   Fochi *fuochi*.
3 Ariosto would have been familiar with festivities such as these and would probably have taken part in them in Ferrara, especially in the theatrical entertainments.
4 **figliuol di Constantin** Leone. The centre of the Roman empire had been moved to Byzantium (Constantinople) in the fourth century, and Charlemagne was the first to call himself Holy Roman Emperor, as distinct from the Emperor of the East, or of Byzantium. Constantine V (741-75) and Constantine VI (776-97) were contemporaries of Charlemagne, the first of whom had a son, Leo, who ruled with him from 751. Ariosto's Leone is attacking the Bulgars in Belgrade at this point in the story.

CANTO XLVI

Stanzas 69, 71-6; Canto III, 18

Ruggiero is invited by the Bulgar ambassadors to be their king, Leone renounces Bradamante, and the marriage, which is destined to be the foundation of the Este family, at last takes place.

1 In Cantos XLIV and XLV Ruggiero, determined to defeat Leone and Costantino and so to win Bradamante, sets off for Belgrade, where the Byzantine forces are attacking the Bulgars, whose king they have killed. Taking as his ensign the unicorn, Ruggiero rallies the Bulgar army and counter-attacks, putting the Byzantine forces to flight and so distinguishing himself as to win the admiration of Leone and of the Bulgars, who acclaim him as their king. Going out alone in search of Leone, seeking to kill him, Ruggiero is taken captive, but is eventually released by the admiring Leone, who renounces his claim to Bradamante's hand in his favour.
2 **Leone Augusto** He is associated with his father in ruling the Eastern Empire and so is given here the imperial title of Augustus. He gives authoritative assurance to Ruggiero that

as king of the Bulgars he need no longer fear hostility on the part of the emperor.

3 Beatrice is the epitome of the snobbish mother-in-law.

4 **libera corte... campo franco** The court and the jousting are open to all comers.

5 This stanza, borrowed from Canto III, in which the future descendants of Ruggiero and Bradamante are eulogised (as far as possible), summarises Ariosto's rather flattering view of the family of his patron.

Index of proper names

Achille Achilles, the hero of Homer's *Iliad*.

Acquamorta Aigues-Mortes (France).

Agolante King of Africa, father of Almonte, Troiano and Galaciella, descended from Astyanax, son of Hector. In *Aspromonte* he leads an invasion into Calabria but is defeated by Charlemagne's forces at Aspromonte.

Agramante The grandson of Agolante, son of Troiano and nephew of Almonte. In *O.I.* he invades France in order to avenge his father's death, and this action continues in *O.F.* He is King of Africa, and the leader of the Saracens against the forces of the Holy Roman Empire.

Agricane King of the Tartars, father of Mandricardo. In *O.I.* he attacked the fortress of Albracca in order to seize Angelica, daughter of the King of Cathay, but he was killed by Orlando.

Agringento Agrigento (Sicily).

Alardo The elder brother of Rinaldo, according to the oldest French epic, *Aalart*.

Albracca In *O.I.* a fortress near Cathay in which Angelica was beseiged by Agricane.

Alchino Alichino, one of the devils named by Dante in *Inferno* XXI.

Alcina Invented by Boiardo, in *O.I.* she is a sorceress, the sister of the Fata Morgana, and ruler of an island in the remote East, to which she entices Astolfo. The story continues in *O.F.*

Aldabella Sister of Oliviero and betrothed to Orlando, 'la belle Aude' in the *Chanson de Roland*.

Algazeri An African tribe ruled by Bucifaro, in *O.I.* and *O.F.*

Almonte Son of Agolante, brother of Troiano and father of Dardinello, his ambition was responsible for the African invasion of Italy in *Aspremont*, when he was killed by the young Orlando, who took his sword and his helmet.

Altaripa/Altariva The castle of Anselmo and Pinabello, near Pontiero (unidentified).

Ammone Ammon, the ram-headed Egyptian divinity, identified by the Greeks with Zeus, by the Romans with Jupiter.

Amone Duke of Dordona, husband of Beatrice di Baviera and father of at least five sons, including Rinaldo and Alardo, and of Bradamante. An important figure of early French *chansons* (Aimon, Aymon), especially *Renaus de Montaubon*.

Andronica Personification of the cardinal virtue of Fortitude (Gk. *Andria*) and one of the companions of Logistilla.

Angelica Invented by Boiardo, she is the daughter of Galafrone, king of Cathay, and in *O.I.* is sent to the court of Charlemagne as a kind of secret weapon, to bring about the destruction of his empire by enticing his knights to single combat with her brother,

Argalia, in order to win her hand, whereupon he would defeat them with his magic lance. When he is killed by Ferraú, she returns to the East, but is followed by all the knights, both Christian and Saracen, who have fallen in love with her. At the end of *O.I.* Orlando has brought her back to France, and Ariosto takes up the story.

Anglante, Principe di Orlando. In earlier chansons both French and Italian, his father is Milon or Mile d'Aiglant or Anglant.

Anselmo d'Altaripa The father of Pinabello.

Aquisgrana Aachen (Germany): As Aix-la-Chapelle, it was the capital of the historical Charlemagne.

Aragona Aragon (Spain).

Aretusa Arethusa, nymph of the fountain of Arethusa on the island of Ortigia, near Syracuse (Sicily). The story of her vain flight underground from the pursuing river god Alpheus is told by Ovid, *Metamorphoses* V.

Argalia The brother of Angelica, killed in *O.I.* by Ferraguto (Ferraú).

Arli Arles (France).

Arpie, le The Harpies, in classical mythology disgusting monsters with women's heads and long claws, sent to torment mortals as divine punishment.

Aspromonte In Calabria, the scene of the battle between Charlemagne and Agolante related in the *Chanson d'Aspremont* and the Italian *Aspromonte*.

Astolfo Appears in early French *chansons*, and becomes a leading figure in the Franco-Lombard epics as a close friend of Orlando. The son of Ottone, king of England, he is cousin to both Orlando and Rinaldo.

Atlante In *O.I.* and *O.F.* an African sorceror who has brought up the orphaned Ruggiero and tries to protect him, knowing that he is destined to become a Christian and to die young through treachery.

Augusto Augustus, first Roman emperor, mentioned by Ariosto as a great and successful ruler.

Bacco Bacchus, god of wine.

Baiardo Traditionally the horse of Rinaldo (Bayard), gifted with great swiftness and human intelligence, it plays a prominent part in the French as well as in the Italian poems.

Balisarda In *O.I.* a magic sword made by the sorceress Falerina to kill Orlando, who takes it from her. It is then stolen from him by Brunello and given to Ruggiero.

Barbante Brabant (Belgium)

Bavera/Baviera Bavaria. See **Namo.**

Beatrice The wife of Amone, mother of Bradamante and her brothers.

Biserta Bizerta (Tunisia). The capital of Agramante's kingdom.

Biscaglia Biscay.

Bordea/Bordella Bordeaux (France).

Bradamante An invention of Boiardo, she is the daughter of Amone and Beatrice, and sister of Rinaldo. She wears armour and fights as a knight. In *O.I.* she meets and falls in love with Ruggiero, with whom she is predestined to found the Este family.

Brandimarte In *O.I.* the count of Rocca Silvana, a Saracen knight who is converted by Orlando and becomes his closest friend. He marries Fiordalisa (Fiordiligi in *O.F.*). Son of Monodante, king of the Isola Lontana, and brother of Ziliante.

Branzardo In *O.I.* the king of Bugìa, who remains in Africa throughout both poems.

Brava A fief of Orlando (Blaive in the *Chanson de Roland*).

Bretagna Minore Brittany (France).

Brigliadoro The horse of Orlando, so named by Boiardo, although in earlier poems it is called Vegliatino (Veillantif).

Brunello A brilliant thief in the service of Agramante. In *O.I.* he steals Angelica's magic ring and then, seeing Sacripante lost in thought on his horse, he puts a tree trunk under the saddle and steals his mount from under him; Marfisa is so astonished at the sight that he steals the sword she is holding in her hand.

Bucifaro In *O.I.* King of the Algazeri, imprisoned at Bizerta and later exchanged for Dudone.

Bugìa Perhaps Bougie (Algeria). A kingdom in Africa ruled by Branzardo.

Calessio Calais (France).

Camaldoli A monastery with hermitages founded in 1012, near Monte Falterona in the Apennines.

Carena According to Boiardo, a mountain in Mauretania, North Africa, the home of the sorceror Atlante.

Carlo, Carlomagno King of the Franks and Holy Roman Emperor, leader of Christendom against the infidel forces (Saracen, Moor, Pagan, African, etc). In *O.I.* attacked by Gradasso, then by Agramante and Marsilio, a situation which continues in *O.F.*

Castiglia Castile (Spain).

Catai/Cataio Cathay, a country in the Far East bounded by Tartary and Sericana and sometimes referred to as 'India' in the wider sense of 'Asia'. India and Cataio are often confused. Angelica's father, Galafrone, is its king.

Cerere Ceres, in classical mythology the goddess of agriculture and harvests. She was the mother of Proserpina, who was carried off by Pluto to the underworld, and the story of her search is told by Ovid, *Metamorphoses* V.

Chiaramonte/Chiarmonte Possibly Clermont; the family to which

Durindana The sword of Orlando (Durendal in the *Chanson de Roland*). According to Boiardo, in *O.I.* it had belonged to Hector of Troy and descended to Almonte, from whom Orlando won it in the battle of Aspromonte. Found by Zerbino after Orlando had thrown it away in his madness, it came into the hands of Gradasso.

Ebuda Hebudae, the Hebrides, islands west of Scotland.

Ecco Eco, Echo, in classical mythology a nymph who fell in love with Narcissus, who loved only himself. She pined away until only her voice remained. Her story is told by Ovid, *Metamorphoses* III.

Ecuba Hecuba, wife of king Priam of Troy, who was carried away into slavery by the Greeks after the fall of Troy and the death of her husband and fifty sons.

Egitto Egypt

Elia The Hebrew prophet Elijah, who was carried up to heaven in a fiery chariot, according to II Kings II, 11.

Elissa See **Dido**.

Encelado Enceladus, in classical mythology one of the giants who made war on the gods. He was killed by Jupiter and buried under Mount Etna.

Endimione Endymion, in classical mythology a youth renowned for his beauty, with whom the Moon fell in love.

Enea Aeneas, the hero of Virgil's *Aeneid,* who on his journey from Troy to Rome met, loved and left Dido, queen of Carthage.

Enoc Enoch, the son of Cain, who, according to Genesis V, 24, lived for 365 years and then disappeared from the earth, 'taken by God'. *Cf.* Hebrews XI, 5.

Etiopia Ethiopia, Christian Nubia, the kingdom of Senapo.

Ettore/Ettorre Hector, son of Priam, the most valiant defender of Troy. His arms and armour, according to Boiardo, descended to Almonte, Orlando winning his sword whilst the rest of his armour passed to Mandricardo and ultimately to Ruggiero.

Farfarello One of the devils named by Dante in *Inferno* XXI.

Febo Phoebus Apollo, in classical mythology god of the sun and of poetry.

Ferrau In *O.I.* a Saracen knight, the nephew of Marsilio, in love with Angelica, whose brother he kills in combat.

Fersa A country in Africa, part of Agramante's dominions, ruled by Folvo, who is governor of Bizerta in Agramante's absence.

Fiandra Flanders.

Fiordiligi The wife of Brandimarte.

Fronesia Personification of Prudence (Gk. *Phronesis*), one of the companions of Logistilla.

Frontino The horse of Ruggiero (Frontalatte in *O.I.*), which formerly belonged to Sacripante, from whom it was stolen by

Brunello and taken to Africa for Ruggiero.

Galaciella Daughter of Agolante and mother of Ruggiero. She became a Christian and married Ruggiero of Calabria, who was killed treacherously by Agolante and his sons. Galaciella, six months pregnant, was set adrift on a stormy sea, and died giving birth to Ruggiero.

Galafrone King of Cathay, father of Angelica and Argalia, an enemy of Charlemagne.

Galli The French.

Gallizia Galicia (Spain).

Ganimede Ganymede, in classical mythology the most beautiful of mortals, who was carried off from Mount Ida by Jupiter in the form of an eagle to become cup-bearer to the gods (Ovid, *Metamorphoses* X).

Garamanti The Garamantes were worshippers of Ammon who lived to the south of the gulf of Sidra (Libya).

Garonna River Garonne (France).

Girona Gerona (Catalonia).

Gradasso King of Sericana, who in *O.I.* invades France in order to capture Orlando's sword and Rinaldo's horse. He joins forces with Agramante against Charlemagne.

Giudea Judea.

Guascogna Gascony (France).

Ibernia Hibernia, Ireland.

Ippogrifo An invention of Ariosto, based partly on Pegasus, the flying horse of classical mythology, partly on a magic steed in *O.I.* and perhaps partly on a suggestion by Virgil in the eighth Eclogue: 'Griffins will mate with mares'.

Ippolito Cardinal Ippolito d'Este, Ariosto's employer, to whom *O.F.* is dedicated and who is the 'Signore' addressed throughout.

Irlanda Ireland.

Iroldo See **Prasildo.**

Lamagna *Alemagna,* Germany.

Leone Son of Costantino, emperor of Byzantium, and the suitor favoured by Bradamante's parents. Greatly admiring Ruggiero's feats in defence of the Bulgars at Belgrade, he renounces his claim to Bradamante's hand in his favour, and frees him from imprisonment

Lerí Montlhéry, a hill to the south of Paris.

Lete Lethe, in classical mythology the river in the Underworld whose water produced forgetfulness of the past. In Dante's Earthly Paradise the river which confers forgetfulness of evil done.

Lipadusa An island between Tunisia and Sicily, perhaps Lampedusa.

Logistilla Personification of Reason, accompanied always by the cardinal virtues. Invested by Ariosto to oppose Alcina, Boiardo's personification of lascivious love.

Maganza   Mainz (Germany). The castle of the family to which belong the traditional traitor of the Carolingian cycle, Ganelon or Gano, and Pinabello, both long-standing enemies of the family of Chiaramonte. In French, Mayence.

Malega   Málaga (Spain).

Mambrino   An enemy of Charlemagne killed by Rinaldo, who took his helmet.

Mandricardo   In *O.I.* emperor of the Tartars, who won the arms of Hector of Troy after proving himself the fiercest and boldest of warriors. Determined to avenge the death of his father, Agricane, at the hands of Orlando, he allies himself with Agramante in his war against Charlemagne, and is eventually challenged and killed by Ruggiero.

Marone   P. Vergilius Maro, the Latin poet Virgil.

Marsilia   Marseilles (France).

Marsilio   One of the chief characters in the *Chanson de Roland* (Marsile), where he arranges with Ganelon to attack Roland's rearguard. In *O.I.* an ally of Agramante, succeeding Galafron, his father, as king of Spain. His sister, Galerana, is wife of Charlemagne.

Marte   Mars, in classical mythology the god of war.

Martire   Montmartre, a hill to the north of Paris.

Maumetto   Mahomet.

Media   The country of the Medes, south of the Caspian Sea.

Medoro   A character invented by Ariosto, an African soldier in the army of Dardinello.

Melissa   An invention of Ariosto, the sorceress who protects Ruggiero and Bradamante and predicts the fame and glory which await their descendants, the family of Este.

Menade   Maenad, a female follower of Bacchus, associated with wild frenzy.

Merlino   Merlin, the famous sorcerer and prophet of the Arthurian cycle. In the *Vita Merlini* he was imprisoned by Vivian, the Lady of the Lake, in a cavern in which his body and soul remained when he died. In this condition he converses with Bradamante and Melissa.

Mezzogiorno, Re di   Agramante, king of Africa.

Mongibello   Mount Etna (Sicily).

Mongrana   In the Carolingian tradition, the family of Garin de Monglane, to which Oliviero and Aldabella belong.

Monodante   In *O.I.* the king of the Isola Lontana, father of Ziliante and Brandimarte, who is his successor. Brandimarte wears mourning for his recent death when he goes to fight on Lipadusa.

Montalbano   Montaubon in Gascony, the home of the family of Amone.

In *O.I.* it is beseiged by the Saracen army but never taken.

Morgana A sorceress of the Arthurian cycle, traditionally a sister of King Arthur. In *O.I.* she fell in love with Ziliante, whom she kept captive until he was rescued by Orlando, and gave him a gold bracelet. In *O.F.* she is a sister of Alcina, with whom she has usurped the realm of Logistilla.

Nabatei A tribe in Arabia, mentioned by Ovid, *Metamorphoses* I.

Nabuccodonosor Nebuchadnezzar, king of Babylon, who, according to Daniel IV, 32, lived for seven years as a beast, naked and eating grass.

Namo Duke of Bavera or Baviera. In the *Chanson de Roland* Naimes, the chief adviser of Charlemagne, with whom he was brought up. He features in most French and Italian romances of the Carolingian cycle.

Nerone Nero, the Roman emperor who was reputed to have ordered the burning of Rome and was responsible for many murders and the massacre of Christians.

Nestorre Nestor, the oldest of the Greek heroes at Troy.

Nettuno Neptune, in classical mythology the god of the sea.

Nilo The river Nile.

Noto Notus, the south or south-west wind, usually bringing storms.

Nubia A city and country in Africa ruled by Senapo, corresponding to Ethiopia, on the right bank of the upper and middle Nile and extending to the Red Sea. This is a Christian country, distinct from another Nubia on the left bank of the Nile, which is Mohammedan.

Numa Pompilius Numa, legendary second king of Rome, renowned for his wisdom and piety.

Oliviero One of Charlemagne's paladins and brother of the betrothed of Orlando, Aldabella. He plays an important part in the *Chanson de Roland*.

Orca A sea monster, invented by Ariosto, based on sea monsters of classical mythology and a traditional man-eating human monster known as *orco* (*cf.* English 'ogre') such as the one in *O.I.* and *O.F.* XVII.

Orlando The principal hero of the Carolingian cycle (Roland), the son of Charlemagne's sister Berta and of Milone d'Anglante, and betrothed to Aldabella, the sister of Oliviero. In *O.I.* he falls in love with Angelica, neglecting his military duties as champion of the Christian forces against the infidel Saracens.

Otone King of England, the brother of Amone and the father of Astolfo, an ally of Charlemagne against the Saracens.

Pagania As opposed to Christendom, the infidel parts of the world and their peoples, especially those engaged in fighting against Charlemagne.

Pallade Pallas Athene, to the Romans Minerva, one of the chief divinities of the Greeks, the goddess of wisdom and of war.

Parche The Fates, in classical mythology three women, Lachesis, Atropos and Clotho, who spin the thread of human life and break or cut it when a life is to end.

Parigi Paris (France).

Patroclo Patroclus, friend of Achilles, slain by Hector when he was equipped with Achilles' own arms and armour.

Pinabello In the *Chanson de Roland* Pinabel, a kinsman of the traitor Ganelon and member of the family traditionally hostile to the house of Chiaramonte.

Pirene/Pirenei The Pyrenees, range of mountains between France and Spain.

Pollacchi *polacchi,* Poles.

Pompeio Pompey the Great, who after being defeated by Julius Caesar at Pharsalia sought refuge in Egypt, where he was murdered as he landed, by order of the king's Ministers.

Pontiero Possibly Ponthieu; a fief of Pinabello.

Prasildo In *O.I.* Prasildo and Iroldo are friends and rivals in love, originally Saracens but baptised by Rinaldo and brought by him to France.

Prochi From the Latin *procus,* suitor; the many suitors of Penelope during Ulysses' prolonged absence at and after the Trojan war described in Homer's *Iliad* and *Odyssey.*

Proteo Proteus, in classical mythology an elderly sea god who tended the flocks of Neptune and could assume any shape at will.

Provenza Provence (France).

Rabicano In *O.I.* the horse of Argalia, engendered by the wind and so capable of amazing swiftness. In *O.F.,* Astolfo's horse.

Reno The river Rhine.

Rifei, Monti Geographically the western foothills of the Urals. For Ariosto, mountains in remote Arctic regions.

Rinaldo One of the chief of Charlemagne's paladins throughout the *chansons* of the Carolingian cycle; one of the sons of Amone, brother to Bradamante. In *O.I.* Angelica drinks from an enchanted spring and falls in love with him, while he drinks from another and loathes her; later each drinks from the other spring and the situation is reversed.

Roano Rouen (France).

Ruggiero An invention of Boiardo, he is descended from Astyanax, son of Hector of Troy. His father was the Christian lord of Calabria, his mother Galaciella, daughter of Agolante, the pagan king of Africa. After his parents had been treacherously killed he was brought up, as a pagan, by the sorceror Atlante, and became one of the principal warriors in the army of Agramante. In *O.I.* he falls in love with Bradamante, although they are fighting on opposing sides, and in the course of *O.F.* he is converted to Christianity, a necessary preliminary to marriage with Bradamante, with whom he is to found the house of Este.

Sacripante Invented by Boiardo, he is one of Angelica's most fervent suitors, the king of Circassia, who allies himself with Agramante against the French.

Sansone Samson, appointed by God to defend the Hebrews against the Philistines (Judges, 13-16).

Sansonetto Son of the king of Persia and a protégé of Orlando. In *O.F.* he is made king of Jerusalem by Charlemagne, but he leaves a lieutenant there and goes to help Charlemagne when Paris is besieged.

Scizia Scythia, a region of ice and snow in the far north of Europe and Asia.

Scozia Scotland.

Senapo The emperor of Nubia, or Ethiopia, known also as Prester John (Prestoianni or Prestogiovanni).

Sericana In *O.I.* a kingdom in Asia, whose king is Gradasso. It corresponds roughly to China, and the name derives from its silk industry (Latin *sericum,* silk).

Setta Ceuta (Spanish Morocco).

Siene Aswan (Egypt).

Sileno Silenus, in classical mythology the guardian of the god Bacchus, usually represented as old, fat and drunk.

Siviglia Seville (Spain).

Sobrino King of Algocco in Africa, an old and wise ally of Agramante. He appears in *Aspromonte* and *O.I.*

Sofrosina Personification of the cardinal virtue of Temperance (Gk. *Sophrosyne*).

Sonna The river Saône (France).

Spagna, Cavalliero di See **Ferraú.**

    Re di See **Marsilio.**

Tamigi The river Thames.

Taracona Tarragona (Spain).

Titone Tithonus, in classical mythology the husband of the goddess Aurora (the dawn), who obtained the gift of immortality but not that of eternal youth.

Tolomitta Tolmeta (Libya).

Tolosa Toulouse (France).

Tremisenne In *O.I.* a city and district of Algeria (Tlemcen); in *O.F.* 'un' altra Tremisenne' is a city on the left bank of the Nile.

Troiano Son of Agolante, he was killed by the young Orlando while devastating Provence in the Italian romance *Aspromonte*. In *O.I.* his son, Agramante, leads an expedition to France to avenge his death, the story of which is continued in *O.F.*

Turpino The legendary archbishop of Rheims who accompanied Charlemagne to Spain and became traditionally the chronicler of Charlemagne's fortunes, cited as an authority throughout Carolingian literature.

Ulisbona Lisbon (Portugal).

Ungari Hungarians.

Uvernia *Alvernia,* Auvergne (France).

Valenza Valencia (Spain). Ariosto imples that it was a corrupt and effeminate city.

Venere Venus, goddess of love.

Vulcano Vulcan, in classical mythology the god of fire and a smith whose forge was Mount Etna. He made the arms and armour of Hector, according to Boiardo and Ariosto. In Homer's *Iliad* he made those of Achilles, in the *Aeneid* those of Aeneas.

Zenocrate Xenocrates, a Greek philosopher and friend of Plato, celebrated for his rectitude and austere life.

Zerbino Invented by Ariosto, the son of the king of Scotland and commander of the Scottish reinforcements sent to help Charlemagne.

Zibeltarro/Zibalterra Gibraltar.

Ziliante In *O.I.* Boiardo narrates his imprisonment by Morgana and his release by Orlando. Brother of Brandimarte.

Zizera Algeciras (Spain).

Select vocabulary

Unless otherwise stated, nouns ending in -*o* are masculine, and those ending in -*a* are feminine. Stressed syllables other than the penultimate are indicated by an accent, whether or not it appears in the text.

Reference has been made to Ariosto's tendency to confuse double and single consonants (p. 27); in this vocabulary words will be given usually their most commonly accepted spelling, or this will be indicated in brackets. Words explained in the notes are not usually included in this vocabulary.

abbaiare to bark
abbarbagliare to dazzle, daze
abbellare (= *abbellire*) to preen, make beautiful
abbeverare to water
abbondare to abound
abbruciare to burn
abete (m.) fir tree
abominando abominable
aborrévole abhorrent, hateful
accampare to encamp, settle
accennare to sign, point to
accetta hatchet
acciàio/acciaro steel
accingersi (pp. *accinto*) to prepare
accóncio arranged, suitable, convenient
accortezza shrewdness, sagacity
accorto shrewd, wise
accostare approach
acerbo unripe, sharp
achetare (= *acquietare*) to calm
adeguare to equalise, adjust
adescare to lure, entice
adietro, per formerly, in the past
àdito entrance
adizzare (= *aizzare*) to provoke, spur
adombrare to shade; to frighten; to conceal

adorno embellished
adro (= *atro*) dark, gloomy
aduggiare to overshadow, obscure
adugnare to claw, seize
adunco hooked
aerone (= *airone*) heron
affannare to trouble, distress
affatato enchanted
affermare to fix, settle
affogare to drown, overwhelm
agghiacciare/aggiacciare to freeze
aggirare to encircle, turn around
aggradare/aggradire, to please, enjoy, accept
agognare to yearn, long for
aguzzare to sharpen, whet
aitare (= *aiutare*) to help
aiutante (= *aitante*) robust, strong
albergo shelter, dwelling
albore (m.) dawn, white light
allargare to free, widen, extend
allato beside, close by
alleggerire to unburden, lighten, relieve
alloro laurel
allotto (= *allora,* obs.) then
almo (poet) kindly, beneficient
altiero (= *altero*) arrogant, lofty

alvo womb
amaranto amaranth
ambàscia labour, distress
ambi ambo, both
amendua both
ameno pleasing, delightful
ammonire admonish, warn
amo fish-hook
amplo (= *ampio*) spacious, wide
ampolla phial
anca haunch, hip
aneto dill
animosità boldness
annegare to drown
annitrire (= *nitrire*) to neigh, whinny
annodare to knot
annoiare to annoy, weary
appagare to satisfy
apparecchiare to make ready
appo (obs.) beside
apprèndersi a to take hold of
appresentare (= *presentare*) to present
appropinquare draw near, approach
aprico sunny
àquila eagle
aquitano of Aquitaine
aràncio orange tree
aratro plough
arbore (m., poet.) tree
arbuscello bush, sapling
arcione (m.) saddle-bow
ardito bold, courageous
arena sand; shore
arguto keen; shrill
armelino (= *ermellino*) ermine
armento herd
arnese (m.) equipment, implement
arpa harp
arpia harpy
arrecare to bring, cause
arriscare (= *arrischiare*) to dare

arsíccio parched, scorched
arsura burning, drought
arte (f.) cunning, artifice
artíglio claw
asciutto lean, thin
ascoso (poet.) hidden
asperso sprinkled
aspo (= *naspo*) distaff
aspro hard, rough, harsh
assalire to assail, attack
assèdio siege
assimigliarsi (= *rassomigliarsi*) to resemble
assonnare to put to sleep; (fig.) to be slow
assordare to deafen
assunto (noun) duty
assunto (p.p. of *assumere*) ascended, taken up
asta spear
àstio rancour, grudge, envy
astore (m.) goshawk
astròlogo astrologer
attendare to encamp
attíngere to reach, derive
attuffare to plunge, dive
atturare (= *turare*) to stop up
augello (poet.) bird
augumento (= *aumento*) increase
àura (poet.) gentle breeze
australe/austrino south
avo ancestor
àvolo grandfather
avvampare to blaze, flare up
avvedersi to perceive, become aware
avventarsi to rush, hurl oneself
avverso adverse, loth
avvezzo accustomed
avviso warning, opinion, idea
avvòlgersi (p.p. *avvolto*) to wrap, entangle, involve oneself
avvòlgersi (= *aggirarsi*) to wander around

avvoltore (= *avvoltóio* m.)
   vulture
azzannare to bite

baco silkworm
bada, a at bay
badare to pay attention; to hold
   back
badia abbey
bagàscia harlot
bàio bay
baldanza boldness, assurance
baldo daring, bold
balena whale
balenare to flash, lightning
balía, in in the power, at the
   mercy
balza cliff, crag
balzo bound, leap
banda side
bando banishment
baratto barter
barbuto bearded
balzo bound, leap
barone (m.) baron; rogue
belva wild beast
bestemmiare to swear, curse
biada fodder
biasmo (= *biàsimo*) blame
bica pile, heap
bígio grey
bieco askew; sullen, wicked
bipenne (f.) two-edged axe
bíscia snake
bòccia bottle
boreale northern
boschereccio sylvan, woodland
botta blow, thrust
botto stroke, ring (of a bell)
botto, di at once, suddenly
bràccio yard (measure of
   length)
bramarc to long for
brancolare to grope
brando (poet.) sword
bríglia bridle, rein

bruciare to burn
brunire to polish, burnish
buca pit, hole
búccia bark, peel
bue/buoi (m.) ox, oxen
buffare to puff
buffone (m.) buffoon, fool
burrone (m.) gorge, ravine
busto bust

cagnazzo cur
càlamo shaft, arrow
calare to descend, land, let
   down
calcagno heel
calcare to tread
calcina lime, mortar
càlcio kick
calere (poet.) to worry, mind
càlice (m.) chalice, goblet
caliginoso foggy, murky
calle (m., poet.) path
calpestío trampling
camello camel
campare to save
canoro melodious, tuneful
cano/canuto white-haired
capanna hut, cabin
capestro halter
capidòglio sperm whale
capire to find room, to be contained
caprigno goat-like
capriuolo roebuck
capro goat
carbònchio carbuncle, ruby
carbone (m.) charcoal
carco (= *carico*) loaded, bur-
   dened
carriàggio wagon
cascare to fall
cava (= *caverna,* poet.) cave
cavallicro knight, horseman
cavo hollow, empty
cèdere to yield
cedro citron tree; cedar

celare to conceal
ceppo stock; stump; shackles
cera wax
cerco (=*cerchio*) circle
cerro Turkey oak
certame (m., poet.) combat, contest
cervo/cervio deer
cespuglio bush
cete (m.) whale
chetare to quieten, be silent
chiarire to explain, make clear
chiaro renowned
chiavisteo (= *chiavistello*) latch, bolt
chierco (= *chierico*) cleric
chino bowed, bent
chioma hair, lock
chiosa explanation, gloss
chirugia (= *chirurgia*) surgery, medicine
ciacco pig; (fig.) fat parasite
ciància triviality; gossip
cicala cicada
cieco blind; (poet.) dark
cíglio (poet.) eye
cigno swan
cínedo effeminate youth
cingiale (= *cinghiale*, m.) wild boar
cítara cithern
cocca arrow notch
cocente burning hot, scorching
còlera (= *còllera*) anger
còlere (poet.) to worship
colombo pigeon, dove
colubro snake
còmite (m.) bosun
commiato farewell, dismissal, leave
còmodo useful, comfortable, convenient
comportare to bear, tolerate
comportarsi to behave, proceed
comprímere (p.p. *compresso*) to compel, force

compunto stricken
concento (poet.) harmony
confetti confectionery
coníglio rabbit
consegnare to deliver, hand over
contèndere to dispute, oppose, struggle
contesa contest
contesto woven, intertwined
continente temperate, moderate
contrada countryside, district
contrastare to contend, oppose
convito banquet
copèrchio cover, protection
còpia plenty, abundance
coprire to cover, hide
còpula (poet.) union
coracino (= *corvolo*) a fish
corazza cuirass
corbo (= *corvo*) raven, crow
corcarsi (= *coricarsi*) to lie down
cordòglio grief, sorrow
core (= *cuore*, m.), heart
cornàcchia rook, crow
corno horn
còrre (= *cógliere*) to gather
corridore (m.) runner
corriero/corriere messenger, courier
corrucciare to anger, vex, worry
cortese courteous
cortesía courtesy, courteousness
costa rib
crespo wrinkled, puckered
crine crino hair, mane
crisòlite (m.) chrysolite
croccare (= *crocchiare*) to creak
crollare to shake; to collapse
crucciato vexed, worried
crudo cruel; raw
cúffia cap
cúmulo pile

cuòio hide, leather

dàino fallow deer, buck
damma (= *dàina*) doe
dardo arrow, dart
dèbito due
declinare to decline, wane, go down
delibare to taste, savour
delfino dolphin
deposto (= *depòsito*) hoard, store
deretano posterior, hind
desto awake
destro nimble, dextrous
dianzi before, formerly
diaspro jasper
dibàttersi to struggle
differire to defer, postpone
diguazzare to splash
digiuno fasting, abstaining, unfed
dilagare (= *allagare*) to flood, form a lake
dileguare to disperse, fade away
dimora stay, sojourn, dwelling; delay
dipartire to depart; divide
diroccare to fall heavily
disàgio discomfort, trouble
disarmare to disarm, dismantle
disbrigare to dispatch, extricate
discacciare to drive out, expel
disciògliere/disciorre to untie, undo, dissolve, release
discinto scantily or carelessly dressed
discórrer (p.p. *discorso*; = *córrere, corso*) to run
discuoiare to flay, skim
disdegnare to disdain
disío desire
dislacciare (= *slacciare*) to unlace
disnor (= *disonore*, m.) dishonour

disserrare to unleash, unlock, disclose
dispetto spite, despite, vexation
disusato unaccustomed
díttamo dittany (herb)
diurno daily, diurnal
diva goddess
divo god
dòglia pain
domino (= *domínio*) dominion
donno (obs.)master, lord
donzella damsel, maiden
drago dragon
dramma (f.) dram
drappello band, squad
dritto straight, right
drizzare to straighten, direct
drudo lover, paramour
dua/due/duo/dui two
duro hard, hardy, hardened

ebere to idle
èbulo (= *èbbio*) wild elder
eclissi (f.) eclipse
èdera ivy
egro (poet.) sick, weak, faint
elemòsina alms
elmo helmet
elsa hilt
émpio pitiless
eòo (poet.) eastern, oriental
erede (m.) heir
ermo solitary
esalare to breath out, exhale
esca bait, food
esílio exile
espedito (= *spedito*) swift, prompt
espèrio (poet.) western, hesperian
estivo summer
estòllere to raise up
escelso (= *eccelso*) lofty, sublime

face (f.) torch

fàggio beech
fagiano pheasant
falce (f.) sickle, scythe
fallàcia falsity
fallire to fail
fallo fault
fante (m.) foot soldier
farsa farce
fasto splendour, pride
fasciare to surround, swathe
fatale deadly, fatal
fattura making, work
favella speech
féccia excrement
fedire (= *ferire*) to strike, to
   wound
fello (poet.) wicked, cruel,
   treacherous
fellone (m.) felon, villain
fendere (p.p. *fesso*) to cleave,
   split
fera (= *fiera*) wild animal
ferire to strike, hit, wound
ferrigno iron
ferro (poet.) sword
fèrvido ardent, burning
fesso crevice, crack
fiaccare to weaken, break
fiata time
fiedere (obs.) to strike, wound
fieno hay
fiero fierce, cruel, wild,
figmento (= *fingimento,* obs.)
   pretence, illusion
filza thread
finezza fineness, subtlety
finire to end, kill, die
finòcchio fennel
finzione (f.) fiction, sham
fio penalty, fee
fioccare to shower
fioco hoarse, weak, faint
fisitero (= *fisetere, fisetro*) m.
   sperm whale
fitto (= *fisso*) intent, fixed
flagellare to lash, whip

flèbile plaintive, tearful
flutto wave, billow
foca seal
foce (f.) river mouth
foco (= *fuoco*) fire
fòggia form
folto thick
fondo depths
forare to pierce
forbire to clean, polish
fornace (f.) furnace
forsennato mad, frantic
fortuna fortune; tempest
fosco dark, dim, gloomy
fosso ditch
fracassare to break, shatter
fracasso hubbub, crash, break-
   age
franco frank, open-hearted;
   Frankish; free
franchezza freedom
fràngere to break
frale frail, feeble
frasca branch, bush
frascato bower, arbour
frégio frieze, ornament
frèmito quiver, shudder
frenesia frenzy
freno bit, curb
fretta haste
frettoloso hurried
frode, fràude (f.), **frodo** fraud,
   trick
fromba (= *frómbola*) sling
fronda leaf
frondoso leafy
fronzuto leafy
frotta crowd, throng
fulgente shining
fulgore (m.) brightness,
   splendour
fulgorare (= *folgorare*) to
   shine, flash
fúlmine (m.) thunderbolt,
   lightning
fulminare to strike by lightning

fune (f.), rope
fuore (= *fuori*) outside, beyond,
    except
furare to rob, steal
furibondo furious, wild
furioso mad
furore (m.) fury, rage, madness
furto theft, stolen object
fusta swift sailing boat

gàbbia prison, cage; crow's-
    nest
gagliardo vigorous, strong
galea galley
galeotto sailor, oarsman
gànghero hinge
gara contest
gàudio joy
generoso noble, generous
germe (m.) seed, origin
gesmino (= *gelsomino*) jasmine
gesso chalk
gesto deed, noble action
gièlo (= *gelo*), ice, frost
gíglio lily
ginepro juniper
giocondo merry, cheerful
giogo yoke; crest, ridge
giornata day's journey; battle
giostra joust, tourney
giotto (= *ghiotto*) greedy, glut-
    tonous
giovare to avail, be of use
girare to turn
giro circle, turn, revolution
gittare (poet.) to throw
giubbone (m.) doublet, jacket
giunco reed, rush
gire (poet.) to go
giumenta mare
girifalco gerfalcon
giuso (poet.) down
góccia drop
gola throat
gonfiare to swell
gonna skirt

gota cheek
gracchiare to croak
grado liking; *mal grado,* unwill-
    ing
gràffio scratch; grappling iron
gramo wretched, sad
grana cochineal
gràndine (f.) hail
gravare to burden, load
gràvida pregnant
gregge (m.) flock
greppo steep slope, cliff
greve (= *grave*) grave, heavy
grifo muzzle, mask, face;
    gryphon
grippo brigantine
groppa crupper, rump
groppo squall; trap, tangle
grossezza thickness
grua/grue/gru (f.) crane
guadagno profit, advantage
guado ford; *entrare nel guado,*
    to make the attempt
guardatura look
guatare to gaze at
guazzo mire; pool
guernito equipped, furnished,
    fortified
guiderdone (m., poet.) guerdon,
    recompense

iacinto hyacinth
iattura misfortune, calamity
ignudo naked
ílice (= *elce,* f.) ilex
imago (f., poet.) image
imbasciatore (m.) ambassador
imbelle unwarlike, cowardly
imbracciare to put on one's arm
imbrunare (= *imbrunire*) to grow
    dark
immantinente immediately
imo bottom, depths
impacciare to hamper, impede
impacciarsi to interfere, meddle
impasto hungry, unfed

ímpeto transport, vehemence
impiastro plaster, poultice
impiccato hanged
importuno importunate, tiresome
impresa enterprise, venture
imputare charge, attribute,
accuse
inanellato curly
inaspare to prepare; to spin
inavveduto inadvertent, unknow-
ing, careless
inavvertenza unawareness
incalzare to pursue, follow
closely
incarcare (= *incaricare*) to
insult, blame
incàuto incautious
inchiesta quest, search
ínclito illustrious
incògnito unknown
incréscere to regret
incruḓire to grow worse
incude (= *incúdine*, f.) anvil
indarno in vain
índice (m.) index; indication
indosso on (one's back)
indovinare to guess, divine
indugiare to delay, linger
inerto idle
inèrzia idleness, indolence
inespugnàbile impregnable
inetto inept, unsuited
infàusto unlucky, inauspicious
infermo weak
infesto tiresome
influsso influence
infóndere (p.p. *infuso*) to infuse,
imbue
inganno deceit, deception
ingegno understanding, wits
ingombrare to obstruct, encum-
ber
ingordo voracious
ingorgare to obstruct, block
iniquo wicked, unjust

innaffiare to water, sprinkle
innescare to bait
inondare to flood
inòpia poverty, want
insculpire (= *sculpire*) to carve
insegna badge, coat of arms
insembre (obs., = *insieme*)
together
íntegro complete, whole
intempestivo untimely, unsea-
sonable
intercetto intercepted, cut off
intoppo obstacle, difficulty
intruonare (= *rintronare*) to
deafen, stun, resound
intrico tangle
invendicato unavenged
invescare to entangle, to entice
invídia envy
inviolàbile invulnerable
involare to steal; to fly away,
vanish
ire (p.p. *ito,* poet.) to go
iróndine (= *róndine,* f.) swallow
írrito null, void
irsuto hirsute, hairy, shaggy
irto bristly
íspido bristly
iterare to repeat
iumenta (= *giumenta*) mare
iuvenca (= *giovenca*) heifer

làccio lace, snare
lagnarsi to complain, moan
làido ugly, filthy
lampo flash, lightning
lana wool
larva spirit
lascivo wanton, lascivious
lassare (= *lasciare*) to leave,
let
lasso weary, unhappy
làuro laurel, bay tree
leardo grey
lece it is permitted
legame (m.) bond

leggiadro graceful, lovely
leggiero, di easily
legno (poet.) ship
lembo edge, hem, skirt
lena breath, energy
lepre (f. or m.) hare
levante east
levare (= *alleviare*) appease, alleviate
lido shore
ligustro privet (flower)
lima file; worry
limare to wear away, worry
lino linen
liocorno unicorn
lira lyre
lisciare to smooth, preen
lite (f.) argument, fight
lito (= *lido*, poet.) shore
litorale (m.) coast
livore (= *livido*, m.) bruise
livore (m., poet.) envy, hatred, malice
loco (= *luogo*, poet.) place; ease
lòggia loggia, gallery
lontra otter
lordo dirty, filthy
losco squint-eyed, sly
loto mud, mire
lotta struggle, fight
lúcido bright, clear, shining
lume (m.) light; (poet.) eye
lunge/lungi far off
lupo wolf
lustrare to shine
lutto suffering, mourning, grief

macca, a in plenty; without expense
maccello slaughter
màcchia thicket, bush; stain spot
macilento lean, emaciated
macro (= *magro*) lean, thin
màglia mail
maga sorceress
mago sorceror, magician

maligno malicious, malevolent
malvàgio evil, malignant,
manco left, left-hand
mancino left
mandra herd
manigoldo knave, villain
maniscalco farrier
màntice (m.) bellows
manucare (= *manducare, mangiare*, obs.) to eat
marina sea
marra mattock
martellare to hammer, beat, pound
martoro (poet.) torment, torture
mascella jaw
mastino mastiff
mastro (= *maestro*) master
matto mad
mattutino early morning
mazza club
mazzafrusto scourge
meato passage
medolla (= *midolla*) marrow
mele (= *miele*, m.) honey
membruto strong-limbed, sturdy
mendicare to beg
menzogna lie, falsehood
mercè/mercede (f.) mercy, pity, reward
meretrice (f.) whore
merigge (= *meríggio*, m.) noon, midday
merlo crenellation
merto (= *mèrito*) merit, worth
meschino unfortunate
mestiere, far (poet.) to be necessary
mesto sad, melancholy
meta goal, aim
mézzo rotten, overripe
mimmo (= *mimo*) mime
minio vermilion
mira aim, target
mirra myrrh

mirto myrtle
mòbile fickle, inconstant
mole (f.) mass, pile
molesto troublesome, annoying
molle soft, weak, wet
monetiere (m.) coiner, forger
monile (m.) necklace, jewel
montone (m.) ram
moresco Moorish, African
morso bit
mortella myrtle
mortífero deadly
mosca fly
mosta must, new wine
motto word, saying, device
muffa mould, mildew
muggiare/mugliare/mugghiare to low, moo
mulàcchia crow
mulo (= *tríglia*) red mullet
muso snout, muzzle

nardo spikenard
natío (poet.) native
navíglio ship, craft
nefando wicked, nefarious
negromante (m.) sorcerer
nembo storm cloud, storm
nerbo strength
níbbio kite
nocchiero helmsman, boatman
nona nones, 12 noon-3 p.m.
noverare (= *annoverare*) to number, count
nube (f.) cloud
nume (m.) deity
nuòcere to harm, hurt
nui (= *noi*) we, us

occaso sunset, west; (fig.) death
occisione (f.) killing
occurrènzia (= *occorrenza*) necessity, event
odore (m.) smell, perfume; (fig.) fame, good name

odorífero fragrant
offuscare to darken, dim, obscure
olla earthern pot
olmo elm
oltràggio outrage, injury
omai (= *ormai*) now
óncia ounce
onta/onte (f.) shame
opaco shady, dark
opimo rich, fertile
opra (= *opera*) work, achievement
ora (= *aura,* poet.) breeze
orbo bereaved
orca grampus
ordire to plot, to weave
orezzo (poet.) gentle breeze
orma footprint, trace
orno flowering ash
òrrido horrid, awful
orso bear
orza windward, prow
osbergo (= *usbergo*) hauberk, shoulder armour
ostro (= *àustro*) south wind

padíglione (m.) pavilion, tent
palafreno palfrey
palàgio (= *palazzo*, poet.) palace
palco stand, platform
palese obvious, evident, open
palischermo skiff, lifeboat
palmo span, hand's-breadth
palo pole, bar
pàlpebra eyelid
pània bird-lime, snare
papàvero poppy
paragone (m.) comparison, test
pardo (= *leopardo*) leopard
pareggiare to balance, match equalise
parentado kinship
pargoletto tiny, small
parigino Parisian

paro (= *pàio*) pair; *a paro,*
 abreast, equal
pàscere to graze, pasture, feed
pasco (= *pàscolo*) pasture
passo step, pass
passo (adj., obs.) scattered,
 dishevelled
patire to suffer, bear
pece (f.) pitch
pècora sheep
pedestre infantry
pedone (m.) foot soldier
pèlago (poet.) sea
pelo hair, fur
pelle (f.) skin, hide
pellegrino strange, foreign,
 vagrant
pennese (m.) quartermaster
percuòtere to strike
períglio (= *perícolo*) danger
perire to perish
perso dark red, perse
pestare to pound, crush
pezzo space of time, while
piaga wound, sore
piàggia (poet.) hillside; shore
piatto flat of sword
picchiare to strike
picco (= *piccone*) pickaxe
pífara (= *píffero*) fife, pipe
pigliare to catch, take
píglio, dar di to get hold of,
 grab
pio merciful, tender-hearted
piropo garnet
pistrice (f.) saw-fish
placare to appease
plettro plectrum (fig.) lyre,
 poetry
pòggia leeward; *andare a
 pòggia,* to sail before the
 wind
poggiare to rise
pòggio hill, mound
polito polished, cleaned
pollo chicken

pondo heavy
ponente (m.) west
pontare (= *puntare*) to point,
 thrust
poppa stern, poop
por (= *porre*) to put, place
portamento bearing, behaviour
pràtico practical, experienced
pravo depraved, perverted
preclaro illustrious, noble
preda prey, booty
predatore/predatrice predator,
 plunderer
prègio esteem, regard, merit
presago prophetic, foreseeing
prestante excellent
prestezza quickness, swiftness
preterire to omit
pria (= *prima,* poet.) before
prigione (m.) prisoner; (f.)
 prison
procacciare to procure, take
procella (poet.) storm
proda shore; (= *prora*) prow
prode valiant, bold
prodezza prowess, exploit
prole (f.) issue, progeny
prònuba bride's attendant
propinquo neighbouring, nearby
prora prow, bow
prosúmere (= *presúmere*) to
 expect, presume
protervo insolent, arrogant
prova trial
pruno thorn-bush
pudico modest, demure
pugna (poet.) fight, battle
pugnale (m.) dagger
pugno fist, punch
pungere to string, prick, spur
puntellare to prop, support;
 prick, goad
puntello prop, support
punto, in in order
putiare (= *puzzare*) to stink
puzzo stench, stink

quartiere (m.) quarter
quartiero quartering of shield
quèrcia oak
querela complaint
quinci here, hence
quindi there, thence

ràbbia rage, fury
rabbuffato ruffled
ràdere to skim, graze
rado rare, sparse, thin
raffrenare to restrain, curb, control
ragionare to discuss, talk over
ragna bird-net, snare
ragunare (= *radunare*) to gather, assemble
rallentare to slacken
rame (m.) copper
rammaricarsi to regret, complain
ràncio old, stale
rapire to steal, carry off
rassettare to arrange
rassúmere to gather together, concentrate
ratto swift, quick
rèdine (f.) rein
règgere to control, resist
règgia court, palace
relínquere (poet.) to relinquish
remo oar
repentino sudden, unexpected
reposto hidden
restío reluctant, restive
rete (f.) net
rezzo shade, cool, light breeze
riavere to recover, have again
ricamare to embroider
ricciuto curly
ricetto (poet.) shelter, refuge
ridentore (= *redentore*, m.) redeemer
rièdere (poet.) to return
rifúlgere to shine, glow
rigare to furrow

rimaso (= *rimasto*) remained
rimbombare to resound, roar
rimenare to bring back
rimesso meek
rimondare to prune, clean
rincréscere to regret, cause to regret
rio (poet.) stream, brook
rio (= *reo*) wicked
riparare to shelter, take refuge
riparo shelter, rampart
risco (= *rischio*) risk
riscontrare to meet, check
risforzo (= *sforzo*) effort
ritegno impediment, reserve, restraint
ritorta rope, shrouds, rigging
riuscire to emerge
riversare/riversciare to overturn, tumble, fall
riviera coast, river bank
rivòlvere to turn over, revolve
rocca fortress, castle
róggio flame-red; torrid
rominare (= *ruminare*) to graze, ruminate
romito hermit; (adj.) deserted, solitary
ronzino jade, old horse
rosignolo nightingale
rotto worn out, overcome
rovano roan
roversi (= *rovesciati*) overturned, upside down, sprawling
rozzo rough, uncouth, coarse
rubatore (m.) robber
rubello rebellious
rubino ruby
rubo (= *rovo*) briar, bramble
rubrica rubric, heading
rubro (= *rosso*) red
rugiadoso dewy
rúggine (f.) rust
ruscello brook, stream
rúvido rough, coarse

sacco/saccomanno plunder, pillaging
sacrare to consecrate
Saétta arrow
sàggio sage, wise
salce (= *sàlice,* m.) willow
saldo firm, solid, steady
salma burden; corpse
salnitre saltpetre, nitre
salpa (= *sarpa*) stockfish
salso salty
sarta (= *sàrtia*) shrouds, rigging
sàzio replete, sated
sbalzare to toss, fling
sbaragliare to put to rout
sbarrare to block, obstruct; open wide
sbigottire to dismay, astonish, bewilder
sbrigarsi to hasten
sbucare to come out
scalco steward, seneschal
scaglione (m.) stairway; a fish
scaglioso scaly
scalzo barefoot
scampare to rescue, escape
scannare to slaughter, ruin
scarco (= *scàrico*) unloaded, empty
scarpello (= *scalpello*) chisel
scelerato wicked, evil
scemare to diminish, decrease
scemo lacking
scettro sceptre
schéggia splinter, fragment
schermire to parry, defend onself
schermo protection, shield
schernire to mock at
schiacciare to crush, flatten
schiena/schena back
schiera group, band, formation
schietto plain
schifare to loathe, feel disgust
schifo skiff, lifeboat

schiuma foam
schivare to avoid
schivo averse
sciocco stupid, vain, ineffective
sciògliere/sciorre to melt, loosen, free
scoccare to shoot, strike
scòglio rock, crag
scontare to expiate, make of no account
scontrare to encounter, clash
scontro clash, encounter
scòrgere (p.p. *scorto*) to perceive, see, notice
scornare to humiliate, ridicule
scórrere to run, flow, pass
scorza bark; (fig.) body
scudo shield
scuòtere to shake
sdegnare to disdain
sdrucciolare to slip, slither, slide
secondare to follow
segnare to mark, sign
segno, stare al to obey
sembiante (m.) (= *sembianza*) face, appearance
seme (m.) seed; (fig.) descendants
senno sense, judgement
seppellire to bury
serpe (f.) snake, serpent
serrare to enclose, tighten, lock
sesta, a opportune
setta sect, religion
sezzo, da finally
sfavillare to shine, sparkle
sferrare to free, unshackle
sferzare to lash, whip
sfrenare to let loose, unrestrain
sfrenato uncontrolled
sfidare to challenge
sgombrare to clear away
sguardo look, view
símia (= *scímmia*) monkey

simulacro image
simulare to simulate, sham
slegare to release, unfasten
slungarsi to go away
smacrato emaciated
smarrire to lose
smalto enamel
smeraldo emerald
smontare to dismount, descend, go ashore
smorto pale, wan
smorzare to quench, extinguish, deaden
snello slender, nimble
snodare to loosen, open
soave sweet, soft, gentle
sodo solid, firm, hard
soggiorno sojourn, stay
sòglia threshold
solcare to furrow
solingo lonely, solitary
sollazzare to take pleasure, delight
sòlvere (= *sociòliere, poet.*) loosen
soma load, burden
sopraggiúngere to arrive, reach
sordo deaf, dull, muted
sottrarre to take away; *sottrarsi* to avoid
sofista (m.) sophist, philosopher
sòzio (= *sòcio*) companion, fellow
sozzo filthy, foul
sozzopra (= *sottosopra*) up-side-down
spacciare to dispatch
spalla shoulder
spallarsi to dislocate a shoulder
sparare to rip open
spàrgere to scatter, spread
sparviero sparrow-hawk
spavento fright, fear
spaventoso/spaventevole frightening, terrifying
speco (poet.) cave, cavern

spelonca cave, cavern
speme (f., poet.) hope
spesso many; thick
spica (= *spiga*) ear of corn
spicciare (= *sprizzare*) to spurt, spout
spiedo pike, spear
spilla pin
spòglia spoils, remains, dress, slough
sponda edge, bank, shore
spranga cross-bar, thwart
sprazzo splash
sprezzare (= *disprezzare*) to despise
sprezzarsi to neglect oneself
sprone (m.) spur
spettare to concern, fall to
spuntare to rise, appear; blunt
spuntone (m.) iron-tipped spear
squadra troop, squadron
squama scale
squarciare to tear, rip
squilla ringing, tolling of a bell
staffa stirrup
stagiare to staunch
stagno pool, pond
stame (m.) thread
stampare tread, make footprints in
stanza dwelling, home
statuire to decree
steccato stockade
stelo stalk, stem
sterpo thicket, tree-stump, undergrowth
stígio Stygean
stilla drop
stima esteem
stirpe (f.) descent, stock, birth
stocco rapier
stoppa tow
stóppia stubble
stolto stupid, foolish
stordire to stun, daze, numb
storpiato crippled, maimed

stracciare to tear
strale (m.) arrow, dart
strascinare to drag
strazio torment, torture
strèpito din, clamour
stretto narrow, tight, close,
    exact
strídere to creak, screech
stridore (m.) shrieking, screech-
    ing
strillare to scream, shriek
stríngere to press, clasp
strúggere (p.p. *strutto*; = *dis-*
    trúggere) to destroy
strúzzolo (= *struzzo*) ostrich
stupire to astonish
stuolo swarm, band
stupore (m.) astonishment,
    amazement
sturbare (= *disturbare*) to
    disturb
suadere (= *persuadere*) to
    persuade
subitano (= *subitàneo*) sudden
suggello seal
suolo ground
superbo arrogant, proud, haughty
supèrchio (poet.) superfluous
superno supernal, celestial
supremo supreme
suso (obs.) up
sussídio aid
suttile (= *sottile*) thin, fine,
    subtle
svenare to sever the veins,
    bleed
sventolare to wave, flutter
svèllere to tear up, uproot
sviare to lead astray, divert

tàcito silent
talento, mal ill-will
talotta (= *talora*) sometimes
tana den, lair
tardare to be slow, delay
tardo late, slow, tardy

tarlo woodworm
tasca pocket, pouch
temprare to harden, temper
tempro thread, fibre; quality
tèndere to stretch
tenzone (f.) combat, contest
tergo back
termuoto (= *terremoto*) earth-
    quake
terso smooth, clear
tetro gloomy, dismal
tintinnire to tinkle, clink
timone (m.) rudder, helm
tocco touched
tòllere/tor/torre (= *tógliere*)
    to take away, take off
tondo disc, roundel
tonno tunny fish
topàzio topaz
tòrcere (p.p. *torto*) to twist,
    bend, turn
tordo thrush
torma throng, swarm
torno (= *tórnio*) lathe
toro bull
tosco Tuscan
traboccare to overflow; stumble
tramare to weave, intrigue
trambi/tramendue both
tramontano northern, northerly
tramortito stunned, senseless
trangugiare to gulp down,
    swallow
trapassare to cross, pass be-
    yond
trastullare to amuse, play
trastullo diversion, relief
tratto way, distance
trave (f.) beam, rafter
travagliare to toil, afflict
travàglio toil, distress
travòlgere (p.p. *travolto*) to
    sweep away, overturn,
    transform
trégua/triegua truce
tremebondo trembling

trèpido anxious, timorous
trito fine; well-worn
tronco truncated, broken off, fragmented
trota trout
tuba trumpet
túmido swollen
turba rabble, crowd
túrbido (= *tórbido*) muddy, unclear
turbo (= *túrbine*) whirlwind, tempest

ubbligato (= *obbligato*) compelled
uccellatore (m.) fowler
ultore/ultrice (adj.) avenging
uncino hook
úngaro (= *ungherese*), Hungarian
uòpo need, necessity
urtica (= *ortica*), nettle
urto thrust
úscio door

vago graceful, desirous, wandering
vaneggiare to rave, pursue vanities
vanni (m.pl.) wing feathers; (fig.) wings
vano empty, hollow, capricious
vantarsi to boast
varcare to pass over, across
varco passage, way
vècchio marino sea-calf
veleno poison
veletta look-out
vello flock, wad

velo sail, veil
vena vein
ventre (m.) stomach, belly
vepre (m.) thorn-bush
vêr (= *verso*) towards
verga rod
verno (poet.) winter
verone (m) balcony
versare to spill, shed, pour out
veruno no, any
verzura verdure, greenery
vesco (= *víschio*) bird-lime
vesica (= *vescica*) bladder
vespro evening
veste (f.) garment
vettura coach
vetusto (poet.) ancient, old
viandante (m.) wayfarer
vietare to forbid, prevent
vilipeso scorned, despised
villa country dwelling
villano peasant
virgulto shoot, sucker
visco (= *víschio*) bird-lime
vite (f.) vine
volpe (f.) fox
volta time, turn; *in volta,* around
volto face
volúbile turning, changing
vòmere (m.) ploughshare
vóto vow, wish
vòto (= *vuoto*) empty, vain

zaffiro sapphire
zanna fang
zendado sendal, silk cloth
zolfo sulphur
zolla clod, lump of earth
zoppo lame, limping
zucca gourd; life-raft